O FRIO AQUI FORA

O Frio Aqui Fora

Faria e Silva é uma empresa do Grupo Editorial Alta Books (STARLIN ALTA EDITORA E CONSULTORIA LTDA)

ISBN: 978-65-81275-67-9

Impresso no Brasil — 1ª Edição, 2024 — Edição revisada conforme o Acordo Ortográfico da Língua Portuguesa de 2009.

Dados Internacionais de Catalogação na Publicação (CIP) de acordo com ISBD

C129f Cafiero, Flavio

O frio aqui fora / Flavio Cafiero. - Rio de Janeiro : Faria e Silva, 2024.
240 p. ; 13,7cm x 21cm.

ISBN: 978-65-81275-67-9

1. Literatura brasileira. 2. Romance. I. Título.

2023-1199 CDD 869.89923
CDU 821.134.3(81)-31

Elaborado por Vagner Rodolfo da Silva - CRB-8/9410

Índice para catálogo sistemático:
1. Literatura brasileira : Romance 869.89923
2. Literatura brasileira : Romance 821.134.3(81)-31

Faria e Silva é uma Editora do Grupo Editorial Alta Books

Produção Editorial: Grupo Editorial Alta Books
Diretor Editorial: Anderson Vieira
Editor da Obra: Rodrigo Faria e Silva
Vendas Governamentais: Cristiane Mutüs
Gerência Comercial: Claudio Lima
Gerência Marketing: Andréa Guatiello

Assistente Editorial: Milena Soares
Revisão: Evelyn Diniz
Diagramação: Joyce Matos
Capa: Marcelli Ferreira

Rua Viúva Cláudio, 291 — Bairro Industrial do Jacaré
CEP: 20.970-031 — Rio de Janeiro (RJ)
Tels.: (21) 3278-8069 / 3278-8419
www.altabooks.com.br — altabooks@altabooks.com.br
Ouvidoria: ouvidoria@altabooks.com.br

Editora
afiliada à:

FLAVIO
CAFIERO

O FRIO AQUI FORA

FARIA E SILVA
Rio de Janeiro, 2024

(...)

Aconteceu. Calhou. Quando vi, já estava. Pronto: estou vivo. E, veja bem, não preciso provar que estou vivo. Há, obviamente, vida por aqui. Mas por que justamente eu, e assim? Esqueça a filosofia ou qualquer corrente de espiritualidade. Esqueça até mesmo toda forma de arte, não quero abrir campo para metáforas, pelo menos por enquanto. Não cairei na armadilha de listar as definições disponíveis, o verbete seria longo, e cada dia mais, mais extenso ainda que no dicionário. Ao menos intuitivamente você é capaz de saber o que é vida, e no sentido mais primitivo do termo. Mas e dizer? Sei que a ciência, para alguns, não passa de uma grande metáfora moderna, uma entre tantas maneiras de tentar explicar e organizar o mundo, mas preciso de um ponto de partida: sou um ser vivo e, ainda na linha das descrições biológicas básicas, um pluricelular. E o que isso quer dizer? Bem, isso quer dizer que meu corpo é formado por mais de uma célula. No meu caso, trilhões, ou bilhões, talvez milhões, prometo pesquisar melhor, mas não tenha dúvida de que sou detentor de uma vasta coleção de células, e células do tipo eucarionte, o que quer dizer que há um núcleo definido dentro de cada uma delas. Também não vou explicar isso, mas acredite: parece importante. Sei que as definições já não soam tão simples, mas preciso seguir em frente: sou um animal. Dizer que sou um animal distancia meu aglomerado de células eucariontes dos aglomerados de células eucariontes que constituem outros seres, como um cogumelo ou um fícus. Animais são seres que se alimentam obrigatoriamente de outros seres vivos, como cogumelos, e, no meu caso, de outros animais, ainda que eu venha reduzindo, não sem esforço, a ingestão de carne. Algumas células desse meu vasto conjunto animal se organizam em tecidos chamados ossos que, por mais enrijecidos, montam estruturas como o crânio e a coluna vertebral, o que faz de mim um animal vertebrado, compreende? Posso dizer, assim, que não sou um mosquito, claramente, ou uma centopeia, que também são animais, mas sem apetrechos como colunas ou crânios. Sou um vertebrado, e do tipo mamífero: durante minha primeira infância, fui amamentado para sustentar e expandir meu conjunto de células e, a certa altura, ainda muito pequeno, minha progenitora precisou recorrer ao leite de outros mamíferos, como as vacas. Os pássaros não mamam, portanto não são mamíferos. Vacas são, como já disse, mamíferos, mas minha ordem é a dos primatas, o que me distancia bastante, em termos anatômicos, das vacas, e me leva para bem perto dos macacos. Mas não sou um macaco. Um macaco geralmente tem cauda, e não possuo uma. Sou um primata, e dos grandes. Pertenço a um grupo de animais que perdeu a cauda na linha evolutiva e, ao mesmo tempo, ganhou massa cerebral. Bem, aí começa a enrascada: é justamente desse acréscimo que uma avalanche de questões se origina, algumas intransponíveis. Sou um primata de cérebro inflado, e da família dos hominídeos, o que me deixa parecido com um chimpanzé. Mas atenção: não sou um chimpanzé. A espécie a que pertenço é a dos homo sapiens, você sabe, sou humano, embora seja difícil determinar o que é ser um desses. A partir daqui os termos se tornam falhos, mesmo os científicos, e as definições, por mais técnicas, são imprecisas. Mas sou um ser humano, acredite, e meu gênero é o masculino, o que significa, resumidamente, que não sou capaz de gerar um filhote na barriga. Sou o que se pode chamar de um macho multirracial, e isso quer dizer que as características físicas de meus antepassados, constituídas por adaptação e isolamento ao longo dos séculos, como tipo de cabelo, formato do rosto e cor da pele, se diluíram em recentes cruzamentos. É como se o tempo e o espaço tivessem se encarregado de separar os homens em vários punhados bem diferentes uns dos outros e, agora, tivéssemos bagunçado tudo. Meus avós já eram assim, bagunçados. Não conheci meus avós paternos, mas os maternos sim, e afirmo que eram multirraciais, e isso basta para que eu também seja. Está ficando um pouco confuso, sei disso, o que veio para organizar acaba complicando tudo ainda mais e, até aqui, ainda fica difícil ser localizado no meio da população de seres vivos do planeta, mas você tem pistas. As pistas que você tem até agora: sou um eucarionte pluricelular, animal vertebrado, mamífero sem rabo, primata dos grandes, homo sapiens do sexo masculino, não vegetariano, alfabetizado e que domina, ainda que de forma limitada, a língua portuguesa, e com avós paternos que não conheceu, e com avós maternos multirraciais, e que tomou leite de vaca quando criança, e que não tem todos os porquês à disposição, mesmo possuindo um cérebro enorme à disposição.

Houve um tempo em que nada disso era importante. Esqueça tudo isso. O mundo era assim: diferente. Ainda não existiam os homens e todas as classificações, e nem essa mania de se perceber vivo, o tempo todo vivo, e essa pá de dúvidas entulhando os dias. Imagine um mundo assim: sem homens. Acredito que, nesse mundo, também não existissem macacos. Não exatamente como aqueles que vimos no zoológico e que, na verdade, não eram todos macacos: você se empolgou com a visão daqueles semelhantes exóticos, e correu até a ilha dos babuínos, que são macacos, e então encontrou o orangotango, que já não é macaco, e apontou o fosso dos gorilas, que também não são, até chegar ao incrível viveiro dos chimpanzés, os tais de que tanto gosto. Você chamava meu nome, me queria por perto, e então acelerei os passos para observar os primos a seu lado. Agora você sabe que aqueles a quem chamou de macacos sem rabo não são propriamente macacos, mas grandes primatas. Macacos e primatas são apenas nomes, uma espécie de cargo que damos a tudo o que existe para entender melhor a confusão que o conhecimento trouxe. O homem é como eu disse: também um grande primata, segundo a classificação oficial. Esse título também nos diz respeito.

Muito bem, esse mundo é assim: diferente. Sem os macacos que conhecemos no presente, e sem os grandes primatas sem cauda que encontramos nos zoológicos ou no espelho do banheiro. Imagine, então, um ser parecido com um chimpanzé, mas que já vai deixando de ser, e o tempo todo abandona traços para trás, como fez com a cauda, e que vai acumulando novas particularidades, mas sem chegar a ser exatamente outro. A evolução não tem lacunas, é contínua, e fica difícil estabelecer rupturas, saber em que momento deixamos de ser isso para ser aquilo, mas imagine um animal parecido com um grande macaco sem rabo, e imagine o mundo como uma floresta, mas uma floresta gigante, porque mesmo uma jaula aumenta de tamanho quando é tudo que conhecemos. Imagine uma floresta bem grande, e cheia de seres como aqueles, ali. Estão atravessando o rio, consegue ver?

Os macacos que não são macacos acabam de cruzar o último braço de rio e inspiram com esforço o ar ainda duro da madrugada. Estão embrenhados no escuro, é possível escutar o som do ar sendo puxado, e os gemidos engolidos de frio, ou de dor, ou de fome, ou tudo junto. Consegue ouvir? Os olhos são aqueles pontos brancos faiscantes no negrume, táteis, penetrando a última faixa de floresta, e apontam para a grande pedra, onde esperamos. De onde estão não passamos de um contorno contra a parte mais clara da escuridão, mas é para cá que caminham, para a fronteira de sucessivas manhãs, um abismo de árvores debruçadas sobre um descampado eterno. E caminham sem descanso, descoordenados e coletivos, envergados sobre as quatro patas, as da frente fechadas como um soco, os nós dos dedos servindo de apoio, do jeito que caminham os macacos que não são macacos.

O primeiro do bando já vem chegando e, agora, acomoda-se voltado para a planície, um campo invisível atrás do breu, mas que está ali, e sabemos disso.

Os estalos no fundo da língua racham a quietude num tipo de saudação, ou sinal de impaciência, talvez um desafio. Os companheiros chegam aos poucos e, distribuindo-se ao redor, formam uma plateia que, em resistência, deixa cair o ritmo da respiração, os gemidos se atenuando até quase calarem, e então aguardam, cúmplices na curiosidade, ou na ansiedade, ou no respeito a algo que, seja o que for, reforça o caráter de grupo.

Não é um grupo grande. Um time de cinco, seis, sete adultos. E o oitavo: um pequeno agarrado aos pelos da barriga da mãe, logo à esquerda do líder, uma cabecinha tímida e camuflada, os olhos perdidos. Durante a travessia, sem compreender nada, o pequeno fez de tudo para ganhar atenção, e mordiscou a mãe com a serra das gengivas, comunicando fome, ou sede, ou frio, ou medo, ou tudo junto, mas logo percebeu que a hora não seria sua. Há dias sua hora não chega. A mãe não tem respostas, é evidente: o olhar se desloca nervoso, o pescoço torcido para os lados, para cima, para trás, e sem encarar o filhote. Hoje bem cedo a mãe acordou, simplesmente acordou, como os outros, e então penetrou o muro de árvores mergulhadas na neblina, e quase perdeu as forças para o rio e o gelo do ar, e, com o máximo de silêncio que foi capaz de produzir, no fim, escalou a grande pedra para esperar. Agora, aparentemente, espera. O filhote, sem opções, fará o mesmo.

A espera não será longa, e parecem saber disso. Os movimentos nervosos surgem replicados em cada um dos integrantes que, inquietos, tentam decifrar sombras diluídas na floresta, uma sugestão de novidade dominando as expressões: algo acontecerá. Ignoram o que seja, assim penso eu, mas é curioso observar como seguem acompanhando, e é como se pedissem uma história contada e recontada, crianças com olhos abertos a um franco acúmulo de estímulos. Os sons da manhã escapam do interior da selva cada vez menos espaçados. Consegue escutar? Os sons brotam da água do rio, e das folhas, e também do vento metido entre as plantas, escorrem colina abaixo, comprimindo-se, misturando-se aos rastros, cantos, zumbidos, zunidos, e a pequena profusão avança e se agiganta, e forma uma pilha de música diante de nós. Dá para pegar o som com as mãos, imagine só, e o descampado começa a revelar uma forma, como se os ruídos pudessem provocar tal efeito. Dá um pouco de medo, não dá? O resto do mundo acelera em nossa direção, as respirações suspensas todas ao mesmo tempo, e bem rápido, por isso também esqueço de respirar. Uma linha antes inexistente vem estreitando a distância e deixando a planície à mostra, lá longe, mapeada nas primeiras manchas, os primeiros movimentos abstratos, uma película de frio sobre as primeiras cores. Ali, uma faísca ainda pálida. Mais adiante, um rascunho de vermelho. Uma árvore destacada do fundo pouco definido, e outra, e um alaranjado rasteiro de vegetação, e luz, e mais luz. A claridade se espalha em chuviscos, a falta vai dando espaço ao excesso, e, num golpe inesperado, o descampado ganha consistência, e está ali, sólido. A luz continua a chegar, e vem vindo, vindo, vindo, e incha a paisagem, todos os olhos espremidos na proporção da chegada da luz, tela em expansão, o fim do mundo avizinhado, e coisas e mais coisas ressurgindo, ali, e aqui, na distância de um braço estendido. O começo de um calor emana de não sei onde, e o horizonte já se aprofunda nos tons, o fogueado rubro, o dourado, e tudo passa a existir com tamanha violência, uma violência tamanha, por dentro e por fora. Não sei como descrever. Paralisado, o bando está cheio de movimento: um tremor, um temor, razão que toma cada um, o espanto repentino, um sentido que nasceu e agora cresce, e já vai traçando o céu. Um grito rasgou a planície em duas: eu me assusto. Só mesmo um grito para dar conta. E outro, e outro, e outros tantos. Escutou esse? Os gritos não param de chegar. Também tenho um na garganta, mas engulo, e outros macacos que não são macacos balançam os galhos vizinhos e, com urros graves, em combinações e intensidades desdobradas ao infinito, trocam dialetos milagrosamente inteligíveis, sem perguntas e respostas, apenas manifestações cíclicas cada vez mais breves na duração, e entendo tudo, ou talvez entenda, ou queira entender, e possa. Do contorno da floresta, uma revoada: os pássaros existem. Mais à frente, o desenho ganhou vida: outros seres. As coisas seguem existindo, e uma força ergue o corpo do líder, a fraqueza repuxada nos braços, os membros lançados para o alto, fluidos, verticais, acompanhando a bandeira de aves que tremula o céu, e o céu inteiro vibra no ritmo dos gritos, multiplicados em ecos, emendados uns nos outros, uma trilha arrebatadora que carrega cada inseto, cada vida miúda, e asa, antena, víscera, visco, e essa força que se descola de tudo que é vivo, chocando-se contra a superfície das peles, e cascas, e cheiros, e rochas, o mundo dilatado e em queda livre, existência única e tácita, tudo aqui, tudo agora, contrastante e consonante. Engulo, e isso dói: não grito. E a luz, agora num murro.

E silêncio.

Agora, uma pausa entre os silêncios: mais silêncio.

As explosões diminuem. A paz goteja na floresta. O mundo está mais quente, a energia entornou na planície. As batidas do coração, está escutando? Os barulhos se recolhem num murmúrio homogêneo. No fim de um período que não sou capaz de medir, o sol, arredondando-se, se desprende da fronteira. O calor empurra cor contra os volumes, prende o verde nas árvores, o ocre no chão, e o mundo fica áspero. O azul, o cinza, o amarelo: as cores se apartam. Nuances. Nuvens. Profundidade. Terra. Troncos. Sulcos. E um tanto mais de silêncio, do tipo que pouco se encontrará no futuro. Tente imaginar. É um vazio que apavora tanto quanto os gritos, mas que também pacifica. Dá para sentir as forças opostas puxando e espremendo, e nós no meio. Você também sente?

E o bando segue estático sobre a grande pedra. Os outros bandos já voltaram para dentro da floresta, mas não sei quando. Um tipo de pesar ficou instalado entre os galhos. Algo que não sei se posso definir, mas é como o cansaço que sucede o gozo, algo assim. Olhos lá longe, na vegetação baixa, as árvores largas. Uma nova rodada de espera.

É a mãe que faz o primeiro movimento. Curvou-se sobre o precipício. Grunhe. Os outros a imitam: curvam-se e juntam os olhares na reta do foco da mãe. Uma avalanche de poeira densa se desprende e para lá embaixo, na bainha da grande pedra. O pequeno segura com força na mãe e, de lado, também observa: foi um arbusto que se agitou. De dentro da folhagem sai um macaco.

Que também não é macaco. Outro igual a todos: mesma estatura, mesmo caminhar, mesmo aspecto cansado, ou faminto, ou amedrontado, ou tudo junto. Carrega algo de distinto, e o bando percebe a diferença, ali, misturada às formas, ao movimento dos músculos. O macaco que não é macaco, e que é diferente, se volta para o arbusto de onde saiu. Vai agitar os ramos. Agita. Um segundo macaco, que também não é macaco. De outro canto, o terceiro. São três. Os três, acocorados por um tempo, pés plantados na terra, parecem selecionar coisinhas no chão. Sementes, talvez. Levam as sementes à boca. O que surgiu primeiro impulsiona as patas traseiras e arrisca alguns passos. Os outros dois o imitam. Os três ensaiam um afastamento, entre breves paradas e impulsos, a mira na direção do descampado. O líder do bando da pedra solta um guincho curto e os três estranhos titubeiam diante da linha do sol. Devagar, o primeiro deixa a sombra e, sem aviso, dispara até uma das árvores soltas. A decisão demora a tomar forma de ação nos outros dois, que permanecem no quase, no perto, até que, alheios aos gritinhos sutis do bando da pedra, seguem a mesma rota do primeiro. Agora estão os três sob a copa de uma árvore, acolhidos, e ali descansam para, após algum tempo, com todos da pedra tomados pela mudez, retomarem a direção do horizonte, que já vai longe. Os três vão deixando a grande pedra para trás e, vez ou outra, recuam, e medem, e piscam, e vacilam: mas vão. Em pouco tempo serão apenas pontos se movendo num oceano de terra.

Aqui, na pedra, o único ruído vem do pequeno, o lamentozinho abafado e esganiçado. Parece ter se perdido dos pontinhos cada vez menores e esfrega a barriguinha na mãe. Também sinto fome. Mas nenhum outro movimento ou som será deliberadamente produzido até que aqueles estranhos semelhantes desapareçam completamente.

Já adianto: no próximo inverno, a última faixa verde, a que separa o rio da planície, estará extinta. Alguns invernos depois a floresta descobrirá o leito do rio. O rio amansará, quase seco. A grande pedra, que hoje recebe luz do sol apenas na primeira metade do dia, se transformará em sombra eterna para um arvoredo acanhado, uma planta magra que se enche de frutinhas no verão. Todos do bando da pedra adoram aquelas frutinhas, e também o pequeno, claro, adoraria experimentar. No entanto, nunca provará delas.

Então o mundo mudará de vez: agora o mundo é outro. Para os três estranhos, cada vez menos macacos, o mundo ressurgirá diferente todos os dias. Nunca mais serão vistos por aqui. Caminham, e seguem caminhando, e não, não é um recurso de imagem: aconteceu, estivemos lá, acredite em mim. Os três estranhos gerarão descendentes, isso também é certo, e serão muitos, questão de décadas, ou séculos, ou milênios, e o grande grupo se dividirá em ramos, aos punhados, um pouco para lá, outro tanto para cá, e se espalharão pelo mundo, até tudo se misturar novamente, e então alguém perguntará a si mesmo, com seu potente e bendito apetrecho cinzento, a consciência tinindo de nova, novinha em folha: por que justamente eu, e assim? Mas veja bem: essa é outra história.

(...)

Hoje acordei. É como diz a mãe todo dia de manhã. A mãe levanta, troca de roupa e ajeita o cabelo em frente ao espelho para encontrar a vó na cozinha e dizer: hoje acordei. Diz assim, como se tivesse ganho uma medalha. Na origem, era hábito do vô. Quando a mãe era criança, o vô levantava, e trocava de roupa, e lavava o rosto para encontrar a mulher e os filhos na cozinha e dizer: hoje acordei. A mãe se agarrou à frase e agora usa como afago, todo dia cedo, tentando fixar um mínimo de familiaridade nas coisas. Também me apeguei à frase, mas sem agarrar, e nunca repito assim, como uma medalha. Mas às vezes me vejo querendo dizer.

Então, hoje, acordei: hoje acordei.

Não consegui abrir os olhos. Estou acordado no escuro esticando o tempo suspenso. Sonhei com alguém que julgo ser um pai, mas não sei se era meu pai. Senti a aproximação de um vulto, daquele que parecia ser um pai, e minhas órbitas viraram para dentro num susto. Isso mesmo, um golpe só. Vez ou outra, uma sombra de luz revelava o desenho de um túnel vermelho, a voz do pai reverberada, palavras incompreensíveis, e o som abafado, como se também meus ouvidos estivessem invertidos. Eu espremia os olhos, espremia, e deixava o escuro tomar conta, querendo fugir do vermelho, do mesmo jeito que faço agora. Pode ser que o sonho não tenha se esgotado, que ainda esteja aqui de algum jeito e eu precise conviver um tanto mais com a cavidade sanguínea, uma ideia nada agradável. Por isso continuo a espremer os olhos, e viro o rosto para a parede, escapo da claridade. Quero tudo preto, pelo menos por enquanto.

Apesar do escuro, ouço bem e já consigo me orientar. Sei onde estou, assim, por alto. Os ruídos são os típicos das últimas manhãs: esses pássaros irritantes, um timbre urbano embaralhado, som quente de fuligem, e o mar implícito, um fundo distante de maré. Outros ruídos sugerem que alguém prepara café. Chiado de fogo, água batendo contra o alumínio, porta abrindo, porta fechando, e tampa, e colher. Pode ser apenas minha vontade: quero ouvir o café, desejo criado no costume, herança de ontem e anteontem, necessidade física de algo que me reinicie a jornada. E pode ser que eu tenha dormido além da conta e que alguém, na verdade, esteja cozinhando o almoço. Quem sabe os passarinhos estejam há horas nesse canto renitente. Mas não vou abrir os olhos, não ainda, não quero avaliar a qualidade da luz, se de manhã, se de tarde. Ainda não.

Em que momento passei a desconfiar de tudo? Não saberia dizer com exatidão, mas vem acontecendo há pelo menos um ano. Mais de um ano. Claro, bem mais. Venho acordando sem a impressão de ter despertado, sabe como? Percebo os acontecimentos em processo, câmera lenta, mas sem conseguir pegar com a mão. Então, de repente, tudo acontece, e os eventos ficam assim, assentados, com ares definitivos. As coisas acontecem em ondas irrefreáveis, é isso, uma depois da outra. Tem sido complicado voltar atrás.

Talvez eu não queira voltar atrás.

O cheiro de café entra e finalmente empurra o dia para o campo das certezas. Os passarinhos continuam lá fora. Manhã, sem dúvida. E vou abrir os olhos no três, agora sim. Um, dois, três: uma decisão, um pouco de controle, e o quarto existe. Estico o pescoço e, no fim do corredor, você. Já sabia que era você. Sua mão deita o café numa caneca. É sua mão, e minha caneca. Parece minha caneca. Não sei de que jeito minha caneca teria ido parar na sua casa, um lugar tão distante do meu: é o tipo de informação que, depois da bebedeira, retorna lentamente. Não sinto que tenha bebido tanto, veja bem, mas sei que bebi comendo pouco, sinto a falta no estômago, e vazio com cerveja é soma que sempre dá errado. Ou certo, a depender das consequências, que não parecem ter sido as melhores quando lembro do pai girando meus olhos para dentro. Álcool perturba o sono, é o que se diz, mas não quero pensar no pai.

Você parou na porta do quarto. A luz apagada, persiana baixa, um pouco de dia penetrando. Os passarinhos não se cansam, mas agora são poucos. Um avião acaba de passar por cima do prédio, o som das turbinas lá longe. Escutou? Você não dá atenção aos ruídos, está concentrada em mim, vigia sem saber que meus olhos estão entreabertos, uma fenda suficiente, um filtro formado por minhas pestanas, os cílios espessos grudados uns nos outros, uma névoa, e você do outro lado parada junto à porta. Pestanas. E cílios. *Pestanas* e *cílios*.

Um de meus hábitos recentes: tenho estranhado palavras. Não gosto de algumas, enjoei, mas nem sempre há sinônimos à mão. *Pestana* lembra peixe, não lembra? Não gosto de peixe. Nada contra os peixes pelos peixes, não gosto mesmo é de comê-los, não suporto o cheiro, o aspecto das escamas. Muito bem, não gosto de peixes: mas e *cílios*? *Cílio* me faz pensar em algo muito diferente de um cílio, mas não sei dizer o quê. Parece bobo, mas não, não acho que tenha me tornado um bobo. Pestanas. E cílios. *Cílios*. *Cílios*.

Você estacionou na porta e vai permanecer aí um tempinho. Está se apaixonando voluntariamente: seleciona imagens visuais e cruza com imagens etéreas, sensações recuperadas, estimula a memória. É isso, não é? Talvez pense em providências mais objetivas, tentando decidir como vai me distrair durante o dia, mais um dia com esse intruso em sua casa, e pode ser que esteja assustada com nossa história, uma situação tão provisória e frágil, e também não saiba como voltar atrás. Talvez não queira, como eu.

Você desapareceu com a caneca na mão. Cadê você? Uma cadeira arrastada no quarto ao lado e um rangido, que foi alguém sentando. E as teclinhas: é, sei que são as teclas do meu computador pessoal. Você está mexendo no meu computador, não está? E decido levantar, estou de pé junto à porta do outro quarto, é para cá que você fugiu. Agora já consigo ver seu rosto com nitidez, seus dedos longos de pianista comandam a tela do computador: azul, violeta, branco. Tudo que você faz tem a ver com música, venho anotando os ritmos do seu corpo. A tela branca se estabiliza e cobre seu rosto, deixa a pele ainda mais clara. Como alguém consegue ser branca a esse ponto, e debaixo de tanto sol? Uma cidade ensolarada a maior parte dos meses, tanta luz refletida da areia, um forno de rachar o crânio, e sua pele como a de uma escandinava. Bastante escandinava, você.

E lembro da mãe: lá vem a mãe de novo. Ê, mãe... Talvez venha pensando na mãe sem parar, desde os sons do café, ou desde o sonho bizarro, e hoje acordei, e por aí foi, com a mãe escondida nos cantos dos pensamentos. Mas alguma nova conexão ocorreu e a danada sempre volta, e voltou de modo consistente. Não sei se posso dizer que penso em algo sem saber explicitamente que o faço, não sei se o termo pensar se aplica a um ato tão automático, mas sei que não quero pensar nisso. Não, não quero, mas a mãe foi definitivamente evocada, mesmo sem permissão: a senhora bonitona está aqui, bem conservada para a idade, inteligente, a professora aposentada, estudos sociais, ensino fundamental. Ainda é assim que chamam esse ensino? Fundamental? A mãe diria que é bobagem essa conversa de escandinava, deve ter sido por aí que encontrou um jeito de irromper e voltar à minha consciência. Não existem mais fronteiras, somos todos mestiços, é o que a mãe diria, sonhando com igualdade, construindo o mundo de acordo com suas preferências, ainda preservando utopias. Talvez seja bom preservar utopias, pode ser vantajoso para alguém da idade da mãe, que é muito esperta e sábia, mas veja bem: é minha mãe. Perigoso pensar na mãe aqui, agora, não sei se quero. Não, não quero. Em frente.

Você empurrou o cursor e seleciona um ícone na tela, vai ler as coisas que escrevi. Vou deixar, não impeço. Meus arquivos não são protegidos, contei isso a você. Contei, não contei? Que não gosto de senhas? Que as confundo, que não memorizo fácil? Que minhas senhas estão guardadas em uma pasta amarela dentro do computador, e que, para acessá-las, a máquina não pode estar protegida, pois corro o risco de esquecer como entrar, e seria uma situação paradoxal? Contei, não contei? Minhas poucas senhas, as que não são criadas eletronicamente, monto a partir dos mesmos componentes de sempre: o nome do pai somado ao ano do meu nascimento. Sempre assim. Quando não dá para usar letras, como na senha do cartão de crédito, uso só a data, duplicada e espelhada. É a chamada senha fraca, mas assumo o risco. Tenho assumido alguns. Então você abre um arquivo, sem precisar de senha, e descansa as costas no espaldar da cadeira, e *espaldar* é uma palavra empolada demais para uma realidade tão simples, mas você descansa as costas nessa realidade tão simples e vê o texto que deixei você ler. E então lê o que escrevi sobre os macacos que não são macacos, e com um ritmo surpreendente, em voz alta, já na certeza de que estou aqui atrás, bem pertinho. Na sua voz até parece bom, uma canção, e sua voz canta que o mundo era assim: diferente. E avança sobre a floresta, e o descampado eterno, e o arbusto chacoalhado, e sobre os exóticos semelhantes que desaparecem no horizonte, e quando vejo leu tudo num fôlego só, e então toma um gole da minha caneca, o café frio, possivelmente frio, e coça o nariz com aquela voracidade desproporcional, do jeito que só você coça o nariz.

(Você está falando comigo no seu conto), é uma pergunta. Parece uma pergunta. A entonação dá margem a dúvida, mas soou como pergunta, e retórica: você realmente acha que sim, que eu me dirigia a você enquanto escrevia o conto. Convencida, veja só. (Imagino que seja comigo, com essa história toda de correr pelo zoológico), é uma conclusão com uma queixa embutida: sentiu-se infantilizada no retrato, com essa história toda de correr, e talvez ache que alterei demais a realidade dos fatos, algo do tipo. Acontece. (Você tem pensado em mim quando escreve), é outra pergunta, definitivamente, e cheia de orgulho, e a resposta é sim e não, não exatamente, mas vou omitir isso. Não quero discorrer sobre técnicas de escrita literária ou sobre a teoria do leitor ideal, não aqui, não agora, quero apenas olhar você e acompanhar seus movimentos. Logo irei me aproximar. Você faz perguntas e tira suas conclusões sem virar o rosto na minha direção, e percebo um breve movimento na orelha esquerda, que se desloca para cima sempre que você franze a testa. É mecânico, pode ser genético. O que você pensa com a orelha franzida é: não devia ter perguntado, ele não gosta de invasões de privacidade, e se não for pensando em mim que ele escreveu? Você pensou tudo isso, não pensou? Está pensando essas coisas todas, não está? (Você disse que eu podia ler, lembra), outra vez uma pergunta, mas é também um pedido de desculpas.

É hora de me aproximar, encosto o queixo em sua cabeça, *queixo*, encosto o *queixo*, palavra esquisita, e ensaio uma massagem em seus ombros, e então alcanço minha caneca. De perto não é mais minha caneca, e não tinha mesmo como ser, não carrego canecas na bagagem. Roubo um gole da caneca e comprimo de leve a maçã do rosto, tenciono a garganta esperando o doce do café, mas o líquido que entra é amargo, surpresa, e mais forte que o de ontem, e forte na medida, embora realmente frio. (Fiz do jeito que você gosta), é um presente que você gentilmente está me oferecendo. Uma história de poucas semanas e você já prepara o café do jeito que aprendi a gostar, e até suporta bebê-lo assim, e levanta cedo, vigia meu sono, e tem interesse pelos meus contos. Não sei como chegamos até aqui, mas chegamos.

E o café frio e forte me faz bem: não sei mesmo se quero voltar atrás.

E o que faço é te pegar num beijo, um de casal, daqueles breves de começo de dia, pouco invasivo mas robusto, e que deveria ter demorado mais tempo para surgir e se repetir em sucessivas manhãs. Um beijo íntimo, esse, e o beijo diz: não me importo, pode espiar meus arquivos o quanto quiser. Espero que você compreenda a mensagem. Compreendeu? (Não sei se gosto da parte em que o narrador adianta a história, prefiro que seja mais demorado, achei o recurso preguiçoso), é um protesto contra o estilo indolente do autor, parabéns, bastante sofisticado. (Você falou do nosso zoológico), uma constatação proferida com um sorriso, num desses tons que amolecem os assuntos, cheio de reticências, ah, esse seu jeito, você me amolece com seu jeito de falar. Mas há momentos em que tomo decisões, e minha decisão é interromper o assunto antes que volte ao estado sólido. Não quero falar dos macacos que não são macacos, nem do meu estilo, e desconverso com uma pergunta qualquer: como foi que deixei você entrar na minha vida?

Não foi uma pergunta qualquer. A pergunta soou sincera, mesmo para mim.

E vou dar outro beijo íntimo, seguido de outro mais próximo da paixão. E faço isso. E, quando vejo, já fizemos tudo, e nos melamos outra vez, os fluidos misturados ao sal do ar, meu nariz apontado para o teto, um sorriso embutido na goela, e viro esse pouquinho de sorriso na sua direção, o cotovelo prensado contra o meu, sem poder voltar atrás. Escandinava, você, e viro o corpo para o lado. Não sei se você quer me abraçar e me agarrar pelas costas, mas é o que desejo. O dia, mais forte que o bloqueio da persiana, já invadiu o quarto de vez, e chega até aqui, fecho os olhos torcendo para que você me abrace, e vejo tudo vermelho, e agora é bom.

Como vou falar de você depois da separação? Qual será seu nome então?

Mas não quero pensar nisso, e decido não pensar, quero ficar outra vez no tempo suspenso, meu novo limbo. Um sono vem chegando, aconchega-se entre nós. Imagino seu rosto sendo absorvido para as profundezas. É para onde iremos em breve, sinto isso, mas ainda conseguiria dizer, e então penso em dizer, e tento, e digo: hoje acordei. Viro o rosto para trás, procuro o seu. Você não me abraçou, mas está sorrindo. Você sorri, bem lá do fundo.

(...)

Vinte e oito quilômetros de congestionamento na cidade: é o que informou o rádio antes de ser desligado. Ainda está com muito sono. É segunda-feira e não acordou do jeito certo. Sempre acorda com o despertador, mas hoje não aconteceu, e pegou a estrada onze minutos depois do ponto crítico, o ponto de virada. A estrada já é um limbo longo e ininterrupto. A rodovia é a merda de um limbo: a ideia surge apesar de qualquer encadeamento explícito, vazou do sono. Vinha dirigindo, tentando recompor a enxurrada de acontecimentos das últimas semanas, as reuniões secretas que definiriam o futuro na empresa, as conversas junto à máquina de café, e que café ruim o da máquina, e tudo foi acontecendo, acontecendo, e então solicitou os dias de férias vencidas, ou foi o presidente da companhia que ofereceu, ou apenas sugeriu, pode ser que tenha sido assim, é, foi assim, o presidente exigiu e as férias vieram, uma fuga na hora certa, um alívio para todos os colegas, que não precisariam lidar com a situação incômoda antes que a situação incômoda esfriasse. Ele não foi promovido e as férias chegaram para compensar, ou para conter seus instintos de violência, mas não sente o efeito, não parece ter passado pelos dias de descanso, e agora está aqui, na estrada, dirigindo e tentando recompor a enxurrada de acontecimentos, e é então que diz em voz alta: a rodovia é um limbo.

Toma gosto pela ideia, mas não registra no caderninho, segue adiante. Tenta seguir: o limbo realmente existe. Desce o vidro até o fim e põe a cabeça para fora. O limbo vai lançado à frente com o asfalto atapetado de capotas, um engarrafamento colossal, gomos metálicos comprimidos em seis faixas estreitas, nenhum sinal de acidente ou batida policial. A claridade reflete nas capotas e fuzila a retina, uma tortura, dois riscos enrugados, a sensação térmica ultrapassando, e muito, a marcação dos termômetros. O calor assa a paciência. Na serra, bem mais perto do sol, quis o calor, e entregou-se, imaginando tudo de ruim torrar, torcendo para que os resíduos tóxicos fossem descarregados na água gelada do rio. Pelo menos foi o que tentou. Se conseguiu, não sabe. Desconfia que não. Fecha os olhos e aplica as lições de relaxamento que recebeu de um livrinho encardido, um livrinho de bosta escolhido ao acaso, assim, pelo tamanho, na estante coletiva da pousada. Leu o livrinho disfarçando a leitura, meio no descaso, e o autor ia direto ao assunto: uma autoajuda de verão em cinco lições. Tentará agora mudar o estado mental, procura recuperar as preleções da serra, e inspira, e prende, e libera o ar com calma, uma calma desajeitada. Inspira, prende, e solta. Inspira, prende, e solta. Na esperança apressada de que algum velho percurso neural tenha sido burlado, antes de completar a sequência sugerida de dez ciclos, abre os olhos controlando a velocidade das pálpebras. *Pálpebras*. Pál-pe-bras. Tudo igual: carros, buzininhas, motor trepidando, sem atalhos à frente, não adianta procurar, não haverá retorno antes da saída definitiva que dá acesso ao escritório, lugarzinho indesejável, um caminho viciado e construído ao longo de treze anos.

Examina o rosto no retrovisor, estica para os lados, as olheiras e as rugas insistem. No centro das pupilas: o olhar do otimista convertido. Outra expressão de efeito, e essa foi roubada do filme que assistiu na pousada, aquela dublagem nas mesmas vozes de sempre, tradução barata, e ele tentou corrigir, mas algum defeito no controle remoto não permitia que o idioma original fosse selecionado. (Você tem, sim, o olhar do otimista convertido), a frase saiu mais ou menos desse jeito da boca do ator, a mesma voz de um personagem de desenho animado da infância, tom nulo, subtextos soterrados. E assim será o mundo de hoje em diante: um livrinho atrás do outro, filme após filme, sem surpresas, e péssimas dublagens. Vai ser assim? Um fio de suor cruza o rosto, já deixou um rastro desde a testa, mas não sobrevive ao ângulo do maxilar, desaparece antes de ser absorvido pelo colarinho da camisa. Precisa afrouxar a gravata e o suor pode ser um bom motivo. Alarga o nó e afunda no banco, o felpado sintético do estofado esfola a calça do terno, uma briga entre tecidos, estado de alergia. Que porra de dia áspero, um desses mais quentes que a média histórica do período, e isso renderá reportagens na tevê logo mais, pode apostar, hoje tivemos o dia mais quente do ano, e entram depoimentos de transeuntes molhados, o roteiro reeditado do verão anterior. O ano se inicia já cheio de reedições, um novo ciclo disparado, mas nem tão novo assim, e milhares de homens e mulheres voltando das férias, um banco de esperanças encalhadas num rio sem correnteza. Esperanças em um rio sem correnteza: pensa em tomar nota, até que gosta da ideia, talvez tenha trazido o caderninho na maleta, no banco de trás, talvez escreva a frase num livro um dia, o livro que planeja desde a adolescência, e que já tem até ideias para capa, mas não estica o braço, não alcança a maleta, não procura o caderninho, e já deu tempo de decidir que enjoou da ideia, e que a frase é uma merdinha de frase, e que soa dramática demais. Esperanças encalhadas em um rio sem correnteza: repete com voz de barítono. Uma moça acompanha tudo do carro ao lado, conhece a moça de algum departamento no escritório. É a funcionariazinha da auditoria, lembrou-se da moça, mas a moça dissimula, foi flagrada bisbilhotando a loucura alheia. Será que repetiu a frase em voz alta? E como era mesmo a do filme? Um otimista convertido? Nunca fui um otimista, não, nunca fui um desses: é o que está pensando. Nunca foi. Como poderia se converter? Nunca foi de lançar frases corretas nas horas certas como fazem muitos colegas, tão positivos, turbinando a capacidade intrinsecamente humana de perceber o futuro mais brilhante do que as probabilidades, terminando as sentenças com três pontinhos ansiolíticos, abertos a um futuro sempre, sempre, sempre promissor. Sempre. (As vendas já vão melhorar...), sempre o desejo obrigatório e contratual de ver as vendas melhorarem no dia seguinte. (A economia agora vai, agora vai...), sempre a mesma torcida, ganhando força na voz, como se palavras pronunciadas em grupo tivessem o poder ampliado. (Parece que vai ter aumento no fim do ano...), sempre o mesmo pedido para as estrelas, e sempre no fim do ano. Sempre, sempre, sempre: no fundo, mesmo descrentes, não paramos de rezar. Tudo vai melhorar. Vai, sim. Gente positiva, promissora, pessoas de efeito, o tipo de gente que prolifera nos escritórios, tanta gente assim nos últimos anos. Ele não: calado quando possível, a mira na neutralidade, aura de mistério, o realista de plantão, senso de humor ácido, quase azedo, inclinação mínima para estados mentais festivos. Chegou a experimentar o efeito agradável que o otimismo provoca no metabolismo, chegou a colher alguns frutos, verdes, e realmente vislumbrou a promoção de cargo: o universo se revelaria previsível diante de uma carreira planejada e sempre ascendente. Enxergou, por alguns dias, um aceno de perspectiva positiva em sua visão de mundo congestionada, mas não, não adianta repaginar os acontecimentos numa ordem mais conveniente, não adianta: a memória não está a favor, há agora uma infiltração em algum lugar, tudo retingido de cinza, parece que mofou. Foda-se o otimismo.

Agora ri dos próprios pensamentos. Um resto de risada, uma sobra do otimista convertido: ironiza num sussurro. O filme terminava na praia, claro, como alguns de seus filmes franceses prediletos, os antigos, mas a dublagem era mesmo de vomitar. E tomou uma decisão, como se fosse possível decidir coisas do tipo: não confiar mais em processos conscientes de validação da realidade, não crer na ficção que porventura viesse a encenar para si mesmo, não daria crédito a nenhum cenário asfaltado com placas e setas bem escolhidas, e não deixaria que o passado se esgueirasse matreiramente para um futuro idealizado, para no fim largar os escombros na praia. Não tem ninguém cuidando dessa merda? Não tem polícia rodoviária? E solta um suspiro de alívio. Olha para o céu, gesto automático tantas vezes lido como indício de afeto por deus. O céu, antes das férias, carregava rasgos celestiais e lançava raios revigorantes, confirmando a glória de seu destino. Glória! Redenção! Bonito, bem bonito. O céu sorria para ele, mesmo se uma aeronave invadisse a cena, um grande e fálico avião singrando o espaço aéreo: sua metáfora para a promoção. Agora o céu está murcho, o azul parece ridículo com tantas nuvens à espreita, prontinhas para mudar o roteiro do dia. *Ridículo*. Sabe-se também *ridículo*, e fracassado, e patético, e não faltarão adjetivos para se autoqualificar. O fracasso ganhou inúmeras versões antes de se fixar ao patético e assumir-se definitivamente como fracasso: foi chamado de injustiça nas primeiras horas e transmutou-se em martírio, e em rito de passagem, e chegou ao último dia nas montanhas como provação a ser enfrentada com queixo erguido. Agora é fracasso e pronto, e sem o clichê do *queixo* erguido. Não vai tolerar nenhuma idiotia do tipo: deixe o tempo agir, cara, a gente vai rir disso no futuro, vai ver só, espera só, espera só. Deixar o tempo oxidar a visão, mascarar tudo outra vez? O plano brilhante? É isso, garoto: deixe que a ilusão se cristalize de novo, e que retome o jeitão de verdade incontornável, a promoção já vai se materializar, os deuses vão atendê--lo, e foda-se. Está cansado. Foda-se. Fo-da-se. Um novo suspiro gritado: e não quer mais saber se a mocinha do carro ao lado está rindo ou não. É: foda-se. Liga o som, mas evita o rádio, seleciona uma trilha no mp3 e a melodia sai das caixas, uma antologia destilada para momentos trágicos na estrada. Uma seleção demorada, levou anos. Um filme *ridículo* pede trilha melodramática, e cantada aos berros, e que gere identificação no público, e que vista o *ridículo*, não o deixe nu. Estica a mão para desligar o som, mas o que faz é aumentar o volume, a decisão veio na ponta dos dedos. Não sabe por que faz isso, mas segue o embalo e fecha a janela, acende o friozinho domesticado, como gosta de chamar. Vou acender meu friozinho domesticado, é o que costuma dizer, e ela costumava rir de suas repetições.

Ela gostava das coisas que ele dizia: já houve esse tempo.

Não quer pensar nela, mas a música não ajuda. Lá fora, o planeta sufocado e sem trilha sonora. Aqui dentro, tudo mantido à parte, como fez a vida inteira. Sobrevivência é a palavra escolhida para ilustrar o passado recente: tudo que fiz, no fim, foi tentar sobreviver, como qualquer bactéria, e a diferença entre nós e as bactérias é que cismamos em sobreviver da melhor maneira possível. Não basta sobreviver? Precisamos ser bactérias bem casadas e lutando por uma promoção? E ficar aqui parado nesse limbo até que é bom. Muito bom: aproveite. O som é ruim, o friozinho domesticado é fraco, mas o fim da estrada ainda está oculto, o escritório longe, lá na ponta. E como numa mágica perversa, ou numa sacanagem divina, o trânsito começará a fluir. Assim, sem causa. Quer apostar? Atenção: o trânsito começa a fluir. Veja só: o simulacro não funciona do lado de fora, uma piada, o mundo não segue o mesmo compasso que o seu, e o carro se move empurrado pelo fluxo até a entrada do escritório central. Não há como escapar: de volta à rotina, e resgata o crachá no porta-luvas, como sempre fez. *Crachá*: palavra estranha. Importada do francês, na certa.

O portão já se abriu, não há mais tempo para pensar na origem das palavras, o segurança se aproxima dando a impressão de ter notado algo errado. *Segurança*: quando foi que isso virou cargo? E há mesmo algo errado aqui dentro. Patente, não é? O desleixo com a gravata, a barba mal escanhoada, os sentimentos mal acomodados querendo pular para fora como um hóspede alienígena, o suor em excesso, os rodamoinhos de cabelo. Há muita coisa fora do lugar. E se ajeitasse a gravata? E se disfarçasse o suor, secasse o rosto com um lenço de papel? Tinha uma caixa de lenços por aqui, em algum esconderijo. Mas o *segurança* é rápido, acostumado a funcionários em flagrante troca de chapéus, pessoas físicas entrando, pessoas jurídicas saindo, e parece entender que não faz diferença, fossem as olheiras, fosse a barba ou a gravata, ou o suor, e se afasta do mesmo jeito que se aproximou, sem alterar o ritmo, o drama dos executivos não é, afinal, sua esfera de competência: o *crachá* era tudo de que precisava. (Um bom dia de trabalho para o senhor), uma reprise. Com um gesto, devolve o bom-dia ao moço, e agita o *crachá* na frente do leitor óptico, o código de barras é reconhecido e a cancela se levanta. *Cancela*. Já pendurou o *crachá* no bolso da camisa e segue reto, esquece a *cancela*.

Uma mulher alta e robusta caminha dez metros à frente, o terninho preto firmemente esticado sobre a pele, ele ajeita o cabelo atrás da orelha e olha no retrovisor, mas as olheiras ainda estão aqui. Devia ter cortado o cabelo antes da volta, pelo menos o cabelo poderia estar mais adequado. Passa a ponta do indicador nas bordas do *crachá*, uma espécie de tique nervoso. No plástico, o sorriso sincero, cabelos mais curtos, rosto magro, olhar aceso, a gravata bem aplicada num nó italiano. E em letras grandes, preto no branco, caixa alta, sem serifa: Luna. Embaixo do nome, em corpo menor, itálico: depto comercial. Tudo muito bem centralizado.

E aquele capítulo, se um dia fosse escrever, poderia ter o seguinte título: os olhos de Luna sem olheiras na foto plastificada. Ou uma opção mais longa e moderna, um tanto pretensiosa: os olhos de Luna cheios de olheiras no primeiro dia de expediente depois das férias, depois de perder a promoção que tanto esperou. Mas não. Esse capítulo, caso seja escrito, não terá um título. Luna acha que nunca vai colocar títulos nos capítulos do seu livro. Título. *Título*. Luna não gosta muito de *títulos*.

(...)

E refaço a pergunta a um milímetro do seu ouvido: Como foi que deixei você invadir a minha vida? Sussurro olhando de perto esse seu brinco de pedrinha azul, microscópico, incrustado no lóbulo da orelha como um microfone, maquininha de espião. *Lóbulo*. A imagem me faz sorrir por dentro: um microfone secreto e o mundo acessando meus sussurros. Você descola as costas da cama, forma um arco, o alongamento me excita, e então responde algo incompreensível, a traqueia obstruída contra o colchão, e aí volta à posição de repouso. Está esticando o tempo suspenso, parece, mas não quero esticar o meu, e não volto atrás: tento extrair um novo beijo, luto até conseguir, e o beijo que consigo ainda é muito bom, de uma consistência aterrorizante. E decido que essa simples conquista é das melhores coisas que já fui capaz de fazer, melhores mesmo, englobando meus parcos contos, e planilhas de controle, e aquelas gambiarras elétricas, ou qualquer coisa de qualidade que eu já tenha feito, entende? Bom assim. Bom a esse ponto. Decidido.

Amanhã, na cabine pressurizada do avião, com a rota traçada quilômetros à frente, e sem ter para onde escapar, retomarei as pistas de cada pequeno impulso, cada som emitido, mesmo os incompreensíveis, e tentarei redesenhar o percurso até chegar a esse instante, o exato beijo que acabo de extrair. Caminharei várias vezes até o lavatório minúsculo e lavarei as mãos, fingindo necessidades urgentes, e voltarei ao meu assento perto da asa, indo e vindo, indo e vindo, imitando a atitude de turistas que também viajam de volta para casa como se voltar fosse a única alternativa, e tentarei reinventar nossa manhã na memória. Indo e vindo. Passagem checada, máscaras de oxigênio cairão, jornal de cortesia: mas por dentro meu caminho inacessível até esse monstro de beijo. Indo e vindo. E lanche na caixinha, refrigerante ou cerveja, velocidade de cruzeiro, cintos afivelados, e então: você. Toda a lista de pequenas distrações propostas pelas comissárias, esforços em prol do esquecimento, esse terror de voar em máquinas mais pesadas que o ar, mas tudo com efeito limitado: por dentro, ainda você, deixada para trás, esse texto inacabado e abandonado prematuramente, sem segundo ato ou desfecho, e eu ali, indo e vindo, afastado do mundo desconhecido com o qual venho me habituando, e não sei por quanto tempo, e não sei se para sempre. Para sempre, talvez. Não sei. É tudo você, e é uma porcaria, entende?

Tem sido assim nos últimos dias.

Amanhã será assim, haverá mesmo um avião, mas ainda estou aqui, e do seu lado: olha você aqui. Passo os dedos pela sua nuca, quero chegar à coluna, arrasto a barriga do dedão pela crista dos seus ossos. E depois, como vai ser? Você ainda está bêbada do beijo, ou do sono, as duas sensações mescladas, o sorriso ainda morno. (Acho que sonhei com seus macacos), é uma notícia balbuciada, quase não entendo a mensagem. (Ah, tá, já sei: não eram macacos), uma implicância, uma encenação: minha atriz abre os olhos e abandona por alguns segundos a esquete do sono para rememorar o que aprendeu no zoológico. É adorável.

Qual será seu nome depois da separação?

Olha, conheci uma garota, é, conheci uma mulher, uma *mulher* linda.

Como vou falar de você para a mãe, por exemplo?

Não é daqui, não. A *mulher* é de outra cidade, sol e praia, passamos uns dias juntos por lá, já nos conhecíamos, foi um reencontro meio ao acaso, sabe como é, essas coisas realmente acontecem.

A mãe vai dizer que me conhece, e daquele jeito que as mães costumam dizer que conhecem os filhos. De tempos em tempos, na tentativa e erro, a mãe até acerta. Vai saber de primeira que você existe, e a culpa, dizem, é da minha voz, que escapa menos grave e sem pausas quando tento encobrir as novidades. E também culpa dos meus olhos caídos, bem caídos, mas que caem menos quando estou apaixonado. É que balanço o rabo com os olhos: alguém disse isso uma vez, em outro momento de paixão. *Paixão*. Palavra forte. Gosto da palavra. Dá medo pensar nisso, a paixão dá calafrio, não dá? Arrepia, porque nunca é inconsciente, a gente sente o troço o tempo todo, renitente como o canto dos benditos passarinhos, e sempre repentina, mesmo quando aguardada ou estimulada, e se não for insuportável não é paixão: o sangue manchando a pele, o massacre da respiração, essa dor por dentro, essa dor gelada, e só de pensar, e aquilo tudo. É assim aqui dentro? Um pouco de medo, um pouco de surpresa, e mais um emaranhado de outras emoções primitivas misturadas, e então estou sofisticadamente apaixonado: é assim que funciona a engrenagem?

E a mãe é esperta, vai saber de tudo, mesmo com os calafrios disfarçados. E, de algum jeito, vou ter que falar de você, abanando meus olhos como um adolescente, mesmo não querendo admitir que haja algum você em minha biografia recente. Parece uma escandinava dos trópicos, vou dizer, só para provocar a mãe, e a mãe vai rir, vai tirar sarro da minha cara, sei disso. Você também riu dessa história de escandinava. Não sei se riu espontaneamente apaixonada ou riu na tentativa de sublinhar o próprio estado. Não sei se foi abandono ativo ou esforço passivo, mas imagino que você, como qualquer um, também tente projetar sentimentos, na saudade de sentir o suor gelado, e o sexo intumescido vinte e quatro horas por dia, e se masturbe com os desejos, buscando e rebuscando os efeitos conhecidos da paixão, tentando acionar esse botão do descontrole. É isso? Você também quer se perder nessa história?

Qual será seu nome depois que tudo passar?

Já sei chamar você para perto, no quarto, de modo eficiente, interesses primeiros, e sem dissimulação. Já descobri como xingar você na intimidade de uma discussão e como induzir uma ou outra reação pretendida. Sei como desestabilizar o sofá, com jeito, no meio da novela, e alimentar a excitação nos intervalos. Sei tomar da sua mão um caderno do jornal de domingo: fácil. E foram apenas três domingos, ou quatro. Em pouco menos de um mês consegui montar um repertório razoável de alcunhas que representem seu humor, e os gestos reforçados diariamente, e a voz cantada e medida ao violão, e seu dente molar levemente escurecido, e sua mão em plena atividade, e tudo o que você manifesta ou que eu gostaria que simbolizasse. Descrevo você o tempo todo, invento sílaba por sílaba, montando cacos, juntando componentes, e é possível que isso tenha passado despercebido a você, estamos em seu habitat, afinal: o olhar forasteiro é meu.

Não quero deixar a paixão para trás. Conheço esse caminho, sei onde termina. Sei que essa droga um dia acaba. Vai ser assim?

O cochilo quer se infiltrar novamente entre nós. Sem encenação: você solta um suspiro contínuo entre os lábios, quase um ronco. O corpo coberto de ar, esse ar indecente e inflamável, o sorriso sobrevivendo entreaberto. Não vou interromper a reincidência do sono, não quero chamar um nome, ei, você, psiu, e carimbar seu rosto. A lembrança lotada de faces possíveis, todas suas, aquela, e mais aquela, sutilmente divergentes entre si, e quero aplicá-las uma por uma: você rindo, espirrando, ou dedilhando as cordas, e pálida de susto. Não sei se sou capaz de montar o rosto definitivo, uma miríade de detalhes contraditórios neutralizando-se. Seria um ato fascista, não seria? Posso até batizar você com um desses apelidos que os arqueólogos inventam para os fósseis, sabe quais? Um apelido provisório, mas que abarque uma geração inteira, ou duas, ou vinte, um turbilhão de discrepâncias convivendo num código de letras. Mas não: se procurasse esse código, um que decantasse bem na sua pele, e compreendesse a perna, e a outra, e suas dobras, virilha, clitóris, *clitóris*, palavra tenebrosa para uma coisa tão, tão, *tão*, e os sons do estômago, e a curva das orelhas... Acabaria simplificando a história toda, e sei que abandonaria a tarefa, sem forças, sem chance, não vou, não quero que você ganhe a merdinha de um nome. E meu terror, no fundo, não é desconhecer o jeito de contar histórias a seu respeito: é medo de ir embora, de voltar atrás, e precisar fazer isso. Quero você na distância do meu braço, sem precisar chamar.

E digo bem baixo: estou com medo de ir embora. Digo com a voz modulada, porque não quero que você durma, mas também não quero que me escute, assim, no meio de tanto pavor. (Acho que sonhei mesmo com os seus macacos), um alerta seu enviado da borda do sono. Eu me insinuei nos sonhos de alguém, conquistei o direito de estar aí dentro: é assustador, aconteceu outra vez. E vou beijar sua testa, vou recomeçar tudo, e descer, demoradamente. Posso me tornar ainda mais lento e gravar cada passo. Recomeço, controlo os movimentos, tenho meu corpo finamente mapeado, sei das alavancas que posso manipular, e roço sua testa, esperando o momento certo para perder o controle e trazer você de volta à vigília definitiva. (Foi ela que te apresentou aos macacos), é uma pergunta, ainda mais lá do fundo. (Foi ela, não foi), você pedindo confirmação, antes que caia no sono, a insistência quase no registro do delírio. Impertinente, você. Não quero falar, já havia decidido. Cala a boca, vai: eu digo. Para de falar essas coisas, nada vai alterar a realidade: os primatas são assunto compartilhado, sim, conexão com outra pessoa, sim, você está certa, certíssima, é com ela que compartilho. Com ela. E repito aqui dentro: ela, ela, ela, até a palavra perder sentido e se transformar apenas em som. Ela, ela, ela. Não quero falar dos macacos que não são macacos, e também não quero falar do pai, e não quero falar da mãe, e não quero falar dela, a namorada distante, minha, *minha* companheira no passado, *minha* esposa, ou qualquer classificação que se dê.

Ela, que ainda acena no meio das frases. Ela, que surge até mesmo nas suas perguntas. Não me faça falar, não agora, não aqui. Cala a boca, por favor: sou eu pedindo baixo, no microfone do seu ouvido, um desesperozinho, um cagaço. E você cala. Pronto, calou. Da testa, passo ao nariz e então chego à boca. Você abandonou a cabeça no travesseiro, mas está prestes a retornar. Mais um beijo. Não fala nada: outro. Você voltou. E agora sim, não vou deixar escapar. Isso. Agora, sim, estamos prontos.

Agora sim: o descontrole.

(...)

A *cancela* ficou para trás e Luna empurra o pedal e recua a marcha, desviando o eixo do carro levemente para a direita. Desacelera rente à secretária da presidência, alta e robusta, terninho preto esticado sobre a pele, par de fones brancos pendendo das orelhas, vários tons de castanho mantidos num coque, fronte esticada pela tração dos cabelos, olhar alerta e ausente como o de uma secretária de alto padrão. O que a secretária da presidência faz é tentar ignorar a aproximação do carro, mas uma centelha de reconhecimento já escapou no reflexo da fachada de vidro, os alertas ainda relaxados do fim de semana, o cargo ainda mal imiscuído entre as fibras, quem sabe também esteja regressando das férias. Quem sabe? Antes das férias, quando a sequência de acontecimentos se deu, Luna foi finalmente encarado por esse mulherão, gigante inacessível do terceiro andar que, cenho condolente, permitiu a entrada na sala da presidência depois de cinco minutos de espera-padrão, cinco minutos contados e previstos em manual. Um minuto, dois minutos, três, quatro: e Luna pôde confirmar o rótulo que havia pregado no mulherão desde a primeira vista, treze anos para trás, naquele velho hábito de julgar antes de tentar compreender, típico de seu caráter exagerado. E que rótulo era esse? Bem, o mesmo destinado aos caixas de banco, que, de acordo com uma de suas teorias divertidas sobre as pessoas, conquistam com o tempo a habilidade feiticeira de controlar o olhar com rigor, o foco na execução, exclusivamente na execução, por mais mecânica e merda que seja a tarefa, como se houvesse um cabresto invisível balizando a visão, seres capazes de penetrar dimensões inacessíveis a outros mortais, os globos plácidos e sem fundo, um recurso auto-hipnótico, máscaras gregas e ocas ou, tentando ser mais contemporâneo, lentes de uma câmera digital sem cartão de memória. Muito bem, Luna, não exagere na dose: Luna, às vezes, embarca nas próprias viagens e, segundo sua teoria, os caixas de banco, as secretárias de alto padrão e outra meia dúzia de profissionais, garçons incluídos e, claro, uma vasta gama de funcionários públicos de gabinete, lançam mão desse gênero de olhar com o objetivo de evitar aproximações em busca de pedidos que retardem o ritmo compassado do dia. Pequenos poderes, sim, claro que sim, mas também um artifício de resistência, capacidade nova se comparada à duração da epopeia humana, mas profunda a ponto de provocar alterações genéticas, quem sabe, e é até possível que possa ser transmitida aos descendentes, filhotes mutantes de secretárias, funcionários burocráticos em miniatura. Bobagem, pura bobagem.

Mas viu o olhar oco ser usado três vezes enquanto esperava: com o menino das correspondências, com um gerente em busca de autorizações de viagem e também com um grupinho de secretárias menos privilegiadas na estrutura hierárquica. E só depois disso foi desalojado da poltrona: cinco minutos. Apontada a porta da sala, e uma vez temporariamente desligados os padrões de defesa, talvez um afago sutil concedido a funcionários com tempo de casa, notou a cor daqueles olhos apontados para os seus, profundamente pretos, agora tinha certeza: extremamente pretos, e lindos, e nem tão vazios assim. (Pode entrar, Luna), um convite polido, ou uma instrução, ou uma permissão especial: impossível saber.

E foi o que Luna fez. Entrou e teve a mão apertada de leve pelo presidente da companhia, grandalhão direto, incapaz de rodeios casuais, ou de oferecer um copinho d'água, ou de dizer que o dia está frio, ou um palavrãozinho de salão que quebrasse a solenidade do cargo. (Como vão as coisas lá embaixo), foi uma pergunta frouxa, como o aperto de mão, dessas que não esperam resposta. E o presidente procura o *crachá*, Luna percebe o lapso. (Grande Luna, grande Luna), um complemento frouxo para a pergunta frouxa, tentativa de aquecimento para o ponto nevrálgico da entrevista. Pensando bem, não pareceu sequer uma tentativa, tamanha a inabilidade. Contudo, dado o ineditismo do esforço, soou bem preocupante. A simpatia tosca do presidente se transforma rapidamente em confirmação: não seria promovido a gerente nível três. Não, não seria. Muito trabalho, sim, como sempre, foi o que Luna respondeu, tentativa de informalidade, e nada mais, uma mente criativa anulada diante do perigo, e não arriscaria nenhuma daquelas piadas típicas, nada que desviasse a eminência da tragédia anunciada ou dispersasse aquele ar anestesiado que pesava na sala, recinto com todos os vestígios de uma presidência do mundo das ideias, superfícies polidas, cheiro de gelo, um cenário de arranha-céus nas janelas, e largas esquadrias de alumínio, vidros perfeitamente translúcidos, e algum verde jardinado nos cantos, provavelmente fícus, sempre os fícus, e poucos móveis, vazios, e uma escultura sóbria, e molduras sóbrias recheadas de gravuras sóbrias, e uma mesa de reuniões comprida com um diretor de recursos humanos plantado na cabeceira.

Com um aceno, cumprimentou o diretor de recursos humanos, que devolveu o cumprimento caminhando em sua direção, uma concessão papal, o sorriso de hierarquia precocemente ostentado no canto da boca, homem consciente de seu senso de humor apurado, embora imperceptível para o resto da empresa. (É para isso que estamos aqui, para trabalhar, não é Luna, me diga), uma convocação, e cheia daquele humor apurado. Luna se sentiu agredido pelo aperto de mão tão forte e deliberado: divertido e descontraído, mas com poder. Um idiota. O macho humano demonstra sua dominância com atos de violência mascarados, não escancaram as intenções. Hipocrisia, etiqueta, civilização: escolha o nome que quiser, é a brutalidade pulsando, mas sem poder ser liberada. Brutamontes. Diretor de merda. Luna pendurou todos os adjetivos que coubessem naquele corpo gorducho e decidiu que não gostava de estar ali, diante daquele pescoço flácido para a idade, homem deselegante e despreparado para uma conta bancária tão inflamada, diretor de recursos humanos platônico, ao menos no curto repertório de Luna, buscando interação com um de seus recursos humanos mais promissores segundo a última bateria de avaliações de desempenho. Luna sempre tentou resistir à simpatia do fanfarrão, não ri dos comentários canalhas, das piadinhas sexistas disfarçadas de admiração pelo universo feminino, e sempre se orgulhou da independência que cultiva, rara em meio à bajulação institucional, rebeldia que já lhe rendeu alguma dor de cabeça, embora tenha evitado outras tantas. Mas, ali, Luna riu. Para ser mais preciso, produziu uma gargalhada, risada insólita, mecânica, quase excêntrica, riu de um comentário qualquer do diretor de recursos humanos, algo referente à franja do presidente, algo assim, sei lá, mas riu também de si mesmo: lamber aquele saco gordo era questão de tempo.

(Precisamos conversar sobre seu futuro, Luna), o ponto de virada: uma conversa sobre o futuro. Uma conversinha, Luna, e veja só: sobre o futuro! A certeza recobriu o pressentimento de que não seria aquele o dia de passar a funcionário executivo nível três, um quase diretor comercial, potencial vice-presidente, quiçá presidente, cotado a peso de ouro no mercado, sonho de consumo de empresas menores. O futuro, Luna, vamos conversar sobre o futuro? Quer folha de papel mais irresistivelmente em branco do que essa? O futuro vaticinado se tornaria pretérito em alguns minutos, o otimismo asfixiado, ainda buscando oxigênio na imagem dos colegas de departamento que já o viam promovido, e já o vinham promovendo havia semanas. Aquele tom solene, e àquela hora da manhã, pouco faltando para o almoço, limite de duração, painel tecido sob medida: o otimismo recém-nascido de Luna resistia em refúgios secretos de sua mente, ali, diante de uma conversa sobre o inacessível futuro. Não, não seria: chega. Caralho, *caralho*: não seria promovido. Havia dez dias que o chefe de Luna, gerente nível três de seu departamento, pedira demissão, deixando a indicação explícita de que seria Luna seu sucessor. (Você é brilhante: é você, tem que ser, vou mexer essa água e você enfia o pé logo depois), e assim aconteceu, Luna enfiou o pé, manifestou a ambição, espalhou a notícia pelos corredores. Seguiram-se os tapinhas nas costas, (chegou a sua vez), aquelas declarações de praxe, (mais do que merecido), os puxa-sacos já se adiantando para garantir lugar no coração do promovido da vez. No furor da animação, Luna não se deu conta de que o chefe era pouco bem-visto pelo córtex diretivo e deixara a empresa com uma rede de relações fragilmente urdidas. Não se deu conta, ou não quis se dar conta, ou não pôde: em nenhum momento abriu espaço para a suspeita de que algo maior do que qualquer competência, ou lógica sobre a fila que anda na ordem natural, ou balela sobre o homem certo na hora certa, minaria suas expectativas. E, enquanto se deixava inflar pela epiderme favorável dos acontecimentos, corria em paralelo uma realidade oculta, encontros discretos no corredor, mijadas discretas nos mictórios, reuniões discretas no departamento de recursos humanos. As alianças de poder são comuns no mundo animal, especialmente sofisticadas em grupos de grandes primatas, e ali os microvasos trabalhavam na direção contrária à das grandes artérias. Conspiração: o termo usado por Luna. Não seria levado em conta nenhum argumento a favor da sua promoção. Nada, nada, nada. Seria outro o eleito. Intuía a movimentação secreta, percebia a água turvar, mas, dopado, permitia-se não ver: assim, o previsto não se concretizou, e Luna perdeu a promoção.

Uma lista de aptidões foi desfiada, qualidades ausentes em Luna, mas necessárias para o cargo. Autocontrole. Respeito aos chefes. Técnicas específicas. Pleno domínio de línguas estrangeiras. As brilhantes avaliações foram devidamente esquecidas, haveria uma contratação externa, o novo gerente nível três chegaria de uma firma especializada em importações, a especialização tomaria assento no ambiente acostumado às generalidades. O currículo de Luna, afinal, nunca apontara com exatidão para uma carreira no campo da importação: Luna era um genérico moldado pelas circunstâncias, viu a estrada pavimentada à medida que levantava os pés e dava um passo à frente. O muro um dia chegaria. E o muro chegou.

Reduzido a um recurso humano inútil para o momento, deixou a sala da presidência com a melhor expressão de resignação disponível em acervo, e mal olharia para os olhos pretos da secretária de peitos grandes. Os afetos machucados subiam à tona, e foi um susto vê-los boiar na superfície, atestando que tudo havia sido puro acaso, diluído em treze anos de escolhas que já não percebia como sendo totalmente suas. Como chegara até ali? Treze anos entre as paredes do escritório, com direito a longas sequências de espirros alérgicos sobre o carpete de ácaros. Ácaros, ácaros, zilhões de ácaros, seres invisíveis aos quais gostaria de se juntar num passe de mágica, e camuflar-se, e como seria bom sumir dali! Precisava esfriar o corpo e a cabeça: conselho do presidente, com *crachá* de ordem. Daí as férias, que estavam mesmo vencidas. (Saia de férias, Luna, esfrie a cabeça e, na volta, redesenhamos sua carreira), um adiamento. (Você receberá aconselhamento, é o que chamamos de coaching), um adiamento em inglês. *Coaching.* (Até a volta), e foi.

Passando pela mesa de todos os dias, adotou um foco que não se sabia capaz de adotar: a técnica do olhar feiticeiro. Disse pouco, que resolvera sair de férias, e conversamos na volta, e até já, ou coisa equivalente, tentando despistar o óbvio. Abraçou os poucos colegas que ainda não haviam partido para o almoço, especialmente sua assistente, a favorita, que emitiu sinais de saber de tudo. A fofoca, em ambientes corporativos, supera a velocidade das pernas. E partiu para as férias, se embrenharia no mato, jogaria a cabeça nas cachoeiras. Empurrou as catracas, cruzou a *cancela* e os quilômetros reversos da estrada, e estacionou o carro cor de chumbo na garagem do prédio, subiu pelo elevador e, antes mesmo de comer alguma besteira, ou beber água, antes mesmo de atender às súplicas do Pulga, enfurnou em uma bolsa as camisetas, as bermudas e o short impermeável, sem esquecer o computador e os fios de alimentação para as várias traquitanas eletrônicas, e, após várias tentativas no celular da namorada, fixou um bilhete na geladeira.

Subi a serra. Aquela pousada, lembra? A promoção não saiu, mas saí de férias. Por que não vem se juntar a mim no fim de semana? Um beijo.

Na pressa, não assinou com o apelido carinhoso que gostaria de ouvir, e precisava ouvir, codinome só dele, criado por ela. Mudou de ideia e transferiu o bilhete da cozinha para a sala, sinal flagrante de confusão mental, e depois para o espelho do banheiro, onde teve a certeza de que seria logo lido: a fome sempre perdia para a vaidade, segundo a namorada. Deixou o Pulga lamber sua mão, esfregou a testa no focinho do amigo, sentiu o cheiro do pelo impregnado de conforto. Deu cinco minutos de colo ao amigo, embora sentisse que fosse o contrário. E ficou com o cão no colo por mais dez, quinze minutos, esperando não sei o quê. E quando abriu a porta e encarou o Pulga, ali, sem se atrever a cruzar a soleira e acompanhar o mestre, mirando o longo corredor, ignorando o futuro, perguntou: vem comigo, amigão? O olhar do Pulga era puro desconhecimento: o que será o mundo depois do agora? Ouviu o amigo arranhar as garrinhas na madeira assim que a porta foi trancada. Esperou um tempo, mas não podia mesmo levá-lo. Conversaram um pouco mais: Luna de um lado, Pulga do outro. E foi embora, dirigiu o carro rumo às montanhas com a clara impressão de estar sendo conduzido pela estrada, aquela merda sinuosa, uma ânsia confusa perto da boca, e o olhar de interrogação igualzinho ao do amigo. O que será, agora?

E acordou sozinho na manhã seguinte, sem a mão da namorada alcançando sua mão esquerda, sem a lambida de bom-dia na mão direita. Cadê você, amigão? Sentia-se fugitivo, e resistiu a sair do quarto. Ao meio-dia, acordou para um lanche. Passou o resto do dia assim, sentado na cadeira carcomida de umidade, à sombra da amendoeira e com o livrinho branco e encardido na mão. Livro babaca, pensou, enquanto empurrava as lições de autoajuda para dentro. Acompanhou o movimento das maritacas, sempre aos pares, a brisa nas folhas, a batida da água nas pedras do rio. Aconteceu, calhou: estou aqui. E seguiu assim até anoitecer.

O carro cinza-chumbo segue até o fundo do terreno onde, há dois anos, foi erguido o anexo de estacionamento, sintoma claro da retomada de crescimento da companhia. As empresas nunca param de crescer. Nunca. O progresso é nossa profissão de fé, e fica difícil imaginar onde caberiam tantas estruturas grandes como essas. O inchaço infinito das economias sempre será uma realidade de difícil digestão para Luna. Crescer para onde? E para quê? Vamos construir um anexo? Multiplicar as horas? Dormir menos? Faz sentido? É o tipo de questão que costuma levar seu pensamento a lugares inacessíveis durante as reuniões semestrais de resultado, quando as conquistas dos últimos meses são recapituladas e os esforços para os próximos são projetados. E é nesse tipo de reunião que uma suspeita se enrosca em suas sinapses: a impressão hesitante de que não está no lugar certo. Mas agora não pode pensar nisso: é o dia de voltar ao trabalho. As vagas dos andares superiores são destinadas a funcionários do segundo escalão, os gerentezinhos do tipo dois e um, como ele, e também a funcionários não executivos, que, paradoxalmente, executam os movimentos decididos nas reuniões semestrais de resultado. Os funcionários não executivos carregam o delicado apelido de peões. *Peão.* Mas, na hora de estacionar, igualam-se aos mesmos níveis dos executivos de base: ou o segundo ou o terceiro andar.

Ainda no térreo, na primeira alameda à esquerda, o automóvel cinza-chumbo passa em frente à vaga reservada ao novíssimo gerente, a que quase foi de Luna e que imaginava vazia a essa hora da manhã. O novo chefe já deu entrada. Normal: gerentão novo, muitas incertezas a serem dirimidas, muitas capacidades a serem confirmadas, precisa ver e ser visto, ao menos nas primeiras semanas, e arquitetar encontros casuais no corredor, esbarrões em peixes mais graúdos, e quem sabe seja apontado por algum diretor poderoso logo de cara. O caminhão do novo gerente nível três é um utilitário verde-escuro, veja só: um tanque militar ocupa quase completamente o vão entre as duas faixas amarelas da vaga número vinte e sete. Número bonito, reputação astrológica, boa posição no ranking gerencial, mas o tamanho das vagas não acompanha a expansão de egos e salários, espaços estreitos para carros imensos. Uma confissão: Luna pretendia comprar um desses. Sim, não há como negar, chegou a visitar uma daquelas concessionárias e pediu orçamento, e até negociou descontos, decisão construída aqui na garagem do escritório, em meio à monstruosidade crescente das máquinas, desejo adestrado pela tevê, e vitrines festivas, e folhetos encartados em jornais, incontrolável e eficazmente reforçado pelos buracos na estrada, profundos demais para o tamanhinho de suas rodas, e que virou necessidade extrema: era pontualmente necessário que o chumbinho classe econômica fosse trocado por um mega utilitário. Antes das férias, Luna precisava sobreviver da melhor maneira possível, e a melhor maneira de sobreviver era uma promoção de cargo atrelada ao financiamento de um caminhão com tração nas quatro.

Divaga. Enquanto sobe a rampa e procura uma vaga no segundo andar, detecta algum sinal de recuperação: há dias não se percebia divagando. A imaginação tenta, agora, encenar a desventura de entrar e sair do carrão hipotético por uma nesga de espaço, maleta carregada de relatórios, listagens, contratos, gravata embrulhando o corpo num terno escuro, movimentos limitados, e o calor das manhãs de verão, como um molho, e sem poder esbarrar no carrão do vizinho e correr o risco de arranhar a propriedade de outro gerente ou de sujar o paletó de poeira, se poeira existisse em algum desses troféus sobre rodas. Quase sente alívio por não ter sido promovido. Quase. Tenta ser pragmático nos desejos, e sentir alívio, quer abraçar o alívio, mas ainda é cedo, e pouco: apenas ensaia aplicar novos marcadores de valor aos últimos acontecimentos. Uma vaga apertada para um carro que não tem? Ainda é pouco diante da humilhação de não ter sido promovido. A obrigação de levar o carro ao lava-jato toda semana? Muito pouco, ainda, diante da decepção, mesmo para Luna, que lava o carro em meses alternados ou em eventos especiais como casamentos. Não irá além do ensaio, sabe disso. Apenas treina a expressão de contentamento por ainda ter um carro compacto e se dá conta, inevitável para um pessimista reconvertido, de que a vaga vinte e sete jamais será sua. Jamais, ouviu? Mesmo conseguindo desdenhá-la. Jamais. Nunquinha. Não será, Luna, esqueça. A promoção escorregou entre os dedos: é a linha de largada para o ostracismo corporativo. E já consegue prever o resultado: uma demissão de comum acordo daqui a poucos anos, benefícios mantidos por seis meses, plano de saúde extensivo aos dependentes por um ano completo, pacote de realocação profissional na mesa, e todas as merdas pelas quais tanta gente se mataria. Bem, também lutou por isso, e por treze anos, ou não? E a sensação, embora se esforce para sentir o inverso, não é boa. O quadro que vem rabiscando desde a temporada na praia ainda não forma, se é que chegará a isso, o panorama favorável a compensações neurológicas que permitam acreditar que aquilo que poderia ter sido não era mesmo para ser. Vai ser assim? O conformismo virá? A inocência de Luna evaporou, crê cada dia menos no valor das compensações.

Não era para ser, o caralho. E diz isso em voz alta. Talvez tenha mesmo gritado. Ele ainda resiste, um pouco de revolta é importante nesse estágio, mesmo trancado dentro de um carrinho. Não era para ser, sei. Sei, sei. Fala sozinho enquanto estaciona. Zero de coragem para sair daqui e enfrentar o futuro próximo. A moça que o observava na estrada está logo ali, descendo o túnel que liga as vagas ao esqueleto central, e foda-se: Luna decide fingir que não viu, e a moça faz o mesmo. O estacionamento quase lotado deixa dúvidas a respeito da hora. Não sabe das horas. O relógio do painel está quebrado, o celular lá atrás, na maleta, e não usa mais relógio de pulso, parou de usar há um par de meses, e não sabe o porquê, mas percebe que está atrasado para o recomeço, um atraso provavelmente intencional, ainda que irrefletido. Fôlego, Luna. No três. E sai. Tranca o carro com um bipe. E sobe a rampa, as escadas, e lança olás para a turma do financeiro, e para os três gatos pingados do jurídico que resistiram ao processo de terceirização, e para o camarada da manutenção, toda a horda de servidores que circula pelas capilaridades do edifício respirando prazos, reuniões, operações, providências, ramais, iniciativas, projetos, muitos projetos, e mais projetos, e assinaturas em cascata. A coroa da consultoria externa cruza seu caminho. Bonitona, a coroa foi jeitosa, dá para ver. (Bom dia), a vozinha estridente está rouca, alguém se divertiu no fim de semana, e o perfume que derrama pelo carpete é bem familiar: balanceado entre o doce e o ácido, um perfume que tem cor, vidro específico, embalagem, nome patenteado. O perfume está diante de Luna e o lastro joga seu pensamento para o outro lado da cidade, onde está a namorada, trabalhando, ou fazendo compras, ou cuidando do cão. Melhor: ex-namorada. Ex-cão? Importante se habituar, rapaz, pelo menos tentar. Onde estará ela agora, e com aquele perfume?

A memória despenca serra acima e chega à pousada, um quarto térreo com varanda, onde o Luna de férias está sentado em frente a seu notebook, o crepitar de água à distância de duas quadras, os sons convidativos da floresta abafados pelo estardalhaço do teclado: aquele imbecil vai tomar meu posto, um sujeito contratado da concorrência, e pra quê... O Luna de alguns dias atrás larga um desabafo no e-mail destinado à namorada: um imbecil que vem de fora, e por que não um imbecil que venha de dentro, e vai pegar aquela mesa pra ele, o filho da puta... Descontrole: está emocionalmente desestabilizado. Aquela mesa. *Mesa*. Mesa: a palavra esmurrada no meio da mensagem evoca a lembrança do bonequinho de veludo com cabeça de lâmpada, brinquedo esquisito presenteado pela assistente no último Natal e que, contra todas as probabilidades, ainda não quebrara com as incontáveis quedas, sempre perto da morte, ameaçado a cada desequilíbrio emocional do dono, cada espasmo contra o telefone, cada discussão com o despachante do porto ou imprecação contra os relatórios financeiros que nunca param de chegar. Os descontroles tornaram-se frequentes, e Luna é capaz de recapitular os últimos cinco, e também naquele dia, e no dia da avaliação, e um depois do outro. (Você precisa tomar menos café, vou trazer um chá de camomila), cuidados gentis da assistente, mas não, não seja tão assistente, todo mundo sabe que não gosto de bajulação, e tampouco de chá: Luna recusando ajuda, negando o próprio desvario. Estou bem, estou apenas estressado, vai passar assim que for, que for, que for promovido, isso, promovido. E Luna digitando, ignorando a queda d'água: o sujeito veio roubar o lugar que era meu, porra, meu, meu, meu, vai ter espaço de sobra pra enfileirar dez bonecos com cabeça de lâmpada e esfregar na minha cara sua incompetência treinada, são assim os especialistas, e seguia digitando palavras às golfadas, e vai roubar minhas ideias sob a tutela do trabalho de equipe, esse plágio corporativamente aceito que chamam de processo colaborativo, ou merda do tipo, e vai receber louros por isso, e vai, e vai, e vai... Não termina a mensagem e já pensa em apagá-la. Apenas salva, sem enviar. Sabe que não obterá resposta. Onde esteve ela durante as férias? O perfume provoca um curto-circuito na memória e antecipa um reencontro que talvez nunca aconteça: saudade, o nome disso. Ficou sozinho durante duas semanas, mesmo no fim de semana do meio, quando tinha certeza de que ela viria encontrá-lo, e então sentiria aquele perfume bem equilibrado. Dias longos. Não foi capaz de ler um livro inteiro, o livreto de autoajuda não conta, e sequer uma canção chegou ao fim sem que sua mente voltasse à cidade. Os desencontros telefônicos foram a tônica entre os dois. (Não vai dar pra subir, tenho trabalho pra fechar, o Pulga caiu doente), desculpas plausíveis, Luna entendia, mesmo se sentindo só. O laconismo predominou nas parcas conversas travadas com a equipe da pousada. (Pois não, é por ali, no corredor da esquerda, recomendamos o prato do dia), aqueles olhares treinados para a isenção, atendentes e recepcionistas interferindo sem maiores intenções na vida de Luna, uma família disfuncional. Mas precisou de cada palavra dispensada e se agarrou às informações, por mais piegas que a situação pareça, tentando encaixar os desconhecidos naqueles vãos deixados por ela. Que drama, não? Onde esteve ela durante as férias? Caixa postal: você pegou meu recado? Caixa postal: o Pulga melhorou? Caixa postal, e caixa postal. Nada. Respostas evasivas. A rede de relações pessoais de Luna atravessava uma fase estranha, as mensagens de texto enviadas pelos amigos eram tão concisas quanto as que recebeu dela. No clube, ponto. Vi que tá tempo bom aí em cima, ponto. Torcendo daqui, ponto. Deviam estar como ela, muito trabalho, ou cuidando de seus próprios cães doentes. Pode ser uma impressão errada, pensou, talvez uma das minhas comiserações habituais, o que é compreensível. A ausência dos amigos era resultado das relações frouxas que Luna cultivava. Sempre desconfiou que recebia mais do que gastava em termos de dedicação. Agora pagava o preço: os amigos um dia se cansam. Luna enfrentava o tribunal da própria consciência: culpado.

E descobriu novos tiques, os tiques sempre voltam na hora do desespero. E ficaria louco se ela não telefonasse e permanecesse mais do que um mísero minuto na linha. Nariz fungando, lábios mordidos até o sangue. Para com isso, Luna. Um caruncho havia se alojado no relacionamento, sim, presença misteriosa e latente no porão mais bem guardado dos cinco anos de casamento informal. *Casamento informal.* A solidão foi se alojando por ali, nos mecanismos invisíveis, nas vísceras e neurônios compartilhados pelos dois. Muitas viagens, festas, e a decoração do apartamento, mas Luna não queria o filho. Só não queria isto: um filho. Só. Aceitava todos os planos e aventuras, mas não estava pronto para filho. Filho, não: tô fora. Ela, sim: estava prontinha, ou dizia que estava, ou precisava acreditar que estava. Queria convencê-la de que ninguém estava preparado para crias naquela casa, nem estaria dali a um mês, ou um ano, ou quatro. E, apesar disso, apesar do filho imaginário, tudo corria normalmente. Curso de mergulho, as visitas aos amigos ricos, as viagens transcontinentais, os debates sobre a carreira dos dois. E a solidão subterrânea, sem dar sinais evidentes, jorrando solta como gás. Ela não responderia às ligações, é uma merda isso, e a distância não era apenas física, ele na serra, ela na cidade, não, não era uma questão de quilômetros. Teve medo da distância, mas teve um medo ainda maior e paralisante: pegar o carro cinza-chumbo e descer a estrada e bater na porta da própria casa. Medo de perguntar: o que está acontecendo? Medo de se descontrolar: que porra de sumiço foi esse?

E, no fim de duas semanas, quando o tempo correu e se esgotou, e depois de tantas desculpas imaginadas, ele voltou, a pele bronzeada, acreditando na cura que recebera do sol, e encontrou a casa vazia. Vazia. O guarda-roupa desocupado, a porta entreaberta convidava: olha aqui, fui embora, veja a merda que vai ficar este apartamento. Vazio, vazio. Ficou uma grande merda mesmo. A geladeira sem iogurte, ou pêssego, ou uva, sem alface orgânica, nenhuma daquelas preferências dela, aquelas tentativas inúteis de vida saudável. Sentiu raiva da ausência das alfaces, daquelas bostas de folhas. E a ausência não parava de crescer, a ausência do pote do Pulga, do pacote de ração, e a ausência do Pulga inteiro que se desdobrava em várias: o arfar úmido, o latido, os passinhos na cerâmica da cozinha. Do Pulga, só o cheirinho nas almofadas. Dela, nem isso. Só um bilhete fixado ao lado do seu: sei que não é o momento certo, tenho esperado, mas meu momento nunca chega, não recebo ouvidos, há meses minha hora não chega, apesar dos sinais, sempre algo a ser protegido, e poupado, melhor agora, melhor uma dose só de remédio, uma tacada só, sinto muito pela promoção, desculpe não responder as últimas ligações, e desculpe, e desculpe, levei o Pulga comigo, é o filho que não tivemos, e desculpe, e desculpe, coisas assim, que ficaram batendo na memória, e sem assinatura. Não tinha assinatura. Sentiu falta de certa ternura, algo que ficasse pendurado no futuro, que deixasse fresta. Um beijo. Um até breve. O apelido. O bilhete parou no tempo, não tinha data. Há quantos dias a casa estava vazia? Não conseguiu telefonar, não procurou na casa dos sogros, não arriscou as amigas. No fundo, sabia que a hora chegaria, a água recua antes de voltar num tsunami. Não conseguiu falar, nem para o espelho, nem no chuveiro. E parou de minuto em minuto na fotografia do aparador, a primeira grande viagem que fizeram juntos, içados em um balão decorado com fitas multicoloridas, a franja de fitas borrada pelo vento, ainda tão perto do chão, zebras e gnus ao fundo, uma mancha desfocada e disforme, mas estavam lá, zebrinhas e gnus dividindo o pasto, e dois sorrisos inteiros e humanos compartilhando o foco da lente em primeiro plano. Mudou o porta-retratos para a cabeceira da cama. E dormiu o resto dos dias de férias. Quando despertava, olhava o balão. Merda. Cochilo, balão, cochilo, balão. Três dias de merda, dois, um.

E agora aqui. A estrada, o tanque verde na vaga vinte e sete, a porcaria do perfume da consultora, tortura. Não quer cruzar o corredor: quer dar meia-volta. E dá meia-volta. Claro, só podia dar meia-volta. Entra no banheiro, precisa montar as peças soltas aí dentro, e de alguns minutos para retomar a respiração. Um pouco mais de isolamento antes de subir novo lance de escadas. É isso, Luna? Senta-se no vaso. Precisa esperar. Precisa de pouca coisa, mas não saberia listar, dizer exatamente do quê. Precisa dela. É isso? Não consegue dizer nada. Nada, é isso: é tudo que pode dizer.

(...)

Balão? E se o balão cai, como a gente faz? Almoçar na beira de um lago de hipopótamos, muito bem, parece bem divertido. Mas pode? E encheu a casa com perguntas que ela não sabia responder. (Eu nunca fiz safári, eu não sei), e coletou fotos na internet, e tabelas com preços acessíveis, e pesquisou alternativas de data, provando que o plano não era um delírio. Ele resistiu nas semanas seguintes, enxergando o safári como uma viagem de estudos, ou jornalística, uma empreitada monótona onde faria o papel de acompanhante útil, como se fossem precisar armar barracas e espantar as feras, e como se fosse capaz de executar tais tarefas. Mas acabou cedendo. A viagem serviria de rito de retomada dos velhos projetos profissionais dela, uma bióloga que acabou jornalista, mas que ainda sonhava com o regresso à academia, os dois sabiam muito bem desses sonhos. O argumento da lua de mel serviu, caiu bem: depois de um ano morando juntos, embarcariam finalmente para uma grande odisseia, e com status de recém-casados.

Empolgaram-se com os preparativos e, às vésperas do dia marcado, nem se lembravam de quem, afinal, havia partido a ideia. Ainda era evidente o tanto de um contido nos propósitos do outro, viviam as etapas complementares da saraivada hormonal. Ainda havia, sim, um pouco de paixão. Não era totalmente amor, não aquele que conheceriam, e um dia se esgotaria, ou se transformaria. Ainda não era aquele fundo neutro e lúcido que nasceria do café forte e doce, preferência dele, e do café fraco e amargo, hábito dela, que os dois misturariam numa xícara só, goles alternados, até virar o café retinto e sem açúcar de todos os dias. Ainda não era aquele café que depois ganharia a companhia de fatias de pão integral, e granola caseira, e queijo branco desnatado, e a colher de mel que davam na boca um do outro como recompensa pela refeição saudável. Ainda não era isso tudo, ainda não havia a consciência agradável de um sentimento imenso e comedido, os dois tomando leite sem lactose antes de dormir. Intolerantes à lactose, os dois se irmanavam, e, tolerantes às diferenças diárias, abasteciam o cenário de convivência com pequenos objetos intangíveis, amaciando os dias com tons aconchegantes e referências implícitas, emparelhando as individualidades.

Ainda não era esse amor, entende?

(A maior parte da humanidade não tem como digerir a lactose do leite, olha que interessante), era a trívia de todas as noites, curiosidades extraídas das leituras na cama. (A enzima que digere a lactose deixa de ser fabricada nos meados da infância, olha que interessante), e virava-se para os lados dele querendo confirmação para seus aprendizados interessantes. Eram duas crianças desmamadas, é o que ele dizia em tom de brincadeira, teimavam em não abrir mão do leite com chocolate antes de dormir, pecado alimentar. Com o tempo transformou-se no mais arraigado dos hábitos, à medida que o amor, silencioso, e já querendo dominar, demarcava o relacionamento.

Casaram-se de mentirinha já na primeira manhã de safári, com um brinde de suco de laranja, um café da manhã continental lotado de turistas, muitos ingleses, alemães, norte-americanos e, claro, muitos japoneses, gente boa essa turma que faz safári. Ela comprou um casal de leões de pelúcia já na loja do aeroporto e passou a tratá-los como padrinhos, e mostraria os fofos às visitas em casa, usaria uma imagem dos dois como protetor de tela no computador, e os felinos sintéticos dormiriam bem perto do casal por meses, até o Pulga entrar na história e reduzi-los a espuma. O leão tinha uma gravata-borboleta, lembro bem, e a leoa um pingente em forma de estrela, pareciam brinquedos de parque temático, gosto duvidoso, mas ela se encantou, fazer o quê? (O romantismo é bom pra quem está dentro, pra quem vê de fora não passa de cafonice), era a mãe alardeando suas amarguras e, no fundo, sempre certa. Ê, mãe... A primeira noite da viagem teve como trilha sonora um bando de babuínos. Como gritam, os babuínos. Enfrentaram a noite em claro e, apesar do cansaço das conexões e do longo traslado do aeroporto até a borda do parque nacional, foram tomados por uma epidemia de sexo selvagem, com o perdão da obviedade. Ele adorou contar a história aos amigos, chegou a se gabar do desempenho recorde em diversas oportunidades, logo ele, historicamente reservado, o que soava ridículo aos ouvidos dela, que o definia como um grande pateta na hora de contar vantagens de macho alfa. (Você não é um macho alfa, não adianta tentar), ela dizia isso sem pudores, e ele, mesmo protestando, concordava intimamente. Macho alfa ou não, as noites africanas foram longas, e nunca viraram tantas madrugadas seguidas, o suor impregnado nos lençóis de manhã, o cheiro em cada pedaço do quarto, e não esqueceriam nunca aquele cheiro terroso, inebriante, e quente, apesar do frio que vinha da savana e entrava pelas frestas assim que o sol desaparecia. Aprenderam que as noites da savana, dependendo da estação, podem ser bem frias. Faz frio na savana. Não imaginavam tanto.

E puderam observar todos os bichos prometidos nos guias e folhetos. O leopardo foi o último, de última hora, as esperanças quase extintas. As fotografias tiradas por ela comprovariam aos amigos e às famílias que ao menos a cauda e as patas traseiras foram vistas, e a padronagem das manchas entre as folhas da árvore, mesmo que na base dos binóculos para ajudar a visão e do zoom poderoso da câmera para ajudar as lentes. Viram o leopardo: ponto pacífico, e puderam marcar um xis na lista final de bichos. E no fim do penúltimo dia voltaram empolgados ao hotel, a ponto de registrar tudo no calhamaço disponível na recepção, um grande livro onde os hóspedes mais felizinhos podiam compartilhar as experiências da savana. Começaram a listar os animais observados durante aquele dia, e emendaram com os que encontraram durante a semana e seguiram encompridando a lista, incluindo todos, da cauda metonímica do leopardo ao mangusto, que, embora com jeito de cachorro, é parente mais próximo dos gatos, como ela mesma explicara tão minuciosamente ao guia e aos outros visitantes no jipe. E registraram: rinoceronte-branco. E registraram: leão. E: búfalo. E: girafas. Até as galinhas selvagens que viram na estradinha da chegada e que pareciam feitas de barro. E se entusiasmaram de um jeito que, às gargalhadas, embriagados de animais, incluíram espécimes inimagináveis na savana, como capivaras ou alces, e seguiram a lista até não restar dúvidas de que haviam escrito todos os nomes de bichos vistos até aquele instante, a vida toda. Mas atenção: apenas os avistados em estado natural, jamais em cativeiro. Ela era avessa a zoológicos e circos, e ainda é, e ele, na época, ainda tentava ser do mesmo jeito. Portanto, não incluíram a pantera negra que tinham visto em um show de mágicas. Não: nunca viram realmente uma pantera negra. Decidiram também nunca terem visto uma lontra, que conheceram em um aquário municipal, ou uma naja, que perderam as horas observando boquiabertos em uma feira étnica. Mas a lista chegou às baleias, que um dia apontaram de longe, em férias menos ambiciosas, ainda namorados informais. Sim, observaram baleias, e baleias de verdade, ainda sentiam o arrepio que deu olhar aquele colosso de tão perto. E a baleia fechou o inventário, ficou no livro: uma baleia no coração do continente negro.

(Os hipopótamos são os primos mais próximos das baleias, olha que interessante), era a aula da noite, antes do sexo. As aulas de bolso não pararam durante o recesso africano. Mas essa lição ele custou a engolir. Hipopótamos e baleias? Duvido. (Sério, tá escrito aqui), e indicou a frase sublinhada, a fé cega que tinha naqueles livros.

Os balões ficaram incumbidos de fechar a programação. Não dava para acreditar que cruzariam o parque voando, coisa de louco, foi o que a mãe disse, mas foi o que fizeram, com um garoto que aparentava pouca experiência para pilotar uma cesta voadora por cima de feras famintas. E subiram alto, a ponto de não mais distinguir as zebras dos gnus, seres unidos pela sobrevivência, companheiros de migração por séculos. Pareciam estar ali, partilhando o pasto, meio que ficando. Foram ficando, os gnus e as zebras. E ela explicou com propriedade, tomando gosto pelo ar professoral, que aquilo não era uma simbiose, era mecanismo simples de cooperação entre espécies, juntas por segurança, apostas comportamentais casuais que a seleção natural promoveu contra os adversários. Na planície lá embaixo, zebras e gnus formavam uma malha em padrões abstratos e pareciam pássaros voando rente ao chão. E ele tentou esconder a emoção, sentindo-se um bobo, até que por fim entregou os pontos, e emocionaram-se os dois, juntos, imaginando os ancestrais fugindo de predadores, escondendo-se, esquivando-se da chuva e das cheias, sobrevivendo em um planeta virgem. Imaginavam o ponto em que a vida dos dois ainda era potência nos genes de um único herói, futura espécie, unidade que se desmontaria em tantas e tantas outras e que viriam a se separar não se sabe bem quando, os ancestrais dela seguindo para a faixa asiática, os dele parando no oriente próximo e seguindo então a costa mediterrânea, para se reencontrarem milênios depois num apartamento de cinquenta metros quadrados ao sul do continente americano e então partirem em viagem para o lugar onde tudo começou. Jamais se separariam outra vez: ainda era assim. E se abraçaram. E intensificaram o aperto, acompanhando os elefantes miúdos, e os hipopótamos, quase baleias, diminuindo de tamanho com a altitude, e todos os outros bichos escondidos pela distância, um mundo amarelado de tão velho, começo de amor sólido e novo, visível a olho nu. Calaram-se quietos, agasalhados um no corpo do outro, protegendo-se do frio que a savana soprava e imaginando o mundo assim, sem tantos homens, a nostalgia de uma paisagem onde não havia tempo. Um mundo inexplicável, indizível. Saudades do tempo inexistente, é isso: um tempo em que eram apenas animais.

(...)

Vamos ver se desta vez, e aciona a descarga: lá vai o pacote de frustrações latrina abaixo, tudo o que a água fria não depurou e que o sol porventura não tenha feito evaporar, tudo para o esgoto num cuspe único e espesso. Vamos ver se dessa vez: insiste na fantasia das epifanias banais. Sai do reservado sem testemunhas e lava as mãos, mesmo sem audiência, prática mecânica. Cumprimenta um grupo de faxineiros logo na saída: opa, bom dia. O cochicho de uma conversa foi interrompido, não é possível que falassem dele. Não: paranoia. Só pode ser paranoia, e que tipo de expediente químico explicaria isso? Um vício perceptivo ou o quê? A fofoca e os boatos constituem a base dos sistemas de comunicação corporativos, mas até os limpadores de merda? Mesmo não ganhando nada com a informação? E mesmo desconhecendo o que faço e sem sequer saber meu nome? (Bom dia, seu Luna), o crachá: Luna. O *crachá* grita seu nome de guerra. Depto. comercial: o *crachá* localiza Luna na estrutura do organismo, mas é sucinto, não diz muito sobre as tarefas executadas no cotidiano, coisa que mesmo ele tem dificuldade de explicar.

Eu regulo estoques, administro o fluxo de mercadorias importadas, garanto a entrega de produtos que nunca podem faltar nas lojas, entendeu? A mãe compreende, mas insiste na aparência de ignorante, mantém congelado o sonho de ter um filho engenheiro, ou médico, ou acadêmico de qualquer coisa. (Um importador de roupas, é isso), é a conclusão da mãe, como sempre bem próxima da razão, mas escolhendo os termos e tons certos para diminuir qualitativamente a profissão do filho. Não faz por mal: a mãe adora esculhambar qualquer um, mas sempre com classe. Luna nunca chega aos pormenores descritivos dos produtos que importa, as cuecas, as camisetas básicas, as calcinhas e camisolas básicas, tudo básico, sempre igual, costuras padronizadas, modelagem padronizada, cores, comprimentos, tudo, tudo, tudo dentro das especificações, dogmas comerciais incorruptíveis: sabe que os detalhes pintariam um cenário ainda menos sedutor. Tem apreço pelo que faz, e a justificativa do *apreço* sempre aparece: é, mãe, eu *aprecio* meu trabalho. E realmente *aprecia*, ou sempre *apreciou*, e continua *apreciando* pelo hábito de *apreciar.* Diverte-se no contato com fornecedores chineses e indianos, o que lhe rendeu duas viagens inesquecíveis, e também com os peruanos e portugueses, embora vendam produtos bem mais caros, embora a geografia e a língua derrubassem algumas barreiras entre o público e o privado, coisa que Luna não *aprecia* tanto. Gosta do trabalho diário, gosta sim, e foram tantas as vezes que chegou por aqui cantando ao volante, tantas vezes! Simpatiza com o trabalho, é isso: uma simpatia recíproca. E não, os faxineiros não estavam falando dele, claro que não estavam.

Arma a máscara de orgulho e se coloca à parte do mundo, do jeito que sempre faz, e marcha, o termo é adequado: Luna marcha. Sabe-se charmoso, até bonito a depender do dia, e se o cabelo colaborar, e se a pele não estiver irritada, e usa as armas certas nos momentos convenientes. Hoje está interessante: a melancolia cai bem, deixa os traços difusos, as cicatrizes esbatidas, o brilho dos olhos bruxuleia como uma chama piloto, na medida. E mais opas e olás, e uma rápida vertigem toma conta dos pés, a fraqueza sobe pelo tornozelo, que falseia, e toma as pernas. É a falta do pão integral e da granola caseira, essa carência súbita dos grãos mágicos da namorada. Ex-namorada. Os crachás passam à medida que vence a distância do corredor. Aí vem o Santiago, e o Fontes, e a Lúcia Rangel, Lúcia Amaral, visitante, mais um visitante, Vilma, Wagner, temporário, um desfile de deptos e de estilos diferentes de pendurar o nome, em garrinhas, em cordões, correntinhas, alfinetes de fralda, no bolso, na vista da camisa, no passante da calça, já estivemos mais padronizados por aqui. Não quer pensar nos envelopinhos translúcidos: não feche o foco, Luna, controle esse comecinho de vertigem. Sobe a escadinha no fim do corredor, bem devagar, sem pressa, sem afobação: você não quer chegar ao segundo bloco, não quer. Desliza a mão pelo corrimão à prova de tombos, pintado com cores novas recomendadas pelo comitê de segurança no trabalho. *Segurança*: é esse o objetivo. Os Samuéis e as Fátimas, essa gente toda reclamando cuidados e detalhes de reconforto, mesmo que o alento não passe de meia dúzia de pastilhas emborrachadas aplicadas com esmero no precipício de cada degrau. Não pode ceder à tontura, agradece a existência dos adesivos antiderrapantes. Obrigado, senhor presidente, pelos adesivos fosforescentes! E a cada passo a determinação se achata um tanto mais, um passo menos decidido que o outro, uma pá de terra pesando sobre a bravura autoimposta, fé engolida a seco como um comprimido, e o princípio ativo custa a chegar à corrente sanguínea. A confiança já vai se apequenando, e quase se inverte para o medo, não encontrará estímulos para aquele comportamento espontâneo de todos os dias, talvez não consiga. E quando chega ao alto da escadinha, diante do último fôlego de corredor, precisa parar e respirar fundo, um clichê inesperadamente real. Respira fundo, então, e retoma a marcha. Falta pouco. Frauda um sorriso, alonga a expressão, uma batalha entre emoções discordantes. Rebusca a aparência e imagina uma ida casual à padaria, bem cedo, há até mesmo o detalhe das olheiras, sabe que as olheiras ainda estão presentes, e bem que a mãe disse que homem também devia usar maquiagem. Coisas da mãe. Sente tanta falta dela. Não da mãe: dela. A fraqueza chegou ao pé da garganta. Ressente a falta do apoio, a mesa pontual às sete e meia, lamenta a ausência das porcarias nutritivas, e do Pulga, que foi carregado na mudança, e estranha estar aqui, é uma cena sem sentido. Soltará de cara algum comentário divertido para a equipe: sorrir é seu escudo mais eficaz. A equipe está logo ali e espera por seu humor. Quer ser aguardado, precisa ser ansiosamente aguardado. Quando foi que seu lado B foi alçado a lado A? Um emprego, só isso. Ou não? (Estamos lhe oferecendo um ofício, não um emprego), foi a entrevista de admissão. Contou para a mãe assim que assinou o contrato, e a mãe achou a frase formidável, fica satisfeita com frases assim. Um ofício, então: de volta ao tear. O primeiro dia será difícil, o segundo nem tanto e no terceiro dia tudo estará coberto de reuniões, controles, projetos. Projetos, projetos, muitos projetos, nunca foi diferente, e nunca será. Pode sentir as nuvens pesadas tentando sumir da sua testa, as nuvens irão se dispersar, torce por isso enquanto cumprimenta o baixinho ruivo de quem sempre esquece o nome e que está sempre sem identificação. Fala, menino, tudo bem aí?

O céu fica mais claro depois de uma tempestade, diria a mãe do alto de sua torre de frases feitas, e nem sempre com razão.

(Luna, que saudade), é um afago. A atenção de Luna é sugada, e não pode ser diferente: uma das mulheres mais desejadas da empresa lançou uma flecha em sua direção. É a secretária da diretora comercial, sempre pronta a dar boas-vindas às fotos masculinas. Não seja mau, Luna, você sabe que não é bem assim. Sim, é assim, e o perfume doce penetra as narinas, torcidas à beira de um espirro. O braço de Luna recebe as condolências, sentimento sincero de uma mulher sincera, e é patente a sinceridade, ainda que a mulher *sincera* guarde suas intenções mais *sinceras* para depois das sete da noite. Quem sabe um dia não dê o bote? (A chefona vai querer falar com você), é uma terrível previsão. Terrível! Vontade: dizer que não quer falar com ninguém, precisa de tempo para medir a profundidade das pendências e meter a cara no trabalho atrasado, muitas desculpas à mão. Realidade: claro, quando quiser, é só avisar, estarei na minha mesa. Mesinha. E se arreganha no sorriso para a secretária, que transmitirá a simpatia à diretora comercial que, por sua vez, se tranquilizará ao saber que o problema chegou mansinho das semanas de repouso.

A secretária da diretora comercial exerce a função de comissão de frente, abre alas para a sequência de cumprimentos, é como se Luna saísse de uma mesa de cirurgia e entrasse agora na enfermaria. (E então, correu tudo bem), uma anamnese mal disfarçada. Dá um cumprimento geral, estão todos olhando: correu, correu sim, correu tudo bem. É das cachoeiras que vocês estão falando, não é? Risadas. A piadinha deu certo, todo mundo captou. (Bronzeado de montanha, cara boa, sentimos sua falta), e segue o exame. Eu também, eu também senti muita falta de vocês! Há dois anos, junto com a construção do anexo de estacionamento, o conselho executivo aprovou a reforma da parte interna do edifício, optando por um novo modelo de escritório em estrutura aberta. Isso quer dizer que, no lugar das portas com cargos gravados em metal, como nos filmes antigos, montou-se uma sequência de baias separadas por divisórias e aglutinadas em pequenos grupos, como cachos ligados a um ramo, mesas contíguas compartilhadas entre chefes e assistentes. Uma atmosfera democrática e que facilitaria o tráfego de informações e soluções táticas, um frenesi comunicativo. E funcionou, é, até que funcionou, não vamos ser tão pessimistas. Comunicação, compartilhamento, conectividade: as palavras substituem-se umas às outras, entra moda e sai moda, e ganham sentidos tão específicos quanto universais, empobrecendo-se, até morrerem e serem substituídas. A lógica do consumo invadiu também os dicionários. Luna está estranhando o escritório aberto, *compartilhado*, *conectado*, é o que acontece nesse exato momento, mas tenta dissimular. Quem faz o quê aqui? Impossível saber, não é? A impressão é de chão de fábrica: operários clonados dispostos em sequência, e cada vez mais especializados. Quebramos as tarefas de tal forma que, misturando tudo, o caldo é ralo e a sonhada organicidade corporativa, termo que já vai caminhando para o lixo, parece mesmo uma utopia, como as utopias da mãe. É um cenário cheio de lacunas. *Lacunas*. Consegue ver as *lacunas*, é um tecido esgarçado. Olha para os colegas e pensa em náufragos. Acessa a imagem de seu filme catástrofe preferido: um time de desesperados indo ao encontro das caldeiras enquanto acreditam caminhar na direção do furo no casco, a salvação. Um filme que não termina na praia, mas no fundo do oceano.

Luna, do que é que você está falando? É a vertigem? É isso?

Tirando a campainha dos telefones e o coro de vozes em polifonia, o escritório aberto até que é agradável, e todos realmente acreditam nisso, ou querem, ou precisam acreditar. Há, claro, as sentinelas, os bisbilhoteiros continuam por aqui, orelhas atentas a deslizes, e isso sempre haverá. Aquele ali: não desvia a atenção de mim, bem esquisito. E o rapaz de azul: simpatia bizarra. O que Luna não gosta, e chega a odiar, é o contato compulsório. Ainda não havia experimentado a saudade das paredes erguidas, a privacidade possível, a trincheira contra uma escassez galopante de individualidade. Quer uma sala com paredes, e sem nome na porta, agora, agora, agora: quer se esconder em uma caverna de paz e poder se sentir abandonado pela namorada, e cagar as próprias misérias sozinho. Luna quer voltar ao modo reservado. E, para alcançar sua estação de trabalho, terá que percorrer cinquenta metros de passarela em meio a cadeiras, computadores, impressoras e muita gente, cada vez mais gente, as contratações correndo soltas em função da expansão das lojas, e dos lucros do ano anterior, e dos planos arrojados para o futuro próximo. É assim:

demissões para secar a folha de pagamento e, em seguida, contratações aos baldes por salários mais em conta. O nome disso é esquizofrenia. Pisca para alguns cúmplices que mereçam atenção extra e imagina-se com as tripas para fora, absurdamente nu diante dos colegas. Os colegas estão cientes de que qualquer boca mal torcida ou comentário ligeiramente fora de proporção poderá ser lido por Luna como simulação, um disfarce de suas piedades. Cuidado, então: tudo está estranhamente transparente por aqui. E lança ois e mais olás. Será que está sendo evidente demais nas intenções? Tenta diagramar os próprios gestos e perceber os estímulos para lançar respostas precisas, mas é difícil. Máquina difícil essa, este corpo, esta voz, esse entra e sai de informações, e ainda bem que funciona no piloto automático. Tenta reproduzir o sorriso consagrado pelas décadas e distribui cópias do sorriso, desfila em passos apenas semelhantes aos originais, até chegar ao cacho de baias onde a equipe se reúne, seu humilde núcleo.

Num alívio, vê a assistente.

A assistente é promissora. Conceito vago, sabe disso. Mas é isso: promissora, menina presa a uma cadeira curta, mal posicionada em uma corporação adoradora de falos e diplomas. A assistente não é um macho, obviamente, e não tem diploma. O tema da última convenção de gerentes: inteligência emocional em tempos de expansão globalizada, modismo empresarial de pacotinho que guarda cargas de verdade, se é que isso existe, mas com prazo de validade que expirará na próxima reunião gerencial em um grande resort, quando novas verdades surgirão. As ideias também sofrem seleção natural: sobrevivem as mais adaptadas. Mas não é nisso que Luna quer pensar, as ideias andam muito artificiais por aqui. A assistente é loirinha, baixinha, pele cheia de acne, aparelho nos dentes, sem título em administração, ou psicologia, ou pedagogia, mas sonha com um em publicidade e propaganda, como o de Luna, aquele diploma que ele não sabe onde está e que, de tão oco, abriu as portas para o inespecífico mundo empresarial. A mãe diz que publicidade e arquitetura são profissões de artista sem coragem. Será? Sabe, no âmago, que seu diploma não serve para nada em termos práticos e que foi apenas um filtro, uma carona nos processos seletivos das universidades de ponta. Expôs à assistente sua visão, meditou sobre o sonho, compreensível em termos de, digamos, formação pessoal, mas aqui, nesta empresa, potencialmente inútil. Não sabe se chegou a dizer isso de forma clara, não sabe se foi cirúrgico, pensa ter dito de um jeito ou de outro, para bom entendedor, mas sabe que não disse nada parecido com: você não tem perfil para ocupar uma cadeira de gerente, o diploma é apenas um filtro idiota. E torce para que a assistente não peça detalhes sobre esse perfil, pelo amor de deus, é algo sem forma, intuição, jeito, assim, assim, um tipo de inteligência, uma capacidade de enxergar múltiplas facetas de uma mesma realidade, e uma tendência à urgência, algo do tipo. Sei lá, não sabe o que tem de gerente, não conseguiria definir um, recusa-se a papaguear as palavras do diretor de recursos humanos, que vez ou outra arrota dicas de contratação. Mas é compreensivo com os objetivos da assistente e fortalece a ideia dos estudos, mesmo sabendo que pouca coisa vai mudar se a meta for disparar em braçadas rumo a um cargo gerencial. O que é um perfil, afinal?

A assistente é um filhote de Luna. E o filhote envolve Luna num abraço de boas-vindas. Trata-se de um abraço esperado. (Que constrangedor), é um comentário compreensivo, de quem enxerga longe, e talvez a assistente até tenha o tal perfil. (Olha pra trás, chefinho), é uma dica em voz baixa. Logo atrás do chefinho, uma equipe inteira pronta para os cumprimentos. Pêsames? A primeira da fila: a companheira da mesa em frente, que compartilha da mesma tomada elétrica, penteado novo, não sabe em quê, bochechas modeladas num sorriso sentimental, olhos arregalados, assustadores se já fosse noite, cabeça jogada para o lado em demonstração explícita de saudade, saudadinha de você, um cartão de papelaria, alegria genuína de quem tem um cargo bem longe de casa, um lugar que sirva de fuga toda segunda-feira. Depois: o companheiro de piadas, gerente das confraternizações e churrascos de fim de ano, colecionador de rumores afetivos, fã confesso da empresa, leitor de livros sobre os dez ou quinze passos rumo à relevância, bandeirinhas do time tremulando sobre o monitor cheio de adesivos presenteados pelo filhão, esse meu companheirão, meu companheirão do coração. E a funcionária mais bonita do escritório central, título renovado anualmente: rosto apolíneo, magreza esculpida, roupa nunca repetida duas vezes, marido empresário e abastado, é o que dizem, nem precisaria trabalhar, mas gosta, vejam só, ama estar aqui, o hidratante açucarado, contrabandeado aos montes para a pele de todas as meninas do departamento, cheiro de framboesa, baunilha, framboesa com baunilha, todas as meninas com o mesmo cheiro. E a secretária do chefe, do que foi embora, e também do que chegou, herança de antecessor: os pés batendo no carpete em sinal de ansiedade, a boca amuada numa apropriação primorosa do próprio mau humor, e as lembranças de festas com declarações alcoolizadas de amor eterno, você é o máximo, Luninha, uma menina adorável, um quê de submissão. Abraços, abraços, abraços, todos um tom acima do necessário, honestos no dever de afagar o colega fodido.

(Nosso novo chefe já está aí, mas entrou em reunião), uma notícia e uma isca de alívio, pelo menos para os próximos minutos. Encontra a mesinha organizada e limpa como uma mesa em férias. O boneco de feltro com cabeça de lâmpada pesa sobre um punhado de pastas. Acomoda a maleta na cadeira, como sempre fez, e vira a cabeça roboticamente para a direita. Refreada nos milésimos finais, a trajetória tromba com o novo gerente nível três, que vem singrando o corredor. Só pode ser o sujeito. O sorriso diplomático se aproxima de sua mesona, a que quase foi de Luna, mas que não era para ser, e acelera para atender o telefone, que toca insistente. O gerente nível três se joga na mesona e, ao cruzar o olhar com o de Luna, leva o indicador à boca, manifestando o desejo de uma conversa: os machos humanos tratam de conferir o mais rápido possível sua posição na pirâmide, dominado ou dominante, não há tempo a perder, a urina dos lobos, o território precisa ser demarcado.

Do outro lado da linha, o novo chefe escuta a voz, a grande voz, a voz que tenta vender vantagens bancárias, oferecendo descontos nas tarifas em troca de aplicações financeiras mais generosas. O banco é parceiro antigo da empresa, e são tarifas irrecusáveis! Luna ouvirá falar dessa voz durante cinco ou dez almoços privativos com o novo chefe, que, deslocado no ambiente, escolherá justamente ele para acompanhante fixo de refeitório. Foi, decerto, dica do diretor de recursos humanos, aquele bosta: os dois precisam se dar bem em nome da perfeita operação do departamento. E serão almoços intermináveis com um homem que tentará impor seu coleguismo prematuro. Luna não gosta de aproximações rápidas.

(Quantos anos você disse que tem, querida), é uma pergunta pegajosa. O gerente nível três está inequivocamente interessado na voz do banco. Luna escuta tudo, mesmo sem querer. É o escritório aberto, o que fazer? Não se considera preconceituoso, seu julgamento primário costuma criar rótulos de curta validade e que não demandam esforço para remoção. Ocasionalmente, e sabe disto, o costume gera atitudes antissociais de sua parte, certo comedimento nos primeiros encontros, mas que perdem energia tão rapidamente quanto ganham. Uma tendência pré-julgadora tão volátil talvez caracterize Luna como pessoa contraditória, um daqueles participantes que expõem suas contradições em reality shows e que são taxados pelo público de inconsistentes, como se todos não o fôssemos em certo grau. Nem sempre isso agrada às pessoas ao redor, ávidas por morais incontestáveis e trilhos bem traçados, mas nesse ponto considera-se extremamente humano, e usa seu charme para contrabalançar as inconsistências. Não são todos assim? Decidirá que o novo chefe é um babaca, é isso que pensa de cara. *Babaca*. Desta vez, desconfia que o rótulo não vá descolar tão fácil.

E tanta desconfiança, e o estranhamento, essa gente toda, há tanto conhecida, todos tão diferentes agora: o carpete escorregadio, o chão sem firmeza. O balão: a mesma sensação de pisar o nada. A namorada volta a ocupar o primeiro plano de seus segundos. Gostaria de ter a fotografia aqui. Nunca foi de trazer porta-retratos para a mesa de trabalho: coisa de viado, é como dizem. Olharia a foto e tentaria arrumar os sentimentos na base do desgaste dramático: alisar, passar a tarde olhando o momento eternizado. Namorada. Ex-namorada. Isso dói: está sozinho. É, Luna: subitamente sozinho. Aqui e em casa. Em todos os lugares.

(...)

O novo chefe: tipo de homem que aborda aeromoças, e garçonetes, e balconistas, e recepcionistas, e consultoras de investimento, mesmo pelo telefone, e que ostenta o orgulho reprodutor presumindo que as pessoas ao redor tenham, claro, obrigação de validar seu posto de executivo de sucesso, e de premiá-lo com a possibilidade de um harém ao longo da vida, ainda que sua estatura não sirva como exemplo para a tese do dimorfismo sexual. A regra do dimorfismo reza que o macho de uma espécie é significativamente maior do que a fêmea quando a poligamia é a resposta encontrada pela evolução para os problemas de organização sexual e, consequentemente, de reprodução e perpetuação dos genes. Um macho grande: muitas mulheres. O exemplo não se aplicaria ao chefe, um gorila de estatura diminuta, mas com olhos azuis compensatórios, faróis grandes e redondos, anzóis para sereias supostamente ávidas para serem devoradas na grelha. O tom de azul é bonito, confesso, e apenas isso, não há vantagens genéticas embutidas nas células de um homem de íris azuis, a não ser a maior probabilidade de reprodução, caso a competição se acirre e caso a cor azul continue em alta, contrabalançando detalhes desvantajosos como, no caso, a alturinha. Ou será uma visão frustrada de Luna, um ressentimento natural por ter sido abandonado por sua fêmea? Desdenhando os atributos de outros machos, Luna? É isso? (Eu vou comer a vadia pelo telefone), é o que diz o novo chefe, atingindo graus perigosos de impaciência. (Você deve ter a minha idade registrada no seu cadastro, querida, procure aí, eu espero você), ainda o novo chefe, com a voz mole. (Você pode não acreditar, Luna, mas tenho certeza de que a vadia estava molhadinha do outro lado, a gente sente essas coisas, não sente), é uma pergunta? É para responder? Luna não sente essas coisas, mas não declara verbalmente, e o novo gerente nível três já percebeu seu desconforto e passará a colocar em dúvida a orientação sexual do subordinado. (Não vá dizer que você é viado, Luna), é a pergunta que surgirá dia sim, dia não. Já no terceiro almoço Luna toma conhecimento dos planos do novo chefe: seguirá com o jogo imaginário. A consultora quer vender cestas de investimento, é a possibilidade mais aceitável, mas o energúmeno adia a decisão e encomprida as dúvidas para continuar recebendo as ligações. O receio do chefe é que a mocinha desista da venda antes de ser currada, e pede que ligue amanhã, e depois de amanhã, mas não consegue a pegada do golpe. O gerente nível três assalta Luna na máquina de café e imita a voz da consultora. (A garota tá molhadinha, Luna), é o delírio do comedor. A meta para as próximas semanas será descobrir o jeito certo de se encontrar com a voz pessoalmente, e Luna o estimula com táticas, o banco é parceiro de negócios da empresa, talvez seja fácil conseguir o endereço da equipe de atendimento. (Telemarketing ativo), é o chefe simulando um bife suculento entre os dentes. Nojento, o sujeito. Luna quase se diverte com o criançola, mas não chega a tanto. (O nome da vagabunda é Milena, acho que já peguei uma puta com esse nome), o novo chefe não para, e ama as prostitutas, deu a Luna um vale-bebida de um mafuá de luxo, sobra da despedida de solteiro do irmão. (Vai lá, Luna, você é um homem livre), é o chefe relembrando a solteirice do funcionário, e aconselhando que o líder seja imitado, e que sexo é muito bom, vai lá, como é gostoso dominar uma mulher pelos cabelos. (Se você não for, repassa para um amigo, não vá desperdiçar, viadinho), é uma amizade muito íntima. Luna é o macho beta. De onde saiu essa merda de intimidade?

O posto de confidente não atrapalha a readaptação após as férias. Ao contrário. Gerente com experiência, rápido nas tarefas, o detentor das brilhantes avaliações usa as conversas com o chefe como desvio das cobranças que seriam naturalmente grandes da parte de um novo líder tão agressivo. Atua cada dia mais à vontade em seu papel de braço-direito masturbatório, como já vem sendo chamado nas conversas de corredor, candidato a alcoviteiro sexual do mês: pode ganhar foto no mural da entrada. E usa a camaradagem para estabelecer limites na intimidade institucional, a proximidade que desfruta dos hormônios do líder é uma barreira natural contra o desenvolvimento de interferências profissionais, permitindo que o território de sua mesinha siga no isolamento. Gênio, Luna. Cada um no seu nicho de sobrevivência, cuidando do próprio quintal.

E no seu isolamento, fenômenos acontecem. Sim, ele continua a chegar no horário costumeiro, mas, desde a volta, começou a se despedir na hora regulamentar, sem esticadas noturnas. Seis e meia, sete no máximo. Não tem a percepção de que um processo se deflagra, como se aderisse a um novo hábito alimentar que, na surdina, beneficia a saúde sem sinais visíveis, e logo será absorvido, e atrairá uma nova rodada de inovações. Foi assim com os alimentos integrais, e assim ocorre agora com as jornadas de trabalho: um novo hábito sadio. Aos poucos Luna desloca seu lado B, a porção executiva e eficaz, para um canto menos dominante. Ainda não sabe quais desejos inconscientes podem ter entrado no jogo, mas sente-se mais tranquilo, embora teime em espalhar o verniz de frustração nos bate-papos com colegas. (É que a felicidade é relutante), a mãe, um dia, falando de uma prima, ou da vizinha, contando casos de professora aposentada. Tem dado pouca atenção às palavras da mãe, mas registrou a frase, e talvez use no livro, se de fato escrevê-lo. A felicidade é relutante: seria uma boa apropriação, caso acreditasse no conceito propagado nos dias de hoje. Felicidade, não: o nome é histeria. Gosta de dizer isso, bem azedo.

A secretária da diretora surge na curva e atravessa a passarela com o rosto compenetrado, e ultrapassa sua barreira da invisibilidade, chega medindo passos, um após o outro, a estampa de girafa distorcendo-se hipnótica, a alça caída da blusa, uma ode à glória de não ser executiva e não precisar sustentar modos exemplares e espremer os seios em nome de um bônus no fim do ano. Livre, caminha até a mesa de Luna. Mesinha. Mão no quadril, dorso alternando os lados, a distribuição intencional de tiros proporcionais aos salários. Os contracheques são sigilosos em qualquer nível hierárquico, mas não para a secretária da diretora. Agora está bem próxima, e o sorriso deixa claro, pelo exagero, que tudo não passa de encenação, jogo de pintar a cara. E Luna brinca de caixa de banco, vê sem olhar, segura o foco no trabalho, esse ar de ocupado entre o nariz e a tela do computador, até não conseguir mais, e rir: fala, minha girafinha. A secretária da diretora gosta de ser chamada assim, Luna precisa repetir mais vezes. (A girafinha não tem boas notícias), é uma mensagem vinda de cima, a voz cantarolada, deliberadamente aguda. É do que estou precisando, o dia bonito demais, diga lá, preciso de alguma coisa que justifique meu mau humor: Luna consegue ser irresistível. (Hora do coaching com a chefe, você tem meia hora), e a girafinha dispara o cronômetro. Reunião de treinamento com a diretora. Hora de preparar o terreno e lançar os alicerces para a futura promoção. (Você será promovido logo, Luna, só precisamos treinar), foi a promessa do diretor de recursos humanos logo depois de Luna ser preterido. E vem a chamada para a primeira sessão de adestramento. Energizemos os pontos a desenvolver, assim se diz por aqui, aponte a bandeira para o cume do monte, avante! De dentro da gaveta, Luna saca a autoavaliação, deposita as folhas grampeadas na mão estendida da girafinha. (Posso ler), é uma ameaça em forma de pergunta. Sabe que não pode, mas arrisca a brincadeira, como se já não soubesse de tudo por aqui. Luna agita o indicador em negativa, a girafinha torce o narizinho e volta pelo mesmo percurso, mesma performance, reforçando os movimentos dos quadris, a deixa para uma nova mensagem chegar à caixa de entrada de Luna. (Quer se preparar para a entrevista), é uma proposta do gerente nível três. É o que falta na história: uma reunião preparatória para uma reunião preparatória. Masturbação coletiva, então? Gira o pescoço na direção da grande mesa e sorri educadamente, a piscadela entre machos. Delicadamente, declina. E nova mensagem. (Ela quer t foder essa gostosia), é um pensamento elaborado do chefe, assim mesmo, sem vírgulas e com os problemas recorrentes de digitação. (Va la), um reforço, e sem acentos.

O novo chefe é casado, e de fala doce com a esposa. Costuma aumentar o volume da conversa e da doçura para que todos do escritório o reconheçam como marido aplicado, mas não perde a chance de falar bem baixo com a consultora: na corporação, os homens parecem mais machos, as mulheres mais fêmeas, e a teoria dos papéis se potencializa como numa incubadora. Tudo é exacerbado quando o espaço se fecha, o tempo é contado e as oportunidades dependem diretamente das relações estabelecidas. Os nichos são preenchidos numa feroz dança das cadeiras, grandes maridos e esposas, grandes conquistadores, grandes sedutores, grandes defensores de ideias, grandes implementadores de projetos, tudo enorme. Corra, Luna: a música pode parar em qualquer ponto, não perca sua cadeira de vista. Tem sido divertido perceber comportamentos. Não é moralista, não tanto, gosta de depravações, também tem fantasias com lésbicas e gêmeas, o padrão, e até se acende com outras imagens menos comuns, porém inacessíveis à consciência. Contudo, precisa de reservas, não entende a esquizofrenia que se abate sobre alguns funcionários assim que respiram o mesmo ar-condicionado. O gerente dos happy hours está sorrindo para ele: é a maneira que encontrou de dizer boa sorte. Está logo ali, entre as bandeirinhas do seu time de futebol, Luna se afeiçoou ao colega ao longo dos três anos de trabalho de equipe, e por isso devolve o sorriso sem pensar em como o sorriso sai. Os sorrisos naturais ainda existem por aqui.

Antes da reunião se dedica a uma nova bateria de mensagens eletrônicas. Requisições, dúvidas sobre tarifas e impostos, reescalonamento de prazos, comentários em cima dos comentários da véspera, reuniões ameaçando ser agendadas. Os barulhinhos dos teclados compõem a sinfonia vespertina do departamento de importações. Projeto assinado, arquiteto inglês de grife, investimento em acústica, e todos se comunicam pela rede, mesmo a um pescoço de distância. Os mecanismos estão mais visíveis ou é a percepção de Luna que anda afiada? Alimenta o brio de super-homem, aquele que vê por cima e que enxerga o invisível: as veias pulsando, o coração batendo, o organismo em alucinada troca entre departamentos, o cérebro débil, os neurônios eletrificados, homeostase empresarial. Pode até chamar o fenômeno de felicidade, uma felicidade corporativa, quem sabe não seja? Tem a impressão de que está num livro, não é a primeira vez, mas não sabe decidir se a sensação, agora, é boa ou ruim: apenas está ali, e uma picada de aranha adicionou lentes de aumento a suas capacidades perceptivas, e agora poderia ler gestos, reações, intenções, quem sabe até descubra que, em breve, haverá um fim. É, talvez use essas coisas no livro, pode ser. O livro de Luna já tem título, é inevitável que tenha um depois de tantos anos. Vem reformulando o *título* desde os dezoito anos, quando se permitia sonhar com uma carreira artística. Com artigo definido ou sem? E se usar o pretérito em vez do presente? E se pusesse o *título* no fim, e não no começo? O livro de Luna pode ter uma capa, e até um fim, inspirado em um desses filmes franceses que adora assistir. Tudo bem, meio óbvio. Começo e fim, muito bem. Mas, Luna, veja bem: você precisa escrever o meio.

(...)

A discussão tomou um fim de semana inteiro, mas não era um choque violento entre pontos de vista estanques, e sim um duelo macio, próximo da provocação infantil. Ficção versus não ficção. Para ele, a literatura forma o quadro mais aprofundado do homem, o pequeno e o privado revelando a humanidade atrás das cortinas. A literatura não procura a imagem objetiva e definitiva, mas nosso avesso em mutação: formulou a frase e anotou para não esquecer. Ela não concordava, ainda acha a literatura pretensiosa (como assim um espelho aprofundado?), preferia ler sobre história geral, geografia e, claro, ciências naturais, e se fosse para encontrar um bom personagem flutuaria em uma extensa biografia. Na cabeceira dele descansava um romance policial russo lido a duras penas, chegara à metade, prosa densa e custosa, o detetive verborrágico. Na cabeceira dela, um tijolo que rastreava a evolução neurológica humana devorado com o auxílio de marcadores coloridos e uma lapiseira para sempre pendurada na capa, anotações nas páginas em branco, destaques, parágrafos inteiros sublinhados, lembretes nas margens para pesquisar os detalhes no dia seguinte. Se o sexo despontasse naquela cama, seria o segundo gozo, o primeiro era com a ciência, e sempre implicando com o esforço do namorado, insistindo em ler aqueles livros enormes sobre coisas que não existem: uma punheta eterna, é como ela dizia. E ia ao ataque com seus assuntos interessantes.

Aula de hoje: homem, ser inconsciente.

(A consciência que temos a respeito de nossos fluxos internos, como a circulação sanguínea, os movimentos involuntários dos músculos, as substâncias ácidas lançadas no estômago, a mecânica que mistura e empurra a comida...), era uma das aulas, pouco faltando para a meia-noite, e invadia o universo do detetive corrupto que, justo naquele momento, encontrava o cadáver congelado em um canteiro de praça. No meio das sessões ele se via obrigado a uma ou outra interrupção interessada: nojo, essa história de fluxo interno. Não dá pra mudar de assunto? (Somo seres mais inconscientes do que imaginamos, a consciência é uma parcela ínfima do que captamos, fica limitada sempre ao foco do momento, e esse foco nunca é nossas próprias tripas), e ela não para: quem mandou dar corda? Então é isso, somos seres basicamente inconscientes, como aquela lagartixa no teto. (Será que a lagartixa tá olhando pra gente), é uma pergunta intrigante. E ficam os dois olhando a lagartixa.

Seres inconscientes, então. Aquilo tudo era mais uma tentativa de nos igualar, um pouquinho que fosse, aos animais: ela se incluía no reino animal, e isso era libertador, embora usasse e abusasse da inteligência que lhe coube. Ao contrário da massa geral, regozijava-se, é esse o termo: regozijava-se com as semelhanças que guardamos com os bichos, e não com as diferenças. Muito bem, somos bichos inconscientes a maior parte do tempo. (A consciência é apenas uma parcelinha de nosso mecanismo, isso é bem interessante), e a cabeça do aluno já abandonava o detetive e viajava em outras esferas, alimentando histórias possíveis em cima das conclusões da namorada, mas sem deixar de fazer brincadeiras com a ciência: entendi, o inconsciente é como a coxia de um teatro, um véu que separou os amplos bastidores da irrisória cena iluminada no palco? (Bonito, isso), era uma pausa no raciocínio acelerado, ainda se surpreendia com as imagens criadas por ele. O aluno rebelde adorava as aulas de bolso e as deixava reverberar, estabelecendo relações, mesmo sem admitir, pois alimentar-se explicitamente de não ficção poderia ser entendido como rendição ao inimigo. (Olha que interessante), a frase cacoete sempre vinha no final. Deixava-se nutrir pelas coisas interessantes da namorada e, quando se dava conta, aplicava as hipóteses interessantes aos comportamentos dos personagens da ficção. O detetive corrupto, por exemplo: tinha a consciência de que buscava prazer na alteração de provas criminais? Sabia efetivamente disso ou era informação exclusiva do narrador da história? Quais mecanismos internos permitem que não haja acesso aos meandros psicológicos e, em outro nível, aos processos químicos e físicos que sustentam isso tudo? A cabeça dele dava um nó. É tudo química? Porra, tudo?

(A natureza é indiferente), era o veredicto da namorada. Sempre soltava essa. (A natureza é indiferente, não tente encontrar valores onde não há), a indiferença da natureza era o argumento que, de certa forma, afundava os escritores e as tentativas de dar cor às banalidades cotidianas. (A natureza é neutra, não tente encontrar viés onde não há), era o pensamento materialista da namorada tentando vestir a arte com as roupas da religião. (Não me venha com seus pensamentos mágicos, um copo quebrado é um copo quebrado), e encerrava a discussão sobre as pequenas epifanias. As explicações científicas e históricas que a namorada procurava nos livrões pareciam ser, por vezes, incompatíveis com a ficção que ele tanto amava. A ciência e a história buscam explicações em excesso, criam essa ficção maior que a própria ficção, justificativas demais para nós, os personagens.

Os homens perderam de vez a ingenuidade, é isso? Acabou a delícia dos contos de fada? Afundou?

Não: ele precisava contra-atacar, gosta de dar a última palavra. As ideias da namorada eram frequentemente reducionistas. Os cientistas não sabem como nossos neurônios interagem para produzir a consciência e executar operações complexas como a antecipação do futuro ou a criação de universos fictícios, não, os cientistas sempre estarão na fronteira e, a partir de certo ponto, os artistas tomam o bastão. (Entendi, artistas são como sacerdotes), era a resposta que sempre vinha, mas ele sabia que tudo não passava de picuinha infantil: a namorada podia não gostar de literatura, mas amava o cinema e o teatro. Juntos, frequentavam certos templos.

Era patente, nos esforços dela, o sonho de resgatar a biologia, sua formação universitária, seu diploma de parede. Sonhava, sim, com o mergulho nas pesquisas científicas, e quem sabe acalentasse uma carreira paralela como professora. Seguira caminho alternativo até bater no emprego mal remunerado em uma revista de curiosidades sobre o mundo natural, o que satisfazia suas ambições mais basais, estimulando os estudos, mas sabia que ainda não era aquilo. Embora os colegas de redação a enxergassem como uma jornalista especializada em biologia, era o contrário disso, e o que fazia mesmo não passava, basicamente, de um bom trabalho de tradução: parcela significativa das reportagens eram versões de textos estrangeiros enriquecidos com camadas de tinta nacional. E a responsável por dar essa mão de tinta era ela, colhendo exemplos na fauna e flora locais, uma arara ou uma vitória-régia, ou um bugio quase extinto, e rápidas opiniões de cientistas, com aquela mania de dizer que os progressos estão engatinhando e que há certo atraso científico no país, e que precisamos de estímulo das autoridades, a ladainha costumeira e inescapável, bem próxima da ladainha do mundo artístico. A ela cabia tecer relações não muito profundas entre o lá e o cá e instilar nas matérias gringas a própria esperança de que o país pudesse contribuir de algum jeito.

Eu importo roupas, ele dizia, e você importa reportagens sobre bichinhos. Mas, claro, com um toque de gênio. E os dois tentavam se divertir com as próprias frustrações. Esse amor acomoda? Um publicitário quer ser escritor, mas se camufla em gerente nível dois, enquanto uma bióloga traduz os pensamentos daqueles para misturar aos desses, e os dois, encubados um no corpo do outro, formam o que se costuma chamar boa dupla. E acostumavam-se aos empregos, e iam ao cinema, e ao teatro, e enfrentavam meses de preparação até decidirem iniciar, e em definitivo, o programa de jogging, pois precisavam levar a corrida a sério, e precisavam perder alguns quilos, e precisavam ganhar disposição, para então desistir no inverno, já na primeira frente fria, e encher a casa de chocolate amargo, que traz benefícios comprovados para a saúde. Entretinham-se. E, ainda no inverno, empurravam um para o outro a responsabilidade de levar o Pulga para o passeio do cocô, e tentavam reconstituir sinais que responsabilizassem o outro pela adoção do filhote. (A ideia de adotar o vira-lata foi sua, sua, sua), e não era verdade fácil de ser comprovada. Quem deu o nome não fui eu, quem prometeu assumir a tarefa dos passeios não fui eu, é como ele rebatia, alterando provas. Mas amavam incessantemente o vira-lata, e cheiravam o pelo curto, sempre limpo e escovado, e conferiam a temperatura do focinho com o nariz: o Pulga tá com frio, melhor ficar em casa. Amavam-se, e acostumavam-se à rotina: domesticavam o tempo.

Segundo ela, caso fosse obrigatório apontar um vencedor, os cães estariam no topo da escala evolutiva. Dizia isso toda vez que o Pulga deixava rastros indesejados, o pipi na sala, restos de comida assaltada junto à pia, lixo revirado. (Você não pode agir como se ainda fosse um lobo), repreendia. Os cães, aproximando-se de mansinho, consumindo sobras de nossa incipiente agricultura, alterando as próprias capacidades digestivas para se beneficiar do amido das frutas e dos cereais, conseguiram, ao longo dos séculos, subjugar o homem, o bicho mais inteligente, o rei da consciência, o que sabe de tudo, a ponto de sofrer com o tanto que sabe, e deixaram o esperto de quatro no chão da rua para colher seus excrementos com sacos plásticos, ou em casa, para reordenar os jornais espalhados ou alimentá-los pontualmente, como se fossem pequenos deuses e soubessem disso. E ele concordava: os cães triunfaram, sim, sobre os campeões. Mas os gatos, que nem sequer se esforçam em retribuir, a não ser que queiram muito, e geralmente não querem, merecem o lugar mais alto do pódio, ou não? (Faz sentido), ela concordava, coçando o pescoço, anunciando que uma reflexão profunda acabava de ser dada à luz.

Mas o Pulga nunca preencheu o espaço pontilhado.

Ela queria cada vez mais o filho. Ficava cada vez mais complicado arranjar um assunto que desviasse a atenção do filho. Neurociência. Detetives russos. Programação intensa de cinema. Nada: sempre à sombra do filho imaginário, os dois, os três. E, com o tempo, as piadas não surtiram mais efeito, as teorias científicas não explicavam a ausência do filho, havia um personagem velado por ali. Nas entrelinhas dos livros dormia o assunto. Os recursos azedavam, ela tentava disfarçar, minimizava, e fingia crer que tudo seguiria igual, talvez até melhorasse com os anos, à medida que aprimorassem as ferramentas de desvio. A corrosão se encobria de limo, e os dois sabiam que estava lá, como o sangue que não para, ou o estômago sempre à espera do leite antes de dormir. A biografia do filho já queria ser escrita: o personagem cria vida e se impõe. E ele lia romances, e contos, como se as histórias explicassem os porquês e como se a vida dos fantasmas ilustrasse a sua e dissesse: olha, rapaz, vai todo mundo no mesmo fluxo, e no mesmo ritmo, é tudo a mesma merda, e no fim encontraremos algum sentido para isso tudo, mesmo sem o filho. E ela, enveredada em páginas enganchadas na realidade, tentava entender como foi que chegamos àquele ponto, sabendo de tanto, podendo até saber de tudo um dia, e querendo saber ainda além, mas com a capacidade útil de ignorar tudo que pudesse atrapalhar. Amavam-se, também se ignorando, os três. Mas poderiam ser quatro. A ideia do filho já era quase uma vida.

(...)

Uma nova mensagem do presidente com cópia para todos os funcionários: pedimos que seja observada a rotina de limpeza das mesas, e que se evite o acúmulo de papéis no fim do expediente, assim como roupas e cabides pernoitando espalhados pelo escritório, o qual, lembramos, é uma estrutura aberta. Luna pensa em lavagem intestinal. Isso vai virar o quê? Um hospital?

Não pensa: grita, berra, vocifera.

A testa da girafinha surge atrás de uma baia. O colega dos happy hours encaixa a cabeça entre as bandeirinhas. O foco consciente do departamento pesa momentaneamente sobre o chilique do funcionário mais antigo. E um grunhido chega da mesona, puxão de orelha. (O presidente está preocupado com a manutenção de um ambiente saudável, relaxa, Luna), é o novo chefe defendendo a corporação que acaba de acolhê-lo, e em voz moderadamente alta, como faz quando fala com a esposa: precisa mostrar que está aqui, servindo de exemplo. A velocidade da adaptação do sujeito deixaria um cientista desconcertado. Luna estica o indicador para dentro da boca, faz que tenta vomitar, mas em particular, só para a assistente ver. Hora do intervalo: banheiro. Não vomita, mas descansa com as calças arriadas, sem nada para produzir. Está emagrecendo, não tem se alimentado adequadamente, e gostaria de se masturbar, mas anda sem impulso para sexo. De volta à mesinha, é repreendido de novo, dessa vez com uma chibatada ocular. O novo chefe franze a testa e esconde os lábios. Menino levado: é o que está dizendo. Um scanner paira sobre Luna, o novo chefe nota algo estranho, como se manchas estivessem se espalhando no rosto do funcionário e descendo pelo resto do corpo. A fadiga já aflora, toma forma física na aparência de Luna, primeiro para quem está de fora, os mais atentos, em breve para si: o véu vai ficando roto.

(Hora do coaching com a diretora, não vá esquecer), é um lembrete, e o tom de voz da girafinha tem algo de mãe. Poderia, e adoraria esquecer a agenda, mas seria um potencial ponto fraco em sua avaliação. Não que a essa altura pense ativamente na própria imagem, mas é colecionador contumaz de pontos fortes, e hábitos são hábitos. Pontualidade: ponto fortíssimo de Luna. No campo cinco-ponto-quatro do formulário de avaliação sempre garantiu um xis. O campo cinco-ponto-quatro é aquele que trata do respeito às *normas*, conhecimento das condutas, manutenção de um ambiente saudável, intimidade com as regrinhas, coisas assim, pontos hipervalorizados em Luna: o compromisso com a cultura da empresa. Cultura. *Cultura da empresa.* Bem engraçado.

(Você precisa se esforçar e tentar entender as instruções que vêm de cima), é um aviso: precisa voltar ao padrão previsto no manual. (Você costuma liberar sua insubordinação com comentários descontraídos, tudo bem, até aprendi a lê-los como críticas úteis, mas o fato é que você nunca fez isso de modo tão, tão... destrutivo), são talhos que a diretora desfere para reencontrar o Luna perdido. Do que a diretora está falando? Dos motivos pelos quais perdera a promoção para um sujeito de fora? (Estou falando da sua reação à mensagem do presidente), é uma palmadinha, uma palmatória, alguém comentou sobre a manha, deve ter sido a girafinha espiã, olha aí a fofoca outra vez. A diretora está falando do grito, do berro, mas ele quer dissimular, gosta de deixar que o interlocutor explicite as intenções e se enforque, assim pode rebater tudo sem muito esforço. Existem questões mais importantes para um presidente se ocupar, e Luna diz isso, e acrescenta: as vendas, por exemplo, não andam muito boas. (As vendas vão melhorar), um exercício de neolinguística.

O poder das palavras ainda é, para Luna, um mistério. As empresas, alertas às tendências, em busca de um escopo que as sustente em decisões arriscadas e sem lógica, andam cortejando esse poder. É um modismo, mas já vem durando demais. Em vez de reunir equipes em capelas e pedir correntes de oração pelo aumento dos lucros, o que pareceria bem estranho, os consultores esotéricos resolveram investir as palavras de poderes, atribuições mágicas capazes de remover montanhas. A busca frenética por novas formas de gerenciamento: a ferramenta da vez é a palavra.

(Procurem estimular o espírito de suas equipes com metáforas poderosas sobre os desafios), era o presidente na última convenção geral, apelando para fábulas, como aquela sobre o queijo remexido por um ratinho esperto, cheia de lições sobre os benefícios da competitividade, ou aquela outra sobre o extraterrestre trapalhão que não consegue entender o que se passa nos departamentos, por mais que se esforce, com uma lição preciosa sobre comunicação. Moral da história, entende? As narrações não nasceram com finalidade, não uma finalidade específica, nunca foi assim com os aborígenes, ou com os índios, ou com amontoados humanos do passado. Claro, as funções existem, como em qualquer forma de conhecimento que tenha sobrevivido ao tempo, mas encher a arte de contar histórias com tal pragmatismo? (O apelo à emoção vai mudar o rumo dos negócios, é preciso dominar a técnica), e o presidente continuou por meia hora, e depois apresentou o palestrante contratado: uma aula de contação de histórias, e o cara era até engraçado, um showman. (A emoção está localizada em um pedaço de nosso cérebro que já nos acompanha desde a época em que éramos mamíferos rastejantes, é preciso apelar para nossa emoção mamífera para que os objetivos...), zzzzz, a palestra nunca terminava. Emoção mamífera? Luna não seria capaz de reproduzir a palestra, suspeita ter cochilado até a parte em que o mago da língua conclamou a plateia a repetir um mantra. Sim, um mantra, a prima holística das orações: as palavras recrutadas à batalha, promovidas a cargos executivos! A palavra engravatada não se limitará à comunicação de ideias: não! Publicidade, Luna: não foi isso que você estudou?

(Você ouviu o que eu disse), é uma pergunta: a diretora tenta resgatá-lo dos pensamentos. Claro, prossiga: é Luna tentando voltar. (O presidente está querendo nos mandar um recado com esse alerta sobre a limpeza, quem sabe não esteja dizendo que, para alcançar as metas e aumentar as vendas, precisaremos arrumar a casa antes), e *arrumar* vem com um parzinho de aspas. Um jogo se estabelece: a bola cruzando e descruzando a quadra. Luna quase ri da expressão de xeque-mate que a diretora adota. Se o cérebro da empresa começar a usar metáforas para conduzir o barco, estamos fodidos. É como Luna retruca: fo-di-dos. (O presidente é assim, temos que aceitar), e a diretora encerra o capítulo, a mão aberta bate no tampo da mesa e balança a água do copo, e ainda pede que Luna cuide do vocabulário, não é hora de palavrões. Um gerente como ele precisa servir de protótipo. Puta merda, puta merda, respiração: prende e solta. Luna concorda, do jeito mais exemplar: muito bem, entendido, câmbio, mas tem essa mania de encerrar ele mesmo as discussões, ainda mais quando não consegue expor os pensamentos como gostaria, e mais ainda quando se sente cortado pela hierarquia, e então rouba a última fala para si: ainda acho que um presidente poderia pensar em conteúdos mais produtivos para as mensagens oficiais, não aguento essas historinhas de moral edificante, mas tudo bem, vou me calar, já me calei... E lança reticências na mesa.

Não consegue dizer nada do que realmente gostaria. A angústia de não conseguir se comunicar o enfraquece, faz o canto dos lábios tremer para baixo, como se um fio invisível puxasse a boca. Tosse. A sensação de impotência irrita a mucosa. Conhece a mecânica, mas não a controla: quando vocifera contra os superiores, ou contra o mercado global, ou contra os fornecedores chineses, Luna reorganiza e rearquiva as emoções remexidas. Se não consegue vociferar e espalhar sua fúria na mesa de reuniões, o ciclo não se encerra, e então recorre às reticências, algo que prenuncie uma continuação e que comunique a todos os envolvidos que a decisão não foi digerida, e que o caso pode ressurgir amanhã ou a qualquer instante.

(O que impulsiona você, Luna), e é uma boa pergunta. O quê?

Mira bem no centro da testa maquiada da diretora. Calado. O tremor dos lábios diminuiu. Não enxerga alternativas. Os verbos não chegam à boca, os substantivos não encontram força, verbos e substantivos não se conectam, apenas imagens adjetivas o assaltam: cansado, confuso, incapaz. Nada muito positivo. Pensa nos sons que determinadas tribos africanas repetem há séculos, uma forma de interação apresentada pelos cientistas como possível candidata a nossa linguagem primitiva, uma sombra de como nossos ancestrais mais curvados e com cabecinhas menos delicadas transmitiriam informações. Brincava de se comunicar com a namorada usando um arranjo de recursos sonoros semelhante, um de seus hábitos bobos, nascido das aulas de bolso. Passa o pão: tsc, clich, troc. Acabou o leite: tsc, glãc, trich. Somente estalos como aqueles, do fundo da garganta, e da lateral da língua, com dentes cerrados, e a parede da bochecha contraída, e com muitos gestos acompanhando, poderiam traduzir a mudez diante de tantas perguntas. Mas o que Luna diz é: não entendi. Tsc, clich, troc. O que me impulsiona? É isso?

A frase não dita, e que deveria ser dita, é outra. E vem sendo montada no último segundo, chega perto da forma de um conceito: quero sair daqui. Dá para ver a frase nas rugas de Luna. Tsc, clich, troc, sair: é o verbo que busca, palavra com poder de desencadear tantas outras e conectar-se a ideias radicais de ruptura, soterrando irreversivelmente uma cadeia completa de ocorrências futuras. Mas não é hora: o jogo não terminou, ainda não sabe de muita coisa. Razão e emoção, a batalha mais clichê do ser humano. A tensão agora é na garganta, e Luna engole a saliva, aciona o sistema gástrico com um alarme falso, e quem sabe uma nova úlcera apareça se nada o tirar daqui.

Alguém pode me dizer a verdade? Sem historinhas?

A pergunta aponta para a própria barriga, mas, para a diretora, soa como a pergunta típica de um gerente em crise catando conselhos junto ao mentor. É um recurso frequente de Luna: perguntas que ecoem e provoquem intervalos, o gênero de pergunta que, em cada um dos últimos treze anos, rendeu um xis no campo que fala do inconformismo, atitude básica para um bom gerente. O que eu faço? Será que alguém pode me dizer?

(Para começar você poderia dar um jeito no cabelo), é uma dica surpreendente. O quê? É o que Luna diz. E de novo: o quê? Dar um jeito no cabelo? E um silêncio se estabelece, mas não uma reticência, uma pausa definida, das que se abrem naturalmente, para que palavras suspensas no ar se sedimentem. (Você precisa parecer um chefe para ser um), a diretora está falando da promoção, claro, o motivo da reunião é esse, não procure eco para o seu existencialismo, Luna, é disso que estão falando: uma fórmula para a promoção. Abracadabra. (Esse cabelo desgrenhado, Luna, as calças sem cinto, os sapatos sem meia, as gravatas coloridas, é um estilo, mas não o de um chefe), as palavras emergem da boca da diretora, mas suas pálpebras tremem em delação, dublagem, o diretor de recursos humanos está soprando o ponto, os sons não coincidem com os movimentos da boca. (Você precisa circular pelos corredores, entabular conversas com outros gerentes, não apenas seus pares), a diretora quer que Luna gere interação social, que *entabule*, que convide gerentes nível três para um chá, e adote suas gravatas sóbrias, cintos que combinem com o couro do sapato, e que afague os cabelos emplastrados com gel, e que diga mais olás, olá turminha, estou aqui, quero entrar para a porra do clube, realizem meu sonho, uma ajudinha por favor, abram a porta! Impulso: interromper a diretora. A voz não chega mais aos ouvidos de Luna. As ondas não estimulam a cavidade auricular e não serão, portanto, transformadas em imagens, e sem disparos de injeções hormonais, e sem sentimentos: há um bloqueio do campo perceptivo. É possível que as cortinas despenquem a qualquer momento, e aplausos e risos irromperão, e bravos, e urros, gargalhadas desenfreadas, pedidos de bis, a vida é mesmo um grande teatro, no mau sentido, e Luna precisa ensaiar, e tornar-se sucesso de crítica. (Eles precisam falar de você), é a proposta.

Tsc. Clich. Troc. Decide que a diretora tem razão. Pronto. Concorda. Mudo. Faz que sim com a cabeça e, a partir daí, a conversa flui. Limita-se a repetir em voz alta a lista de ações. Circular pela empresa, sim. Tomar conhecimento e emitir opiniões sobre os projetos de outros departamentos, sim, anotado. Sem ironias. O sarcasmo de Luna consegue se retrair, fica à espreita. Idealizara demais a entrevista de coaching, *coaching*, imaginava um treinamento no campo da psicanálise, mas não, é um curso com técnicas de mimetismo. Traçam as metas. Os primeiros resultados serão medidos daqui a um mês. O comportamento humano está aqui, na planilha. Durante um mês Luna deverá ser visto em outros departamentos, e demonstrará interesse, passará gosma no cabelo, ou não, talvez apenas recupere a escova esquecida na gaveta do banheiro. Não escova o cabelo há anos, vinha deixando o caimento mais natural, sugestão da namorada. Subirá os degraus da promoção com os fios domados, cinto bem escolhido, gravatas que não digam mais do que precisam dizer, e não, não, nada poderá parecer um esforço: algum suor nas têmporas e uma guilhotina cairá. O júri está atento aos detalhes.

Aperta a mão da diretora e chama a assistente para um café. Sacode a máquina de café para que os copinhos caiam. Os copinhos custam a cair. Calados, esperam que os copinhos se encham de café até a borda. Enquanto saboreiam o café ruim, a pausa se sustenta. E não é silêncio reticente, nem silêncio de ideias decantando, é apenas um respiro, é bom estar ao lado de alguém que escuta tudo que Luna não tem para dizer, e também sem dizer nada. Comunicação perfeita, antídoto para o veneno das palavras. Tomam café, e repetem. A assistente precisa segurar o braço esquerdo de Luna para evitar que a máquina seja danificada. Um abraço, um discreto, um semiabraço que não gere combustível para comentários, que não atravesse as paredes porosas e se espalhe como um rumor de caso amoroso. (Preciso subir, chefinho), a assistente não suporta mais tanta mudez. (Você me pediu bastante coisa hoje de manhã), é uma saída de cena, uma deixa para o solilóquio. O solilóquio é, afinal, a especialidade da consciência humana: o protagonista fala com o protagonista. Quase pede que a assistente esqueça o trabalho, nada é muito importante, nada tão urgente, apenas demandas avulsas para fazer a roda girar, e a roda gira, e justifica salários e funções em organogramas bonitos... A assistente sobe as escadas, Luna deixa que suba. Queria ter dito: não vá.

Tenta a terceira rodada de café, mas os copinhos não descem. Chuta a máquina sem convicção, sem querer café, sem querer nada a não ser chutar. E dá meia-volta, mas não sobe as escadas em direção à mesinha. A chave do carro no bolso da calça. No outro bolso, o celular. Ótimo. Tateia o bolso traseiro, dinheiro e documentos. Sobe a rampa do estacionamento. Passa o *crachá* no leitor óptico e a *cancela* se ergue. Mais tarde o celular vai apitar, nova mensagem de texto, e confirmará que o novo chefe está ciente da emergência familiar, e que torce por melhoras, e que o paletó de Luna está pendurado no armário junto às amostras de roupas importadas, e que a maleta ficou trancada na segunda gaveta de baixo para cima, em segurança. A assistente escreve: em segurança. Departamento comercial, segundo andar. E Luna repete, em voz alta: *segurança*.

(...)

Por mais que cobrasse explicações sobre o que teria dado errado, ou que mancada mais grave teria cometido, ou mesmo se haveria uma terceira pessoa, nada ocupou o posto de estopim oficial da separação, nada além do começo de uma nova etapa de vida para os dois, e isso incompatibilizaria a continuidade do casamento, aquela embromação. Foi o que ela disse: desculpas conhecidas e decalcadas de outros casais separados. (Nada deu errado, foram cinco anos de felicidade, não tem nada de errado em um casamento que dura cinco anos), foi um jeito de atenuar o fim, como se as palavras já não perfurassem o fígado: separação, duração. Pode haver palavra mais doída e imbuída de passado, e de fim, contaminada de pragmatismo, do que *duração*? *Durou. Duramos. Duraria.* (Olha, precisamos continuar separados, você está infeliz no trabalho, mas em casa também, você precisa mudar tantas coisas, assim como eu, não sei se quero uma relação onde não há lugar para outras questões além do debate profissional), e ela estava falando do filho. O filho. E chegou a se imaginar propondo um filho, o que seria um golpe de baixa credibilidade e talvez lhe rendesse um tapa, mas, no fim, ela foi mesmo embora. (Sim, eu vou mesmo embora), e foi.

Voltou num sábado para buscar a caixa de papelão, um relicário de objetos deixados para trás, apropriação melancólica do inconsciente coletivo recente, cena montada e remontada pelo cinema ao longo de cem anos, e agora ao vivo: ela toma a caixa nos braços, reconhece os chinelos velhos, o bauzinho de costura, contas vencidas de banco, e pergunta como vão as coisas, assim, no geral, dá um beijo no rosto dele, parte sem olhar para trás. A cena evocava o olhar do Pulga, ali, na soleira da porta. E ele ainda protestou, num tom de brincadeira, pediria a guarda do cão na justiça, ela já entrando no elevador, mas as piadas ainda não tinham recobrado o efeito, muita melancolia para atravessar. E ela foi embora. E dias depois, ao telefone, chegou a arriscar a sugestão de um filho, mas foi cortado. (Você nunca quis um filho, não apele para promessas de Ano-Novo, estamos quase no Carnaval), foi como ela cortou o assunto do filho.

Carnaval, palavra bonita. Ainda conserva certo brilho ancestral. Gosta de palavras terminadas com a letra ele. Temporal. Castiçal. Lodaçal? O *Carnaval* sempre foi um cisco no convívio, garantia de estremecimento no início de cada ano. Foi durante um *Carnaval* que, depois de muitos desencontros, finalmente ficaram juntos, num momento de traição mútua dos relacionamentos anteriores, namoros já nos últimos episódios, os dois juram de pés juntos. E o *Carnaval*, então, passou a ser assunto proibido, simbolizava a perene ameaça de abandono, dor, prefácio de separação. Para dar alguma relevância ao medo, inventavam aquelas picuinhas maquiadas de ciúme. Quando notavam que o parceiro esticava olhares para rivais embrionários, recitavam a frase que se consolidou como cartão amarelo, atenção: ainda não estamos no *Carnaval*. Era divertido, o amor tem suas piadas, mas nunca passou disso: motivo para brincar de brigar, fantasia. E discutiam a respeito do feriado com antecedência, a tempo de passar a folia em uma praia calma e, de preferência, deserta.

Agora, separados. E sem *Carnaval* como vilão. Ainda está doente, não formulou respostas definitivas, ainda não compensou o desequilíbrio interno. Perdeu oito quilos. A pele seca. As alergias correndo soltas. Tenta ser prático, quer enfrentar o luto como uma fase de abstinência, o amor é um vício extraído à força, tique nervoso no pretérito, mas que as partes doloridas do corpo não permitem, ainda, que seja esquecido. Imagina a falta que o Pulga deve estar sentindo do mestre e tenta fazer com que a saudade que sente dela caiba numa matriz semelhante, mas seria um exagero. A recordação dos cães é limitada, os cães não contam com esses sistemas de memória estendida, os cartões de aniversário deixados dentro dos livros, ou as fotos nas redes sociais de amigos, ou as blusinhas esquecidas na lavanderia que reaparecem inadvertidamente nas gavetas. O tempo será seu aliado, decerto um período mais longo do que o Pulga levará para esquecê-lo, mas a cura virá, é como quer pensar, aderindo aos conselhos que brotam de todos os lados, até das telenovelas, que voltou a assistir na falta das aulas de bolso.

Planeja enfrentar o feriado e colocar o *Carnaval* e o tempo para cooperarem um com o outro. Visualiza as ninfetas nos blocos de rua, as universitárias distribuídas pelas ruelas estreitas de uma cidade histórica, as melhores festas do país, meninas bonitinhas fazendo as vezes de adesivo pró-abstinência, e vai abusar de seu olhar canino infalível, irresistível, que cai ainda mais na solidão. A imaginação roda emperrada: não, não está para folião, está mais para filósofo existencial, olheiras, rugas, manchas, e talvez viaje para a cidade luz, outras línguas, e vá ser poeta mal do século com passaporte lá na puta que o pariu.

Mas, antes, vai reencontrá-la no bar de sempre.

O bar *de sempre* fica a uma quadra do trabalho dela, e muito perto de casa, caso haja uma recaída e tudo se resolva. Rezaria por isso, se ainda fosse adepto de orações. Frequentavam o bar, ali bebiam juntos, depois voltavam para casa com um carro atrás do outro, tomando conta, evitando bloqueios policiais, e se reuniam na garagem com um beijo, para então subir ao encontro do Pulga. Foi assim por tantos anos, em semanas alternadas, e já definiu que aquela rotina era boa, já separou a lembrança num canto, para que se perpetue na memória. Bar: ela. Estímulo e recompensa. O adestramento funcionou.

O trajeto até o bar se dá em meio a uma confusão de descargas elétricas: suspense, excitação, receio. Proteínas vão sendo sintetizadas e lançadas em todas as direções, e trocam os sinais perceptivos de minuto em minuto, uma reviravolta interna seguida de outra, recolorindo o fundo uma, duas, dez vezes. Primeiro: tudo voltará a ser como era. Sim, certeza. Depois: tudo vai piorar, e nem a amizade se preservará, nunca foram apenas bons amigos, já engataram a marcha como amantes. Sabe que ela estará no comando: impotência, testosterona azeda, nada que qualquer macho não conheça. E então uma cadeia de poréns, contudos, todavias, considerações atenuantes, até tudo parecer positivo outra vez e atingir um breve estado de paz. E nada pode ser pior que aquele sobe e desce, aquele começo de depressão. Os dias se encarregarão de enfraquecer esse dominó molecular que percorre os ossos, as velhas montanhas-russas serão demolidas e novas serão erguidas, precisa ser positivo, novos empurrões externos terão que ser invocados, quem sabe sexo e farra, quem sabe álcool aos litros e drogas. Há tempos não tenta as drogas.

Mas toda essa dialética particular se parte, a convicção desmorona ao defrontar aquilo que não estava preparado para ver: ela, aqui. *Ela*, *ela*, *ela*. Na savana, tudo pode mudar num zás, fração de segundos e o limite entre vida e morte ressurge para estraçalhar a ordem aparente. Caos. Desequilíbrio homeostático: fome, fadiga, sede. Acontecimentos violentos desencadeados. Sente o corpo intumescer, a língua treme, as batidas do coração se tornam evidentes como um alarme antifurto, e entrega as forças para os hormônios, deixa de lado emoções pré-gravadas, embarca num ineditismo gelado, nas mãos, nos pés, a percepção instantaneamente direcionada para o presente, como nas mais perigosas situações de ameaça: experimenta-se refém, deliciosamente traído em sua condição humana. Ela, outra vez.

Trocam um abraço de duração média. Beijo no rosto, pouca pressão. Olhares mal cruzados. Sentam-se nas cadeiras altas do balcão à espera da mesa *de sempre*, aquela, junto à janela. Sente uma estranha vontade de fumar, mas não é permitido, e nunca pensou realmente em se tornar fumante. Ela, sim: fumante, ainda mais nessa tensão. Ela vai querer sair para fumar a qualquer momento, mas ele está ansioso e precisa preencher as *lacunas*, e pergunta: você está cumprindo a promessa de Ano-Novo? Parou de fumar? Ela franze a testa, e até deu um sorrisinho antipático, como se soubesse de coisas que ele não sabe, mas não responde. Em poucos segundos concluirá: ela está diferente, o barco desceu a corredeira, nunca mais, adeus, serão estranhos irrecuperáveis dentro de alguns meses. A pele mudou. A pele, sim, a pele está mais firme. Sua pele melhorou, ele diz, e imediatamente se convence de que não foi um bom comentário, e se pudesse deletaria o começo inteiro. Mas ela sorri. Muito bem, e ele relaxa.

(Fui promovida), é um anúncio solene, e de chofre.

Ela disse que foi promovida. Disse assim: fui promovida. (Saí do térreo, subi seis andares na editora), é o que tem a anunciar. Então foi isso: a promoção. *Promoção.* Ela se moveu, ele não. A promoção na revista os separou. Parabéns, dizer o quê? Está feliz por ela, mas estão separados, e ele não foi promovido, dizer o quê? Está feliz por ela? Está? (Eu parei de fumar, por isso minha pele tá boa), é uma frase um tanto deslocada, não compreende a relação. (Pegar um elevador sempre que eu tinha vontade de fumar não parecia muito bom, achei mais fácil parar, e estou conseguindo), é claro, bem mais fácil parar. Está doendo. Bem mais fácil parar. A garganta fechou. (Você teve participação importante nisso, cinco anos de campanha antitabagista), é um alento, foi confirmada sua participação na morte dos cigarros, mas ainda dói. De nada, é o que tem vontade de dizer, e talvez seja para sempre lembrado como o marido que a estimulou a largar o vício, mas dói. Engole a dor e pergunta sobre o que mudou no dia a dia, e o que não mudou, se a nova chefia é boa, e a nova equipe, se houver, e as perguntas saem como a velha dublagem: família, como andam os irmãos, e quase chegam a falar do trânsito, que vai mal, e comentam a poluição, o aquecimento global, sucumbem ao laconismo histérico e falastrão de uma relação recentemente extinta. Inveja? Invejinha? Não consegue parar de falar. Fala, fala, fala, e fala sobre o nada, preenche os espaços, tsc, tch, tsc. (Calma, tá tudo bem, você tá nervoso), um corte. Para. Respira. E então tenta retomar: você está tão bonita. (Não foi uma boa ideia), um novo corte, encaminhando o encontro para o encerramento. E ele tenta rir da própria tentativa, diz que a ideia foi dele, não podia mesmo ser boa, tenta resgatar a velha comiseração que costumava provocar um afago debaixo da orelha, mas ela se esquiva. (Preciso ir ao banheiro), a voz sutilmente embargada, ele percebe, há feridas ali embaixo. Ela se desculpa e sai. Não é o único que usa o banheiro como fuga.

Agora se concentra nos sinais, quer saber se a voz embargada foi realmente uma boia digna de esperança. Não quer mais acreditar em sinais, mas os sinais se impõem, e sem freios. Pede uma cerveja ao garçom de sempre, e o garçom traz a garrafa com um copo só. Estamos em dois, capitão, e o *de sempre* parece surpreso com a informação. Talvez já saiba que estão separados, incrível: oficialmente desmembrados, mesmo para os garçons. O *de sempre* traz outro copo. Ele enche os dois copos lentamente, ela não gosta de espuma. Será que já trouxe alguém aqui, no nosso bar? Há um alguém? Já? E esvazia o copo numa virada, e enche novamente. Dopamina: a atenção diluída no ar, o gás da cerveja buscando a superfície, a percepção letárgica. Percebe-se em pleno alheamento. Diz baixinho: já tá acabando, amigo, e repete, inaudível, como se cuidasse do Pulga, um sussurro na orelhona do amigo doente, oração disfarçada, tá acabando, tá acabando. Casais brindando, solteiros na batalha. Não quer voltar à caça, não quer saber de sedução, não quer. O universo em fluxo, o mundo acontecendo, e embaça o mundo com mais um gole. Pensa em esvaziar o copo dela, a cerveja esquentando. O *de sempre* se aproxima. (Liberou sua mesa, amigo), é a senha. Desperta. Pede que a mesa espere e cruza o corredor. O tráfego intenso de rapazes bêbados em busca de alívio, meninas altinhas circulam em busca de um espelho para retocar a pintura, chega aos banheiros seguindo o fluxo e para diante da entrada, um sapato de salto alto pregado na porta. Na porta ao lado, um carro. Nunca entendeu a lógica que une os dois discursos, mas sabe que o carro é para ele. Entra, mija, lava a mão, volta ao garçom. (Ela não voltou, amigo), é confuso. Retorna à porta do sapato alto e aguarda. Ela não sai. A porta se abriu uma, várias vezes. Ela não saiu. (Você tá procurando a sua namorada), uma pergunta que zune nos ouvidos. Uma moça cutucou seu ombro. Gosta do que ouve, sorri: sim, minha namorada. (Ela passou mal, pegou um táxi), e não entende o que está acontecendo. A barriga num arrepio, as veias se estreitam, vai até a porta da rua e olha para os lados, e para cima, como se fosse possível, mas nada. (Deve ter sido o cheiro de fritura, é comum acontecer), a moça atrás dele. Não quer ouvir o que a moça tem a dizer. (É comum acontecer com mulheres grávidas), é isso: mulheres grávidas. Acontece muito com mulheres grávidas. Prenhas, estado interessante, buchudas, daquele jeito, mulheres grá-vi-das.

Volta ao *de sempre*, pede a conta. *Grávida*. Débito, débito. Erra a senha fraca do cartão, comprime as teclas fora da ordem, confunde o próprio ano de nascimento, o cartão bloqueado após três tentativas, paga em dinheiro, e não atende o celular, a mãe ligando, a mãe disse que ligaria mais tarde, algum amigo ligou também, mas não vai atender, *grávida*, porra, é comum acontecer. Bem comum. Vai a pé para casa, não sabe onde deixou o carro, e a porta com o carro no meio, e a outra com o sapato alto, nunca entendeu. Chega em casa, mas não sabe que horas são, prefere as escadas, bate a porta sem trancar, não escova os dentes, não tira a roupa, não desafivela o cinto que acabou de comprar, não chuta longe os sapatos que apertam os dedos, não sente mais os dedos apertarem, não sente, nada dói. Dorme. Acordará daqui a sete horas, atrasado para o trabalho. Tudo estará confuso, ainda, mas vai lembrar. Não sente que tenha bebido tanto, mas não comeu, e as informações são lentamente recuperadas. Vai se levantar, parar diante do espelho, e então vai descobrir, meu deus: será um pai.

(...)

A encruzilhada da natureza sobrepujando qualquer conhecimento adquirido: frase estranha, quanta pretensão! Parei por aí. Pronto: estancou. *Sobrepujando* cai como uma pedra. A palavra transmite à frase a deformação que carrega nas letras, mas não consigo elaborar muito: tenho fome. Sei que a fome, a partir deste ponto, dobrará de intensidade a cada minuto, uma balbúrdia ensurdecedora. A última tira de luz da manhã se infiltrou e agora cobre meus pés, a sirene foi disparada, então é hora de parar, botar a inspiração para descansar e dar início ao trabalho braçal, mas só depois do almoço. São as primeiras rotinas descobertas. Manhã: hora de criar. A tarde serve para corrigir, cortar, e se arrepender, reformular. As palavras saíam com mais parcimônia quando datilografadas ou escritas à mão, a tinta deixava os textos mais sólidos, imagino assim, a criação e o registro nascendo ao mesmo tempo, mas não vou pensar nisso, as máquinas de escrever estão definitivamente extintas. *Sobrepujando*: apago. E é fácil apagar. Na volta, não quero ver a palavra por aqui.

Um cheiro de carne assando no forno, e isso é bom. Os planos de me tornar um vegetariano como ela: muito bem, o futuro é logo ali. Ela não está mais aqui, agora o jogo é com você, pelo menos por enquanto. À carne assada, então. A carne vem cravejada de infância, o assado mítico da vó, mas é você que reaparece na porta vestindo esse avental com os três porquinhos estampados. Nunca soube como se chamam os três porquinhos, mas tinha um Heitor, não tinha? Você anuncia que o almoço está quase pronto e nos olhamos de um jeito que sei onde pode acabar. Por isso salvo o arquivo.

(Você estava escrevendo sobre os macacos), é uma pergunta reincidente e soa como provocação. Não sei se um dia voltarei a escrever sobre os macacos que não são macacos, mas respondo diferente: de certa forma, sim, é sobre isso que ando escrevendo. (Quero um autógrafo na minha cópia), é uma exigência, e prometo cumprir. Você seca as mãos no avental e agora estou realmente excitado. Não sei o que aciona meus desejos, mas é de conhecimento geral que uniformes, e aventais, e roupas comportadas, e curtas, são capazes de cavar fundo na psique masculina e chegar a lugares bem protegidos, onde os cuidados maternos parecem ter algo a declarar. Mas, claro, evito pensar na mãe, e vou levantar num impulso, como se impulsos fossem previsíveis. Protestos. Você tentando me bloquear, jogando o holofote sobre a minha excitação. Já uso a bermuda sem nada por baixo, aqui, em sua casa, como cheguei a esse ponto? Muito bem, assumo de vez a falta de pudor e invisto no que encontro duas camadas abaixo do avental, vou direto: agarro e pressiono com o polegar. Você solta um gemido, está surpresa e extasiada com a minha ousadia, e quer soar assim, não é? Surpreendida? Você quer. E se eu pegasse você de um jeito ainda mais sério, beirando a violência? Você ia gostar? Sua expressão diz que não, mas você foge de um jeito que deixa dúvidas: olha para mim, num átimo, e fujo atrás. Tento alcançá-la, você abandona os três porquinhos entre meus dedos e se refugia na cozinha, desliga o forno, mulheres pensam nos detalhes, salva seus arquivos e então aguarda minha aproximação: você quer, sim, tanto quanto eu. Simula um não com o corpo, contorcionista, mas vai se render, embora seja você a predadora. Sou eu caindo na armadilha, prevejo a queda no instante em que estou prestes a cair. E caio.

E, quando vejo, estamos novamente nus, cobertos de ar. Não sei quem fez o quê. Quero esfregar a mão na sua barriga, e esfrego, de leve. Ainda há uma tarde intacta pela frente, você sairá para o ensaio, voltará pouco antes das sete, e uma noite inteira logo depois, logo atrás do jantar, e essa promessa é suficiente para me deixar feliz. *Feliz*, agora: peguei a felicidade em deslavada manifestação. Posso sentir o tempo pesando, fluindo, algo que a paixão é capaz de provocar: um vórtice suga o passado e o futuro, as sensações no agora, o agora eterno. Algo digno da ideia de felicidade, embora não acredite muito no conceito. É uma homeostase em ponto-padrão, mas nada de conforto absoluto, um estar no mundo que a memória não é capaz de reter, e estaremos para sempre condenados a buscar momentos assim, impossíveis de ser reproduzidos pela imaginação: uma felicidade forte e pulsante. Sou o representante *feliz* de um grupo de animaizinhos que trepam por prazer, e que se flagram no prazer, e que se recompensam por isso, um bicho faceiro e insignificante, fronteiras ampliadas como poucas vezes, e por tão pouco: alguns minutos de fricção, repetições devidamente variadas nas notas, suor, e uma descarga de fluidos, gritos e não gritos, e estamos no centro de tudo. O mundo converge para nossos umbigos. Meu umbigo protagonista. E o seu também, você é meu espelho, e está aqui.

Você se levanta, ouço o lençol escorregando, o colchão se eleva. Os sentidos despertando, a fome começando a voltar. O sol está alto e não chega até a janela do quarto, há uma sombra fresca espalhada pelo apartamento. O som do chuveiro, a água tépida escorrendo, e agora estou aqui, assistindo tudo de um banquinho ao lado da pia. Você enxuga o corpo, veste a saia, e não vou interferir no quadro. Quero ver seus cabelos manchando a camiseta com água. (Dez minutos, meu escritor), é uma tentativa de agrado, mas me incomoda ser chamado assim, porque não me sinto um. Não sei o que é ser escritor. Também não sei o que é ser enfermeiro, figurante de cinema ou fiscal da prefeitura, mas sei que poderia ser qualquer dessas coisas, e o caminho aberto e indefinido dá frio, especificamente na barriga. A mobilidade social, a longevidade, a possibilidade de trocar o chapéu no caminho: o mundo ficou confuso, foi isso que aumentou ainda mais esse frio, instabilidade demais. Não sei o quanto quero, ou se devo, ou se é necessário ou possível: apenas venho escrevendo, e relendo, e trocando palavras por outras. Sei da falta, disso sei bem, e falta de tudo. Desconfio das faltas, mas há, sim, a supressão do *crachá* e a morte do nome de guerra, há tempos não ouço meu sobrenome: Luna. *Luna.*

E pronto: a felicidade homeostática se evadiu. Há outras instâncias competindo aqui dentro. A felicidade é relutante, e frágil. Dez minutos para tomar banho. Toalha, bermuda sem cueca, e quatro minutos restarão para que a mesa seja posta, o que já é tarefa minha, e então devoraremos a carne tostada no minuto zero, e sem culpa, a salada ao estilo mediterrâneo, um vinho branco gelado, que tomo sozinho. Você precisa poupar a voz para o ensaio, está investindo na carreira e levando a sério, preciso me espelhar em alguém como você. Ontem foi tanta cerveja, hoje é vinho: a embriaguez é uma invenção formidável.

O sabor da carne me joga outra vez para a criança que fui. É rápido, mas acontece. E o gosto de vinho me faz lembrar dela. Não da mãe: *dela.* Não saberia dizer a razão, mas tenho a impressão de que você também pensa nisso: ela está sempre rondando. E talvez esteja mesmo. Os risquinhos que enfeitam o saleiro parecem listras de uma zebra. Não uma específica: uma zebra qualquer, no coletivo. Zebra nunca é particular, a não ser para um tratador de zebras ou um veterinário, ou para outras zebras. Não vou perder meu tempo pensando em zebras. Afugento as zebras. E os furinhos da trama da toalha me arrancam dos bichos e me enfurnam nas roupas importadas, que também eram coletivas, e às toneladas. Mas não quero pensar em roupas, ou na mãe, e também não quero pensar nela. Não quero parar na música que você escolheu, o som irradia um clima de sala de espera, e nem na cor dos guardanapos, um azul-claro aguado, porque é o que chamam de azul-bebê, e, veja bem: não quero falar do filho. Não aqui, não agora. A mesa inteira é uma sinfonia de variações, as camadas se sobrepõem, uma tentando *sobrepujar* a outra, essa luta regada a vinho, e fica difícil, agora, saber quem puxou o primeiro fio, e onde, afinal, tudo isso pode acabar. Quero voltar a você e ficar só em você, mas não consigo. O mundo inteiro compete com você. O meu mundo. Aquele mundo *Sobrepujar.* Pensando bem, é mesmo uma palavra muito feia.

(...)

Pede à assistente que esvazie a agenda da próxima semana. Que desmarque tudo. Que não deixe nada. Quer a agenda limpa, vazia. Será uma semana pela metade, afinal de contas: feriado de *Carnaval.* Decide postergar a reunião mensal com os membros da equipe do porto, não é certo fazer os camaradas viajarem na ressaca dos dias de festa, não acha? É uma boa justificativa. A assistente concorda, realmente não seria justo com os *camaradas*, mas diz isso com um risinho irônico. Luna quer atribuir o risinho irônico à insuficiência de motivos para os cancelamentos, nem mesmo ele sabe ao certo por que decidiu jogar compromissos para a frente, e agora tenta dar consistência à decisão: talvez tire a semana curta para visitar aquele fornecedor, aquele do Sul, aquele que insiste em importar as roupas com etiquetas fora de padrão e que vem ignorando os manuais de qualidade. Pronto. A provável visita fica sendo a verdadeira razão das alterações de agenda. E discorre sobre a despadronização, que pode acarretar multa para a empresa, e é melhor resolver antes que sejamos multados, e antes que, antes que... (Tudo bem, chefinho, já entendi seus motivos), a assistente interrompe a lista de porquês, ainda com aquele risinho. Aquele risinho: a assistente entende tudo, tudinho, sabe que qualquer resolução, dentro ou fora dos muros da empresa, fica mais sólida quando as justificativas são bem arquitetadas. Se há um bom pretexto, os problemas passam a existir e, com os problemas, as soluções geniais. Assim a roda gira. Luna é muito bom em tecer argumentos, detecta complicações antes que ganhem corpo, distúrbios corriqueiros que vistos por um ângulo mais obtuso poderiam passar despercebidos e talvez nem chegassem a provocar estragos, mas ele os detecta, sim, e qualifica, sim, e depois os equaciona, lança soluções, e chama isso de prevenção. Há treze anos na empresa e sempre conseguiu fundamentar as viagens, e as ausências, e qualquer negócio mais arriscado. Se decidir viajar, viaja. Se precisar gastar um pouco além do orçamento, gasta. Se quisesse limpar a agenda, limparia. Assim, sempre realizou suas vontades de gerente. Todas, com exceção da promoção. Realmente queria ser o novo chefe? Realmente? A assistente não sabe responder, mas *acha* que sim.

(Você quer que eu emita a passagem aérea para a visita ao fornecedor), é uma pergunta capciosa, o risinho ali. Não, não é necessário: apenas limpe a agenda, postergue as reuniões. A assistente folheia a agenda, esse resquício arqueológico, e tenta decidir por onde começará a limpeza. (Você disse postergar), é uma pergunta. Disse, sim: postergar. Não sabe o que é? (Sei, mas é uma palavra tão estranha de se usar), e ele entende a questão, conta à assistente que também vem estranhando palavras. A assistente concorda que *cancela* é mesmo um nome estranho quando temos em mente a barreira móvel do estacionamento e observa que estranhar palavras pode ser uma boa qualidade para um escritor, um tradutor, ou um compositor. A observação deixará Luna pensativo o resto da manhã. Nunca havia partilhado com a assistente o sonho da adolescência. (Escritor), é uma surpresa, mescla de exclamação com interrogação. (Você daria um bom escritor, você vê o mundo de um jeito muito particular), é o que a assistente diz, assim, irresponsavelmente. Espertinha essa assistente. As pessoas podem mudar a vida de outras pessoas com frases fortuitas como essa. Algumas pessoas, irresponsavelmente, disparam gatilhos.

Duas contas, um telefonema longo sobre rumores de uma greve alfandegária, um relatório de despesas atrasado desde antes das férias nas montanhas, e a manhã se destila, e passa pelo almoço sem as histórias do chefe, que saiu para um compromisso não se sabe onde, a tarde também se estica, Luna pensando nas palavras que dera de estranhar. Faz uma lista: *cancela*, *crachá*, *framboesa*, *fomento*, *queixo*. *Queixo* é muito estranho. Um muro, por exemplo, poderia se chamar assim: não consigo enxergar nada atrás daquele *queixo*, aquele alto ali na frente. Já nariz, não: nariz só podia mesmo dar em nariz. E o dia escorre entre relatórios e palavras, Luna tentando se convencer de que possui mesmo um recorte pessoal de mundo. Essa assistente, essa menina irresponsável: diploma para quê?

Os arquivos pessoais dos membros da equipe ficam acondicionados em um único armário no canto oposto ao de Luna, logo atrás da mulher mais bonita do escritório. Luna procura por uma apostila específica. É a lembrança de um curso de recursos humanos em que gerentes aprendiam a analisar resultados de exames psicológicos, possíveis auxiliares para avaliações de desempenho individuais ou em equipe. Os exames, autoaplicados na ocasião do curso, consistiam em baterias de perguntas e desenhavam um mapa de características referentes à motivação, percepção, processos decisórios e todo tipo de qualidade pessoal que pudesse influenciar no andamento dos negócios. Perguntas aparentemente idiotas e, no fim, um diagnóstico preciso. Muita gente ficou estarrecida com os resultados, parecia adivinhação, e revelaram traços curiosos sobre a personalidade de Luna, um extraterrestre em comparação com os demais membros da equipe: mais introvertido que a média, e mais intuitivo, mais voltado para os sentimentos, adaptativo, informal demais, emocional ao extremo. Um homem flexível, mas bastante imprevisível. E espontâneo, muito espontâneo, *mais que a média*. Um homem que confia e se arrisca *mais que a média*. E que influencia o julgamento de outras pessoas na base da argumentação, mas que julga o comportamento alheio sem refletir, *mais que a média*. E que, por isso, se frustra *mais que a média*. Agora quer olhar os testes por um ângulo diferente, sem pensar na desarmonia do gerente com a equipe, e sim na do homem com seu próprio mundo. Bonito isso. Bem bonito. Mas que mundo? Encontra a apostila e recompensa a mulher mais bonita do escritório com um beijo sonoro na testa. Pelo incômodo, diz. E a mulher bonita gosta, gosta do beijo, é acolhedora, apesar do cheiro infantil, cheiro de baunilha, e com o hidratante dá um salto até o filho: lembra que talvez seja um pai.

Gasta longos minutos passeando pela apostila, sem ler nada, na hipótese de um pai. O pai morto também está aqui: o pai também se tornara pai aos quarenta, coincidência. Será que quis ser pai ou foi coisa que a mãe decidiu sozinha? Será que o homem quase desconhecido, o das raras fotos, sobre quem a mãe pouco revela e que morreu em um acidente de automóvel há mais de trinta anos, quis ser o pai de Luna? Isso mudaria alguma coisa? E pensamentos caminham, e os de Luna correm até a razão de não gostar tanto de dirigir: um luto espalhado para a vida toda. Muito bem, não gosta de dirigir, mas então para quê, responda, para quê um utilitário com tração nas quatro rodas? O carrão que planejou comprar é resposta para qual pergunta? Qual exatamente? Não aguenta mais a estrada parada de todas as manhãs, então se dá conta de que o que realmente não suporta é o escritório a seu redor, dia após dia, o dia inteiro. E, fazendo a curva, consegue voltar ao objeto que tem nas mãos: a apostila. *Apostila*, *aposta*, *apóstolo*: não quer mais voar, quer se concentrar nas revelações do oráculo.

(Você deve sofrer, Luna), foi o diagnóstico da psicóloga dos recursos humanos. A psicóloga dos recursos humanos foi uma das pessoas mais abertas que conheceu na trajetória de vida na empresa, e a simpatia foi mútua: a inconfidente falou mais do que deveria. (Dos perfis possíveis de serem traçados com esse teste, você tem o mais incompatível com um ambiente corporativo), quase uma sentença: incompatível com ambientes corporativos. (Seu modelo mental flui para outras áreas, como religião, psicologia, educação, artes), um desvelamento, uma irresponsabilidade dizer aquilo, e sentiu-se uma farsa, viu a máscara caída e despedaçada. Religião? Artes: um perfil pouco encontrado entre gerentes. E o que isso queria dizer? (Não quer dizer que seja impossível estar aqui, mas aconselho que fique atento aos sintomas e administre seu sofrimento), e Luna descobriu que sofrimento se administra.

E, agora, não para de pensar no teste relegado ao ostracismo. Ignorou o teste, mas por quê? Talvez por temer algum tipo de fracasso: mais de dez anos de carreira, afinal. Onde foi que fez a escolha errada? Em qual bifurcação? E agora não para de pensar no sofrimento. Estranha a palavra, mas não no sentido negativo, a sonoridade bate perfeitamente com o significado. *Sofrimento*: a combinação do efe com o erre transmite certa resistência, como em *fr*io ou *fr*icção, que são puro atrito, ou como em *fr*uto, um parto lento que faz lembrar novamente do filho, ou como em *fr*itura, que dói só de pensar no tempo que leva. Sente-se *fr*aco, resistente à ação. Decide que precisa de um café. Decide ir até a máquina do térreo, mas sem a companhia da assistente, vai sozinho e com a apostila debaixo do braço. A apostila agora o incomoda, *sofrimento*, e desfia cada página, resgata os defeitos que o afastariam daqui, as qualidades que o empurrariam para outros mundos, e sabe que pisa em solo perigoso, ultrapassa uma cerca farpada, a apostila é subversiva, sente um frio no abdômen.

(Lunão), é uma interrupção exclamativa, muito exclamativa. Luna é resgatado do terreno movediço, o novo chefe está de volta ao escritório. Pensei que você não fosse... E uma nova interrupção: o novo chefe adora obstruir as frases alheias sem tom de desculpas, apenas se mete entre as palavras, suas sentenças são mais urgentes que as de Luna, é um humano nível três, mesona, íris azuis. Violência mascarada. Luna não está num momento dos mais tolerantes, visível, mas não quer parecer deselegante, não vai dar brecha ao descontrole emocional maior que a média, e se controla, administra o sofrimento. (Eu não suporto mais ficar longe de você), uma declaração de amor do chefe, talvez tenha bebido no almoço, e Luna está frágil, é capaz até de chorar: a ironia continua viva, um alívio. (Descobri o endereço), mas Luna não consegue abrir os arquivos mentais que poderiam esclarecer sobre o que, diabos, o novo chefe está falando. (O lugar onde minha putinha trabalha, acorda Luna, deixa de ser viadinho), e o chefe mostra o endereço anotado nas costas de uma ata de reunião. Rua conhecida, desembargador, essas homenagens municipais que dão nome às ruas, e Luna já esteve por ali. O chefe tem um plano, vai arranjar uma desculpa para ir até a central de atendimentos do banco, o mesmo edifício onde um grande amigo montou uma empresinha, assim se refere à empresa do grande amigo: *empresinha*. O novo chefe irá até a empresinha, penetrará no edifício, conhecerá Milena, os dois molhadinhos de vontade para que o encontro se dê. E uma coisa boa no novo chefe é que aparenta não se importar com as horas de um funcionário gastas ao lado da máquina de café, sequer repara na apostila. E Luna se antecipa, *mais que a média*, e comenta sobre papéis que deixou sobre a mesona, relatórios que precisam ser analisados por uma autoridade superior, a senha para que o novo chefe estufe o esterno, e bata no peito, e peça para deixar com o papai, (é com o papai aqui), e suba as escadas de dois em dois, criança legitimada pelo escudeiro, imaginando que vai comer alguém diferente da esposa nos próximos dias. O harém está aberto, o chefe desaparece da frente de Luna. Sozinho outra vez, joga o copinho ainda cheio na lixeira. O café está frio, e não se serve de outro, não queria café. Também sobe as escadas, mas depois de deixar alguma dianteira para o chefe. Volta à mesinha, dá um aceno para a assistente, quer afundar na apostila, mas o telefone toca. Pensa em pedir para a assistente atender, chega a levantar o dedo, mas a assistente parece bem ocupada, faz aquela cara de tarefa. E Luna atende a ligação como se respondesse a um reflexo: nome da empresa, departamento de importação, boa tarde, Luna falando.

Do outro lado da linha, uma voz macia, jovem mas consistente. É assim que Luna percebe a voz. A voz puxa Luna anos para trás: dias de gelo na boca do estômago, quando se apaixonou pela primeira vez, e quando trepou pela primeira vez, e fumou maconha pela primeira vez, quando todos os dias traziam experiências inéditas, tanta coisa pela primeira vez. A voz deseja uma boa tarde. (Boa tarde, é com o senhor Gustavo Luna que estou falando), é uma pergunta. Senhor: *senhor* Gustavo Luna. A voz exata da primeira namorada. *Gustavo*. Esse nome, por aqui? O nome pronunciado com ênfase, arrastado: *Gustavo*, o gê gutural, a vogal u fechada num bico, e então a letra esse prolongada e chiada, mais parecendo um xis, e a chicotada do tê impulsionando o nome para cima, Guxtá, tá, tá, e então o vê, que acelera o nome para o grande final masculino. O sotaque aberto da primeira namorada, coração apertado, horas passadas ao telefone, os velhos fones já mortos, os fios anelados e emaranhados, caixas de plástico cinza, discos cheios de números para endereçar as chamadas, e antigamente, e no meu tempo, nostalgia, essas coisas: Luna não está aqui, mas precisa voltar. Resposta: sim, é ele que está falando. E quebra o quadril para a direita, gira a cadeira em quarenta e cinco graus, cruza a perna, apoia a lateral do tronco na mesinha, e também o cotovelo, e passa o olhar pelo colega das bandeirinhas aqui ao lado, e pela assistente, enfurnada na agenda. Quando faz esse movimento com o corpo e torce a cadeira de rodinhas desse jeito, Gustavo se torna Luna: gerente nível dois do departamento comercial, setor de importações, segundo andar, fim do corredor, segunda mesa à esquerda de quem vem, o homem que cuida das roupas básicas negociadas aos milhões no Oriente para que sejam embarcadas e recebidas com máxima eficiência, velocidade expressa, embalagem resistente e econômica, e despachadas para cada uma das mais de cem filiais da rede de lojas para serem comercializadas com ampla margem de lucro, o funcionário que ainda arranja tempo para elaborar problemas e solucioná-los com sucesso. Não sabe se herdou o movimento com a cadeira dos chefes, ou dos colegas, ou dos executivos da televisão, ou do detetive daquele filme, mas sempre repete igualzinho.

(Boa tarde, senhor Gustavo, meu nome é Milena e gostaria de falar sobre oportunidades de investimento, o senhor teria um tempinho), é um ponto de interrogação no fim de um texto formatado e repetido à exaustão. Um *tempinho*. (Nossa ligação será gravada por motivos de segurança), é uma advertência, ele e a voz estarão em *segurança*. E Gustavo Luna não nota que várias questões estão sendo de fato gravadas, *mais que a média*, e começam a ganhar novos significados. Apostila, palavras estranhas, sofrimento administrado, oportunidades de investimento para o futuro, o futuro, o futuro, queda para religião, ou psicologia, ou quem sabe as artes: vem acontecendo, paulatinamente. Mas Gustavo, ou Luna, ou Gustavo Luna, nenhum deles sabe exatamente o que exatamente vem acontecendo, e de que forma. Não há rasgos celestiais ou raios de sol atravessando nuvens, mas alguma coisa se aninhou por aqui: quando um café frio jogado na lixeira e um telefonema bancário se conectam a ponto de fazer sentido, bem, algo está para acontecer. Gustavo Luna tem a impressão de que ele mesmo, agora, emite um sinal. Então, subitamente, vê, mas ainda não sabe o quê.

E Gustavo Luna diz que sim para Milena: sim, tem um *tempinho*.

(...)

A natureza é indiferente, neutra. Não há crueldade no mundo natural. Bondade tampouco. Nada é feio, nada é bonito, certo ou errado, e não estou falando de relativismos, veja bem: a natureza não é essa matéria humanizada que tentamos vestir. O homem não está no centro, sinto muito. Há mais aves, e anfíbios, e répteis, e insetos, do que a soma dos mamíferos multiplicada por cinco, seis, sete, nem sei, a natureza está longe de ser mamífera, mesmo se nos aliássemos a outros primatas, e aos elefantes, e golfinhos, e recrutássemos cangurus, javalis, tatus, mesmo assim: se fôssemos uma grande república democrática perderíamos feio, nós, os desmamados. A natureza não está preocupada com nossa panela, esse grupo seleto de amigos capazes de sentir compaixão por um marreco devorado por crocodilos, ou por um filhotinho de leão picado por uma serpente, ou por rosas que floresçam fora de época e apodreçam sob o sol: tanto faz. Não há retribuição. Sem compensações, sem garantias. A natureza trabalha com quantidade, os casos específicos não surtem efeito. Não somos médicos, ou bailarinas, ou entregadores de pizza, nem somos pacientes de câncer, prisioneiros de guerra, ganhadores da loteria, não somos eu e você: somos uma massa de formigas gigantes.

Você me abraça. Foi um desses instantes em que o pensamento toma conta, quase se converte na melancolia habitual, às portas do desespero: parece que me excedi. Você sabe que há muito dela em meu discurso. Ela: inevitável. Ela incutiu em mim o respeito por essa natureza, sou capaz de assumir isso. O mundo selvagem não me é mais externo, o muro caiu. E você? Que tipo de apêndice largará em meus discursos, que tipo de circuito viciado vai instalar entre meus neurônios, enroscado em minhas referências mais íntimas? (Às vezes tenho medo das coisas que você diz), é uma confissão. (Por isso sei que você é, sim, um artista), é uma rasteira. (Você me incomoda, e isso é bom), e a inflexão que amolece assuntos mais sérios está de volta. Não sou indiferente a você, estamos salvos: apenas nós e um grupo restrito de primos somos capazes de resistir ao massacre determinista. Driblamos nossos genes. Bingo! Muito bem, isso nos mantém isolados de todo o resto, mas também enuncia a escapatória: o que nos aparta pode apontar o caminho de volta. E consigo fazer você sorrir, o pessimista fez a curva, e porque quis, estamos salvos! E você sorri.

Eram sonhos de adolescente, desde garoto sonho em ser escritor, embora tenha exilado o sonho em algum canto, décadas, e ainda me recordo do fascínio que senti pelo objeto, o livro físico na prateleira, primeiros fetiches, mas pouco escrevi, um ou outro poeminha como todo mundo... Você segue perguntando sobre meus sonhos enquanto percorremos o primeiro quilômetro da orla, e me deixo entrevistar, venho encontrando prazer em ser dissecado por você, ainda que um laconismo inicial possa ter indicado o contrário, ainda que a mudez dos primeiros dias tenha insinuado algum tipo de indiferença: eu me importo. (Somos parecidos), você diz. É. Somos bem parecidos. Bem mais do que eu gostaria. Ouvi dizer que dois artistas não deveriam se apaixonar, pode ser explosivo. A cantora recente e o projeto de escritor. Ela queria ser acadêmica, mas está no sexto andar de uma editora, veja só. E nós? Somos loucos por tentar?

A maré alta deixou o calçadão tomado por uma crosta de areia, e um pouco de lixo organicamente distribuído, a espuma de ressaca, ondas altas quebrando bem perto da avenida beira-mar, e muitas carcaças de coco devolvidas à civilização: é a lua interferindo em nosso passeio. A lua está aqui, mas não sei se vai crescendo ou se já vem sendo corroída pela sombra. Apesar do sobrenome, nunca fui íntimo da lua, nosso satélite de estimação, e não distingo bem seus ciclos. Encontro a lua no céu e ainda sou capaz da surpresa, uma admiração platônica, acontece assim, sem máculas, ao contrário da mãe, que costuma enchê-la ou minguá-la e que corta os cabelos com a aprovação das fases. Minha lua é diferente da lua da mãe. E chuto uma carcaça por uns cem ou duzentos metros, pensando na lua, mas você não acha uma boa pedida, pega a carcaça de coco e a atira num canto. (Vai estragar seu tênis), é um cuidado.

E quando a pausa se instala e sobram apenas os sons de carro e de onda, encho a parte superior interna dos meus lábios de ar, inflo o espaço entre a pele e a gengiva. É feio. Um cacoete elaborado, e feio. A mãe faz igualzinho. E paro de encher de ar a parte interna dos lábios assim que percebo que o faço, e a mãe costuma reagir exatamente do mesmo jeito, refreia o tique, depois pisca e arregala os olhos, disfarçando, conferindo se alguém percebeu, ou como se despertasse de um breve transe. O que faço então? Pisco e arregalo os olhos como se despertasse, e sei que toda essa sequência de ações veio lá da mãe. Não sei se cacoetes são genéticos, é possível que tenham vazado da convivência, dos inúmeros almoços e jantares, e viagens de ônibus que fizemos juntos. Se as ideias, o conhecimento, os hábitos, se essas coisas estivessem nos genes, a imitação seria um grande ato sexual: estamos sempre nos imitando. Meu tique nervoso é, assim, um descuido de imitação que, de um jeito ou de outro, nasceu na mãe e veio parar no filho. De onde a mãe tirou, não sei.

E sigo nas respostas: também quis ser engenheiro, porque gostava da engenhosidade da palavra, depois arquiteto, depois jornalista. Acabei publicitário. (Não acabou, não), e você agita o indicador no ar. Você está me chamando de escritor. Ainda não gosto disso. E avanço nas respostas, ignoro sua intervenção: na hora da opção compulsória, marquei publicidade, não sei o que me deu, somos obrigados a decidir cedo, nem sabia o que um publicitário fazia. E paro: o que faz um desses? Ainda não sei. Acredito que somos o que fazemos e, como nunca atuei como publicitário, não sou realmente um. Assim como não sou tratador de focas. Ou bilheteiro de cinema. Ou autor de livros. Pronto.

E respiro intensamente, busco o ar carregado de maresia. Você encosta a cabeça em meu ombro esquerdo e damos alguns passos assim. Não é fácil caminhar com você pressionando meu ombro com a cabeça. E então você afasta a cabeça, meus ossos são desconfortáveis, machucam com o movimento. Agora o suspiro foi seu, busca o próprio ar, e quero ler aprovação nesse gesto, descobrir se gosta que eu esteja aqui, se foi bom almoçar comigo, e pensar em nós enquanto ensaiava, e depois jantar as sobras da carne transformadas em um prato ainda melhor, e tudo comigo. Que suspiro foi esse? Quero saber do prazer que sentiu ao beber o resto da garrafa de vinho comigo, e comer pudim *comigo*, e caminhar *comigo*, e saber se esse empenho na paixão vai continuar apesar dos meus ossos incômodos. Vai? Um detalhe pode mudar tudo, sabemos disso, um osso refratário pode desaguar na ojeriza, por que não? Por que abro tanto espaço para dúvidas? Foi um suspiro nada diferente dos meus, e sei que os meus foram de paz, a manifestação de uma alegria tranquila: de que tipo seria o seu, afinal?

Uma onda mais alta chegou perto dos meus pés, desviamos o trajeto para a esquerda. Meu sorriso cai repentinamente. Sei que meu sorriso caiu. Sinto os lábios arqueando para baixo. Não é tristeza: é o ponto morto dos meus músculos. Meus olhos tristes vieram do pai, sei disso pelas fotos, meia dúzia delas, e reconheço minha melancolia crônica nas fotografias. Já os cantos dos lábios, assim, arqueados para baixo, não sei, desconheço a origem, é meu corpo se impondo, a fronteira da pele limitando a existência, pode ser criação inédita minha. Percebo estados em meu rosto que, mesmo sem espelho por perto, sei que são rastros da mãe ou da vó: o instante em que os músculos quase repousam e se estabilizam numa máscara frequente. Acontece o mesmo fenômeno com traços do pai, bem provável que aconteça, mas não tenho como saber, o reconhecimento teria nascido dos dias, se os dias tivessem existido, e não de uma coleção de imagens congeladas. Tenho a impressão de que o pai será para sempre um fantasma, presença implícita em gestos corriqueiros, aqui, o tempo todo, heranças invisíveis. O pai está aqui, *comigo*, não só nos olhos caídos das fotos, e que a mãe confirma que são mesmo dele, assim como minhas tias quando falam do irmão morto para estofar um pouco a saudade que não consigo sentir. Onde está o pai, aqui, no meu rosto?

Há tanta coisa que não sei de onde vim: um aforismo que leio e releio em um caderno de anotações da adolescência. E você gosta da citação, pergunta se é minha. Está escrito num caderno velho, já não lembro se é meu. Coisas de que não me lembro, que não sei de onde surgem. Você larga minha mão e se afasta, vai escolher uma cadeira do quiosque. Passa a mão pela superfície das cadeiras, verifica se estão molhadas ou sujas. Sigo até o quiosque e peço dois cocos, sem consultar você, apenas pergunto ao moleque atrás do balcão: os cocos estão gelados? (Tão, sim), e o moleque seleciona dois no refrigerador, e põe os dois bem perto do meu rosto como se eu fosse capaz de julgá-los pela casca, e faço um sinal positivo com a cabeça. Não entendo de coco, assim como não entendo muito de vinhos, mas sempre faço que sim com a cabeça. O moleque abre os cocos usando um desses facões de filme de terror, desfere golpes violentos e compassados, o que me faz pensar em tambores de batalha, e um esparadrapo encardido enrola o dedão da mão direita, um acidente aconteceu por aqui. O moleque é canhoto. O pai era canhoto, é o que a mãe diz, mas saí destro. Será que o pai do moleque é canhoto? Será que o pai do moleque também morreu, também vendia coco? Será que o pai gostava de escrever? (Dois coquinhos no capricho), é o moleque transferindo as obras-primas para minhas mãos. Um pouco de água escorre pelo meu punho enquanto volto para a mesa, então afasto a virilha para trás, quero manter a bermuda seca, um pulinho, e a água pinga no calçadão. Você alcança seu coco e leva a boca até minha mão, suga a água no meu punho, e lambe, como se o moleque não nos vigiasse. Fico constrangido, mas você faz cara de feliz, está satisfeita, e meu sorriso de prazer aparece por aqui.

Sublinho o sorriso, sorrio com força, transformo o sorriso em risada. Você vem acabando com meu estoque de sorrisos, e então bebo um gole do seu canudo, e aproveito para dar um beijo em você.

E se num acesso de loucura eu girasse os punhos sem parar, até doer, em vez de sorrir, e sorrir, e sorrir outra vez? E se, aprofundando o acesso, eu esfregasse meus ombros nos seus, até esfolar, em vez de beijar, e beijar, e beijar? E se escapássemos ao que já foi escrito e reescrito? Alguém nos entenderia?

A água do coco faz o beijo mais consistente, acende a pele. Dou outro beijo, bem doce, e o fato é que cada um parece suficientemente discrepante dos outros. Uma sensação cravada para sempre, uma atrás da outra. E, depois do passeio, voltamos para sua casa. Não precisei perguntar se você queria coco, não precisei atentar para meu tênis, nem preciso pedir licença para entrar em seu edifício e apertar o botão do sétimo andar. Não preciso fazer nada disso. Fechamos as persianas, esperamos o sono, e nem precisamos de sexo. Adormeço de barriga para cima. Você dorme de lado e alterna os lados a noite toda, suas irmãs fazem igualzinho. Vou cair no sono, você partiu na frente: abandonaremos a vigília, daremos o primeiro passo na direção da inconsciência, logo ali, depois da etapa dos sonhos. Mais tarde, perto da hora de acordar, faremos o caminho inverso e talvez sonhemos outra vez, então pronto: nós dois aqui mais uma manhã. Será nossa última, mas você não disse palavra sobre isso o dia todo. Agora, nossa última noite. E você já adormeceu, já está indiferente. Está fingindo não saber que vou embora.

Está?

(...)

Acorda e, num estalo, lembra que um filho vai existir: o seu filho. Ontem foi assim, e em cada manhã da última semana: a primeira sinapse é a ideia de um pai. Pai e filho, questão de meses. Não sabe quantos, ainda não encontrou coragem para oficializar a situação, as teses giram em torno da moça do bar: é comum acontecer com mulheres grávidas. Repetidas vezes, girando: comum, comum, comum acontecer. E, na sequência, as dúvidas. É quando faz as contas. Se ainda não atingiu o terceiro mês, ainda há riscos, e talvez o ciclo não se complete, não sei, uma encrenca na administração uterina, as trompas fracas, tragédias que venham a calhar, sabe-se lá o que pode acontecer durante uma gestação. E a demora no anúncio talvez seja justamente a espera por uma certeza, são os três meses regulamentares que precisam ser vencidos, não é? Pode ser isso então: que a incerteza seja a causa do longo silêncio. E todas as manhãs, depois de zerar a consciência nos sonhos, vê-se imbuído de uma determinação instantânea, e inadiável, e decide ligar e confirmar de uma vez a paternidade dos fatos, e fatia a resolução ao longo do dia, no escritório, corte embaixo de corte, até desistir.

Hoje não haverá escritório. Hoje é sábado, o primeiro feriado prolongado do ano começou, mas a rotina dos últimos dias úteis se impõe: rumina entre o filho e o não filho, ligar ou não ligar. A diferença estará na camada extra de terror que se acumulará sem barreiras, livre das providências cotidianas que sirvam de resistência, como a barba a ser feita ou o nó da gravata, sem os obstáculos da estrada esburacada, ou a *cancela*, elementos que impeçam novos e imprevisíveis arranjos da memória, e cortem a imaginação, e abortem o embrião, e embaralhem a imagem de um pai com o seu rosto, pai para sempre. Terá quatro dias de reconstituições hipotéticas pela frente, sem hábitos e sem folia, desistiu de viajar, não está com espírito para distrações. Em que noite o filho foi gerado? Quando vai receber a notícia, e como? E se fingisse surpresa? E se encarnasse o pai traído, o último a saber?

E a pergunta temida, sobre a qual ainda não se permitiu cavar mais fundo, invade de chofre, e com força capaz de comprometer o feriado inteiro: e se Gustavo Luna não fosse o pai? Contorce o corpo na cama, elegendo pais possíveis, na editora, na academia, na galeria dos antigos amantes, e os pés arrancam o lençol em crispações nervosas. Se nada fizer, se não telefonar, se não procurar saber, se não acampar em frente ao edifício dos sogros, ou voltar ao bar e interrogar a moça que começou essa palhaçada, se não fizer nada, nadinha, será um homem traído durante todo o Carnaval ou, ainda pior, um homem dividido em dois: metade traído e metade pai, um pai traído até a Quarta-feira de Cinzas.

Consulta o despertador. Passou das oito? Quinze para as nove. Sabe dos hábitos dela, que se levanta bem antes, mesmo nos fins de semana, e não será crime telefonar tão cedo em um sábado de *Carnaval*. Estimula o impulso. Um minutinho só: vai rapaz, tome uma atitude. Quase liga. E finalmente age: as teclas são pesadas, precisa de um curto intervalo entre cada número, há tempos não telefona para a namorada do aparelho fixo, ex-namorada, a sequência não é automática. A caixa postal avisa que ninguém poderá atender no momento, que deixe mensagem depois do sinal, e a saudação conhecida de outros carnavais: ainda o mesmo rapapé bem-humorado de quando estavam juntos, uma animação próxima do falso, chegou a dizer isso a ela, parece que nem tudo mudou, e talvez Gustavo Luna não seja mesmo o pai da criança, e aborta a ligação antes do bipe. Respira com a cabeça jogada para trás, estirado no chão. Quer remontar alguns sinais, precisa confirmar o que sentiu, ligará outra vez: e liga. A sequência de números, agora, sai praticamente sem pausas. A saudação, o bipe, e, erguendo o tronco com vigor, fabrica coragem para deixar recado: oi, sou eu, você sumiu na outra noite, não sei o que pode ter acontecido, tentei contato antes, mas, de qualquer jeito, me liga, não sei se viajou, queria saber da saúde do Pulga, beijo, fique bem, coisas assim, e tem o cuidado de não mencionar o *Carnaval*. E arremata com um toque de drama: ah, caso você não saiba, sou eu, o Gunga. O drama, irresistível. Vinha sentindo falta do apelido. Ô, Gunga...

Volta para o quarto e bate a cabeça no travesseiro. Fecha os olhos fingindo ser capaz de retomar o sono. Pai, filho, criança. Sabe que não vai dormir. E quando fica assim, manipulando o sono, as sujeirinhas oculares ganham movimento, distração infantil. A luz do sol já dominou o quarto, pinta de vermelho a parede interna da *pálpebra*, essa palavra terrível, e uma sujeirinha toma forma de boneco e gira cambalhotas. Uma cambalhota, duas, e o bonequinho lembra o quê? O quê? Não, não quer mais pensar no filho inexistente, resolve acordar publicamente, quer sair daqui, enfrenta a ducha gelada, faz a barba dos dias de semana, padrões de normalidade, mas veste a bermuda surrada no lugar do terno, a bermuda favorita dos fins de semana, mais um presente dela, e a camiseta azul com cheiro de lavanda, carinho materno que está de volta a seus dias desde a separação, e calça um tênis preto de lona, enfia dinheiro trocado no bolso cargo, celular no outro, e quase esquece a carteira com os documentos, sai batendo a porta sem trancar, sem levar chave: o plano é uma breve volta no quarteirão, uma volta só. Pode ser que trace outros planos enquanto toma um espresso duplo na padaria e então volte para a cama com os miolos vivos, invente um programa qualquer, mas, por enquanto, só precisa mesmo é de café. Duplo. Rito de passagem, ressurreição. Reconhece a importância dos protocolos ritualísticos na vidinha comum de um ser humano, mas às vezes tem vontade de quebrá-los, um por um, todos eles. Um viva para os ritos, mas veja bem: morte aos protocolos. Vai.

Já na rua, começa a contornar a quadra. Tropeça nos primeiros preparativos para um bloco, os primeiros instrumentos de percussão, banheiros químicos, trânsito interrompido, faixas da prefeitura marcando data e horário, não quer imaginar o dia com batucadas, berros, cornetas, e cantoria alcoolizada, devia ter instalado as janelas antirruído que ela tanto pedia. Onde dobraria à esquerda, na ruela que dá na padaria, segue reto. Não pensa no motivo: o sol parou na nuca, um afago, a sensação quente precisa ser prolongada. Enquanto o sol estiver aqui, caminhará. Muito bem: reto vai até não poder mais e, então, dobra à direita. Segue um padrão, virando à direita sempre que impedido de seguir em frente, até não conseguir nenhuma direita, e é quando começa a dobrar à esquerda. Passa a dobrar à esquerda e repete o procedimento até o fim, então começa a alternar os lados: direita, esquerda, direita, até não ser mais possível, e então quebra a sequência, e fica difícil refazer seus passos. Trata-se de uma cidade não planejada, modelos erráticos, bifurcações assimétricas: direita, esquerda, direita, em frente, direita, em frente, e tudo de novo, é inacreditável a capacidade humana de formar padrões. Conhece uma hipótese para isso, alguns cientistas suspeitam que nosso gosto em desenhar mapas seja espelho de uma capacidade de mapeamento interno, a representação que o cérebro aprendeu a fazer sobre cada ocorrência orgânica, e cada mensagem sensorial, cada interferência externa ou imprevisto no funcionamento, como esses mapas de shopping center com luzes piscantes, algo assim. Somos seres cartográficos desde as entranhas, preenchendo as linhas tracejadas, amamos nossas trilhas, mas não quer pensar nas teorias colecionadas dos livros, não vai pensar nela, na neurociência dela, na biologia dela, não aqui, não agora: esquecer é o intuito da caminhada. Abandona a história dos mapas, mesmo sabendo que tentar não pensar já é pensar demais, e não vê alternativa: segue, segue, na total falta de bitolas, até não conseguir mais escolher uma direção e se dar conta de que o mapa se desfez. O caos. E o caos dura o tempo de a noite aparecer, o sol virando as costas para sua nuca. Com fome, compra um cachorro-quente de um ambulante, e deixa o ambulante ficar com o troco maior que o preço, deixa um vira-lata esquálido filar a ponta do pão, na lembrança do Pulga. Os lobos que se tornaram cães a partir dos restos humanos: mas não quer pensar na antropologia dos cães, veio a saudade do Pulga, do latido, e volta a ser o Gunga por alguns segundos. O Gunga dela. Alimenta o cão como se alimentasse o seu. Não sabe se o Pulga ainda é, de fato, seu cão: a memória canina está aberta para novas matilhas, os cães são hábeis no esquecimento, e o Pulga vai apagar a imagem do líder já, já, vai acontecer, inevitável. Merda. Merda. Retoma a caminhada do lugar onde havia interrompido, e o vira-lata o persegue por quadras, fazendo papel de amigo. Estimula o cão a segui-lo, estala os dedos e afina a voz, mas um ônibus surge no cruzamento e quase atropela os dois, e, depois do susto, nunca mais o cãozinho. E, milhares de passos dados, estica o corpo num banco de cimento. A borda do tênis de lona feriu seu calcanhar, calçados projetados para apartamentos, não planejava ir tão longe. Acha que está perto do centro da cidade, mas é uma metrópole em metástase, não saberia precisar a localização. Dorme em um hotel limpinho, ambiente familiar, é o que anunciava a placa. Come uma fritura que comprou no estabelecimento ao lado. *Fritura*. Despenca na cama.

Acorda com a luz do sol na testa, a cortina dormiu escancarada, *pálpebras* vermelhas, sujeirinhas, céu azul. Pál-pe-bras. Muito bem, *pálpebras* vermelhas: vai abrir os olhos no três. Ducha. Toalha curta e áspera. Barba de um dia. Gosta do rosto coberto pela barba. Da janela vê algum movimento, não muito, uma dessas ruas estreitas por onde transeuntes cortam caminho tomados pelo receio, e, por isso, receberá alguns olhares desconfiados. É domingo. Não tem Carnaval no centro da cidade. Não tem? O vento espalha o lixo remexido durante a madrugada, cães ou mendigos, embalagens e garrafinhas plásticas na sarjeta. O vento lambendo as pernas. Esfrega as mãos pelos braços, desvia dos olhares que cruzam o seu. Faz frio de manhã, a primeira frente fria do ano, o fim do verão já querendo acontecer. Não está bonito, sabe disso, mas a vaidade foi para o andar de baixo. Imagina-se revirando aquele lixo, quer entrar com força na fantasia de indigente, mas vem o nojo, a boca se contrai. Nojo: emoção primária, receita pronta e incontornável. Restos de comida, bracinhos de uma boneca. Nojo é igual em qualquer lugar do mundo. Gustavo gostaria de transformar o seu asco: e rir do lixo, ou chorar pelo lixo, ou se assustar com o lixo, e não apenas contorcer o rosto pelo lixo, como faz qualquer um. Quer algum tipo de imprevisto, clama por imprevistos. A camiseta azul-clara tingiu-se de um azul-marinho profundo, totalmente manchada de suor, apesar do friozinho selvagem, roupa de grife, palavras bordadas em italiano, trama de qualidade, e estranhos seres acompanham o forasteiro amarrotado, o traje de verão na pré-estreia do outono, e é a última vez no feriado que terá vontade de voltar para casa e aquecer as mãos numa caneca de porcelana cheia de café, e comer uma fatia de pão bem torrado, quase queimado, e soterrado de manteiga. Tem fome, nojo do lixo, contrai a boca, o cheiro da própria pele, as ideias fogem de controle. Está entrando naquele estado que a namorada conhece bem: comeria uma vaca inteira, comeria qualquer merda, saiam da minha frente. Ex-namorada. Compra pão com margarina em uma birosca, empurra o pão com café aguado e se esforça em esquecer por alguns minutos que tem endereço. O café da manhã mais delicioso desde a separação. Repete o pão, e outro copo de café. De volta ao périplo: o suor se concentra entre as fibras, pesa a malha, o frio agora ralo, o ar aquecido, a lavanda ficou lá atrás. Então tira a camiseta e segue com o pano enrolado no punho direito, a bermuda caída, o aclive das nádegas, olhares mistos de inveja e repulsa. Se tivesse o *crachá* estaria menos indigente. Engraçado isso. Nova fome chegando, rápido assim. A identidade oficial: Luna, Luna, *Luna*. O *Luna* ficou restrito a circuitos limitados, não vale por aqui, não vale aqui fora, adeus, meu microbioma, minha empresa, meu país, cadeia alimentar, hábitat, parque nacional, ele e ela no safári, encarapitados na cratera de um vulcão extinto, leões e rinocerontes, voo de balão, e saudade, muita, ex-mulher, grávida, filho. Entra num bar e engole a caixinha de leite achocolatado. Melhor. Na próxima esquina a prostituta escorregará as mãos pelo quadril e anunciará os serviços. Outras putas acusando a presença do rapaz bem tratado e descamisado. Gustavo lê os pensamentos das putas: uma tarde de *Carnaval* em que a fome encontra a vontade de comer. As putas diurnas se deslocam em bando, insinuam-se, precificam-se: sente a tontura voltar, e uma leve intumescência entre as pernas, mas não estimula as investidas, nem por brincadeira, nunca lidou com prostitutas, não sabe o que é pagar por sexo. (Luna, você é mesmo um viadinho), a voz do chefe: sente que pode desmaiar a qualquer momento, talvez não sobreviva à savana. O celular vibra. Vibrou algumas vezes desde a manhã, e a vibração ganha a força de um terremoto, difícil ignorar um terremoto, e se for ela do outro lado? Retornando a ligação da véspera, sim. *Véspera. Víspora. Diáspora.* Será a mãe cobrando uma visita? Ou o funcionário de plantão no porto? E resiste, desconcentra-se, rememora os exercícios de meditação. Respira, respira. Respira, Gustavo. A náusea cresce, não havia se dado conta da náusea, desconfia que vá vomitar. Não há muito que ser descartado aqui dentro. Um breve mantra entoado e já não pensa tanto no vômito ou nas vibrações do celular, pensa apenas em andar, e caminha, como um homem enfraquecido e determinado a continuar, fluxo pelo fluxo, e uma barra de chocolate de almoço, pão de queijo no lanche, lata de cerveja gelada, relaxando à sombra de uma árvore. Fede a urina, a árvore. Está se acostumando aos cheiros do centro e já não os distingue dos seus, os pelos do braço recobertos, mistura de fluidos, resíduos do ambiente. A noite já quer reaparecer e, finalmente, cede ao celular. Rastreia as ligações não atendidas: um número desconhecido, duas vezes, e o número da mãe, e outro que, pelo prefixo, pode ser da alfândega. Sobe a escadaria de uma passarela e caminha até o meio. A passarela tem tráfego reduzido, a rua aqui embaixo, quase sem automóveis. Alguns poucos vendedores tentam vender água e biscoitos para ninguém. Não sabe por que subiu até aqui, pode ser pelos restos de sol, não planeja chegar ao outro lado, um lado nada amistoso. Abre a fenda lateral do celular, retira o chip, guarda o chip no bolso e, num impulso, os últimos raios de sol na nuca, arremessa o aparelho do alto da passarela, a determinação surpreendentemente cautelosa, mirando uma praça baldia. Calculou a mira? Trata-se de um rompante. Percebe-se em estado de surto e, por isso, tem certeza de que não é exatamente um surto. Não, não é. Um espasmo no limite da consciência, no limite do rito, na casca do surto. Está dividido: plateia e palco, o ator robotizado. Quer transformar o longo dia em jornada, talvez por isso rascunhe sentidos para o ser deambulante. Quer ser herói, mas já era, Luna: sem promoção. A transformação exige um marco, um gesto de destaque, ponto de virada: um celular sobrevoando a avenida vazia. Mede a profundidade do poço, mergulha na velocidade do aparelho, quem sabe o ponto de partida para um significado maior. Tenta enxergar-se como personagem, exila-se do ato insano. Até aqui resistia à narrativa, mas não agora: ao mesmo tempo que encara a odisseia como impulso, opta também pela deliberação, e decide que tudo foi um tanto deliberado, e que houve a intenção de chegar até aqui, mesmo sem saber onde está, e que houve a intenção de atirar o celular lá embaixo e, portanto, atirou. *Intenção.* Narrador oculto, sim, mas deixando o rabo para fora, sabe como? Acha tudo estranhamente contraditório e sem lógica, e talvez o cansaço físico tenha parcela de culpa, ou talvez sejam assim as experiências limítrofes, promete pensar mais tarde, vai tecer relações entre o fim de semana e as danças tribais que selam o fim de uma etapa. Mais tarde fará isso: está cansado e com fome de novo. Sente as pontas dos ossos sob a pele querendo rasgar, mas pode ser um efeito alucinógeno do jejum. Come o chocolate que guardou de reserva, a camiseta volta a cobrir o dorso, o outono volta a investir sobre o verão, o ar começa a gelar a umidade das costas e da nuca de Gustavo, dá-se conta de quem é, apartado, mas colado ao próprio nome, duas vidas gêmeas, e então lança um convite em voz alta: vamos dormir, Gustavo. Tem sido pouco Gustavo nos últimos anos. Tem sido o Luna do escritório. Tem sido o Guga da mamãe, dos amigos de escola e dos amigos mais próximos, os poucos que restaram. Tem sido o Gunga da namorada, o Gunga das noites frias na savana, debaixo dos cobertores, o Gunga desdobrado em variações. Não quer pensar nessas coisas, mas pensa. Está com sono. Flagra o momento exato em que um letreiro de hotel se acende e imagina: vou passar a noite ali. E se acabasse de cruzar a passarela e dormisse ali? Parece muito bom. E será mesmo assim. Gustavo, Luna, Gunga, Guga: e um quarto qualquer do outro lado da avenida, coração da metrópole. Sente que adormecerá em menos de um minuto. Um. Dois. Três. Nada. Vamos, tente! Por algumas horas nada existirá.

(...)

E foi na cama que nasceu o apelido, numa dessas noites antes de o Pulga existir. Encerradas as trocas literárias e a sessão de ciências para iniciantes, ele brincava de esconder as mãos na manga longa, tatibitava como um bebezão, fazendo manha, daquele jeito íntimo e constrangedor com que casais com certo tempo de convivência se divertem. E lançava protestos à namorada, fingindo revolta contra o uniforme de dormir, como até hoje chama os pijamas. Por que forçar um homem a se vestir daquele jeito, me diga? E aposentar o short de náilon furado nos fundilhos? E a camiseta que a mãe trouxe de uma viagem, uma lembrança de não sei onde, lembrei de você, aquelas coisas agora tão formatadas ao corpo? E desfrutava das risadas arrancadas com números toscos de palhaço, quando ela chamou o namorado pelo nome do anão, aquele mudo e orelhudo dos contos de fada, sempre tropeçando nas mangas e atrapalhando a fila. E aglutinou o Dunga do anão no Guga do namorado, foi assim, meio ao acaso, e deu em Gunga, apelido exclusivo e intransferível. Gunga, Gunga, Gunga. Vem, Gunga. Cadê você que não chega, Gunga? E as poucas vezes que ouviu seu Gunga reproduzido na boca de outra censurou imediatamente, não: exclusividade dela, só ela poderia chamá-lo assim.

Foi quando parou para pensar nos nomes pela primeira vez, e percebeu que aquele Gunga o modificava de alguma forma. A senha, quando pronunciada, tinha o poder de libertá-lo de não sabe bem o quê, mas suspeita que seja do Palito, o aluno que não sabia jogar futebol nas aulas preguiçosas de educação física, ou do Cebola, com um redemoinho rebelde no cocuruto, o menino calado, tímido, ensimesmado, ou do Tavinho, com o nariz de batata apertado diariamente pela mão fedida a carne crua da cozinheira, ou mesmo do Gustavão, adolescente sem pai ou padrasto, buscando elogios onde eram raros, fosse nos professores da escola, onde nunca foi estudante brilhante, fosse nos colegas, que o chamavam de perna de pau, fosse onde fosse. Quem sabe estivesse se livrando mesmo era do Guga, meu Guguinha, o filho que recebia broncas e censuras da mãe, amado e repreendido por quem tentava também ser pai, uma meia mãe desajeitada e com medo. Os elogios completos nunca vinham, dizem que elogio demais estraga, e os que escapavam da boca da mãe não encontravam ressonância, pareciam burocráticos, e faziam do Guga apenas um esforço materno à sombra de uma *lacuna* paterna, uma desmedida de compensações que fazia tudo oscilar entre a verdade e a mentira. A mãe, tentando deixá-lo livre e tentando não mimá-lo, fazia falta. Mas a mãe, cobrando tarefas com o chapéu de professora, rigorosa e atenta, era excesso, era demais para suportar. Como deve ser difícil ser mãe e pai ao mesmo tempo. E será que sou mesmo bonito? Esforçado o suficiente? Inteligente o bastante? É assim mesmo? Será que tudo em que era bom seria fruto do acaso e tudo de ruim obra de sua incompetência mais arraigada? E foi desse Guga emaranhado que nasceu o Luna, o Lunão, o gerente que chegou a nível dois, na onda das oportunidades, o das boas avaliações, competente, pontual, ágil, caprichoso, opinativo, e que nunca alcançaria o brilho fosco do nível três.

Mas ali, debaixo dos lençóis, perdido nas próprias mangas, bombardeado por risadas e transbordante de admiração, ela puxava o Gunga de dentro dos apelidos de infância, e fazia nascer alguém que, sim, era reflexo de tanto passado, mas era sobretudo filho do presente.

A gente podia adotar um cachorro: foi a válvula de escape para a matéria etérea que embebia os dois, aquele excesso de presente. Precisavam do futuro, sim, sem saber que as grandes novidades podem ser cavadas aqui, agora, e raramente chegam de fora. (A novidade está no presente e não no futuro), quem foi que disse isso? Trouxeram o Pulga para casa, pensaram em batizá-lo de Dunga, e até experimentaram chamar o cão assim nos primeiros dias. A confusão logo se estabeleceu, Gunga respondendo pelo cão, o cão e o dono confundidos nos carinhos e repreensões. A situação era divertida, com o namorado de quatro fingindo comer a ração ou balançando o traseiro em busca de afago, uivando na hora do sexo ou brincando com a língua de um jeito lascivo demais para um cão, mas ela logo determinou a troca do nome. (Não vai dar certo), e deu a ideia de chamar o Pulga de Pulga, recontando a história sobre o irmão mais novo que ganhara o apelido de Piolho nos primeiros meses de vida: a irmã diligente e imbuída precocemente de espírito materno nota um pontinho branco explorando a testa do bebê. Vocação: pode ser esse o nome. E com poucas semanas de vida o cunhado de Gunga tornara-se o Piolho, e ainda era chamado desse jeito nas reuniões de família. Agora haveria um Pulga, embora nenhuma pulga tenha sido catada entre os pelos cor de caramelo do novo amigão. Pulga: o estranho familiar. Pulga: selvagem na medida. Recusaram as roupinhas, coleiras estilizadas, ou perfumes, os brinquedos muito elaborados, não queriam humanizá-lo. Não era esse o plano. O amigo expandia os limites humanos do casal, não o inverso: com o Pulga eram mais animais, e era bom. Pulga, Pulga, Pulga: repetiam incansavelmente, colando o nome no cão, gritando para o mundo a paixão nova em folha, emendada na paixão do casal.

Dizem que os cães vão ficando parecidos com os donos, ou vice-versa. Coincidência ou não, o Gunga que surgia na época parou de escovar os cabelos, definitivamente, cultivando um ar mais desleixado, e muito charmoso, segundo ela, que adorava o redemoinho selvagem do namorado, sempre torcido para o lado errado. Foi quando alguns defeitos se converteram em estilo, não só no cabelo, mas na orelha miúda e desproporcional à cabeça, e também no dente torto, um único dente torto que antes contaminava a imagem de todos os outros. E ela valorizava cada nova qualidade nascida dos escombros de um antigo Gustavo, e desde então estacionaram no apelido, e foi Gunga em todo canto. Promovido a apelido oficial, embora raro em outras paragens, o Gunga reinava. O Palito, o Cebola, o Tavinho, até o Guga: coadjuvantes. O protagonismo coroava Gunga, mãos atreladas às dela, e o companheiro canino encolhido aos pés. Ele agora era assim: o super Gunga. Na maior e melhor parte de seu tempo.

(...)

E, debaixo do cobertor bem fino e áspero, é esse Gunga que esfrega o corpo no colchão. A cama dura, rangente. Gasta as horas sem resultado, ansioso e nu, desde as seis da manhã. Até tenta recrutar o Guga e puxa as mulheres da adolescência, a vizinha de janela indiscreta, a professora de português que enlouquecia os alunos, as atrizes de televisão, bem mais acessíveis e possíveis que as de cinema, ou qualquer outra fêmea frequentada pelo mundo massificado. E experimenta o Luna, estampando as imagens de mulheres corporativas, a mais bonita do escritório, ou a girafinha, seguindo a dica de não ser assim tão viadinho. Mas quem finca o pé é esse Gunga: ela assombra sua manhã. Gunga, Gunga, vem Gunga. Busca e rebusca os vestígios de prazer, numa insistência febril, anos sem lançar mão da imaginação para trepar virtualmente com a dona dos momentos oficiais. Ex-dona. Vai ser só memória de hoje em diante. Vai? Já é saudade de um tempo diferente, tempo esgotado, com suas próprias lógicas internas: vai ser assim? Difícil encarar os acontecimentos, o relógio está desordenado, a falta, e essa urgência por qualquer paliativo que tampe os buracos e atenue, e por isso insiste, martela, mas abandona a tentativa no fim, bem no finzinho. Talvez o cansaço da jornada de ontem, talvez o ardido na nuca e nas orelhas: não goza, a morte breve não se dá, tudo seco, e não voltará a dormir. Levanta cedo para mais um dia de caminhada. E diz: hoje, acordei. Meio forçado. Um pouco de familiaridade, um pouco só, e julga-se pronto para o desconhecido da própria cidade.

Hoje é um dia especial: o dia em que Gustavo Luna chega até você. É quando os planos se tocam, entende? É seu dia de entrar na história e se misturar de vez: você passará a existir, embora sua voz já tenha dado as caras por aqui. Adianto a narrativa: agora estão aqui, os dois. Uma cafeteria com decoração amadeirada e aconchegante. Você bebe um copo alto de café misturado com chocolate, coberto com uma generosa calda de caramelo. Ele faz o mesmo, mas sem a calda, premia-se com algo confortável que adoce tanto estranhamento. Durante o dia, antes de você aparecer, viu coisas que não existiam, não para ele, e agora percebe o cansaço que dá estranhar o mundo. Na hora não sentiu esse esgotamento, a novidade libera energia extra, as conexões inéditas acionam um misterioso reservatório energético que parece sem fim, acontece isso nas viagens, e nas melhores peças teatrais, e nos museus de arte: o tipo de novidade que está no presente e não no futuro incerto, o novo gerando seu próprio combustível. Mas depois vem a fadiga, as sinapses arrebentadas, e Gustavo paga o rebote com um copo alto de, digamos, café. Chocolate. Leite gordo. O excesso de calorias é a medida de tudo que viu e sentiu.

Mais cedo, testemunhou um piano público ser tocado por passageiros numa estação de trem, embora nenhum som harmonicamente reconhecível tivesse sido produzido, apenas notas soltas, brincadeiras de criança. Não sabia que existiam pianos públicos na cidade, mesmo assim os pianos existem. E viu os rostos caídos de algumas senhoras, e pensou na mãe, que está bem conservada para a idade e daria um banho de vaidade em qualquer uma daquelas putonas. Se a mãe souber que foi evocada pela imagem das putas velhas, se descobrir, nem sei: as putas velhas têm as alças dos sutiãs apertadas a ponto de abrir valas profundas nos ombros, blusas opacas, pele puída, figuras desbotadas, oferecidas a trabalhadores e desempregados, convidando qualquer um a sentar num banco de praça para negociar o preço. E viu jovens zumbis animados pelo crack, mães apressadas puxando filhos pela mão, vendedores cochilando atrás de balcões, operários abrindo e fechando crateras no asfalto, e artistas de rua, tão deslocados quanto ele, tentando cavar lugar no meio de uma multidão alheia ao *Carnaval*. Não, não são imagens tristes da decadência da civilização, é simplesmente um painel humano, e basta, e humano a ponto de desconcertar, deixar instalada essa inesperada vergonha por existir de um jeito tão diferente. Não sabe o motivo da vergonha, não sabe se culpa cristã ou empatia: não sei. Aquele senhor tocando o realejo sem pássaro. A menina com a boneca de cara amassada. E o homem vendendo a refeição na marmita bem perto da hora do almoço, justamente quando Gustavo começava a sentir aquela fome abismal, sai da minha frente, comeria um boi, até ver a comida de perto e perder o apetite. A partir daí não parou mais de andar, e apagou a ferida do calcanhar, e o ardido na nuca. O sol não apareceu durante a tarde, e isso foi bom: o sangue esfriou, parece. Apenas caminhou, como ontem e anteontem, como caminham os andarilhos. Dois dias? Três?

Dois: foram dois dias de caminhada até aqui. Hoje é segunda-feira. Para parte do comércio e dos escritórios não é feriado, uma pausa capitalista no meio do desvario. Na sua cidade ninguém trabalha hoje, posso garantir, mas aqui, sim, o trabalho é uma praga por aqui, o ócio cinicamente malvisto, como se um diazinho fizesse tanta diferença em um calendário tomado por tarefas. Mas, graças à praga do trabalho, Gustavo pôde acompanhar o movimento que até hoje não concebia, longe daquele ambiente asséptico na outra ponta da rodovia intermunicipal, corredores dedetizados e protegidos contra o mundo sujo do centro da cidade, um centro que não é o dele e que seguiria inexistente se não estivesse aqui para registrar. E pensar que tudo seria igual, igualzinho, mesmo sem seu testemunho, tanta coisa podendo persistir e aguentar firme sem o esforço dos sentidos: cervos continuam a ser devorados por hienas, ou abutres, ou guepardos, independentemente da presença de um jipe de safári, águias capturam e estraçalham coelhinhos mesmo sem os binóculos. Parece irreal. Parece arcaica a sobrevivência. Mas sempre esteve aqui: as putas, velhas e novas, o instinto de reprodução, e a marmita, a subsistência, e o piano, um piano, veja só, piano para quê? E talvez tudo fizesse mais sentido se Gustavo permanecesse longe, protegido pela higiene dos dias. O cheiro do corpo aumentou, o sabonete do hotel não aguenta um dia inteiro, e Gustavo evitou espelhos, não quis tomar conhecimento do próprio aspecto: durante a primeira parte do dia pouco pensou em casa ou na empresa, e pouco pensou nela ou no filho. Faz algum sentido?

Já adianto, quero deixar você entrar logo nessa trilha da história: almoça uma coxinha de frango, bebe refrigerante de uva e nada de relevante acontece entre a vergonha por existir e o encontro com você. Estou editando o filme, sei disso, jogo fora parte do material bruto, apenas sentimentos vão sendo impressos, e serão recuperados quando algum sino condicionado soar no futuro. A manhã foi intensa, e não sabe o que reterá dela. A tarde não, é diferente. O que será retido dessa tarde: o nome na placa da rua, aquele mesmo nome de desembargador anotado no verso de uma ata da reunião, na caligrafia do novo chefe uma semana atrás, e é na esquina dessa rua que vocês conversam agora, não ainda na cafeteria, perdoe a confusão dos fatos, mas em um boteco, desses que já querem deixar de existir, e estão sentados em banquetas bambas fincadas no piso, como se alguém fosse se interessar em roubá-las. Estão mudos. Você foi localizada entre tantas moças da mesma faixa etária, todas muito iguais, loiros semelhantes e artificiais, todas com *crachás* na saída do plantão, todas com a mesma letra eme iniciando os nomes, a Mônica, a Melissa, a Miriam, a Muriel, e não sei quantos nomes sou capaz de montar a partir do eme. Marta. Márcia. Marina. Mariana, Mercedes, Marisa: Milena. Chama seu nome, a real serventia dos nomes. Gritando baixo, encontra você. Milena? Alguém sabe da Milena? E uma Marlene aponta a direção, e Gustavo vê: você. E o *crachá* confirma, só para isso deveriam servir essas bostas. Você é diferente das outras. Não é só a roupa de boa qualidade, não é só o cabelo castanho e cacheado, sem aqueles alisamentos, não é só o *crachá* com cargo de chefia. Deslocada, esse é o adjetivo. E logo depois sua voz, igualzinha àquela da primeira namorada. Foi assim, mais ou menos assim que aconteceu. Imaginava você negra. A primeira namorada era mestiça, a pele não muito escura, mas os traços definitivamente negros. Há algo de árabe em você: o rosto afinado, nariz adunco na medida certa, testa alta, os olhos saltados, contrabalançando a profundidade e a intensidade, que são grandes. Mas é branca, tão branca: uma estranha combinação de partes que contam uma história. Você não existia. A memória vinha se transformando em imaginação e pregou uma peça: você é diferente do que Gustavo quis ou estava apto a querer. E você já é linda. A pausa agora se estende por alguns segundos, quase chega ao minuto, e o espaço vem sendo preenchido com pensamentos sobre as banquetas bambas e a primeira namorada, e sobre os salgados duvidosos na vitrine do balcão, rissoles, empadas e um quibe solitário que faz Gustavo voltar a você, que não tem sangue árabe, arrisco dizer, mas que pescou traços de algum código perdido em sua profunda sopa genética, e agora é você quem ocupa os espaços, mas Gustavo não arrisca olhar para o lado. O *senhor* Gustavo Luna está constrangido pelo próprio aspecto. Há uma planta de plástico na entrada do boteco, há sulcos cheios de graxa no trilho da porta corrediça, há bastões de luz fluorescente piscando intermitentes, e pensa em você, aqui ao lado, mas sem olhar.

Esse silêncio: é silêncio mesmo ou falta de assunto? Diz isso e escuta seu sorriso pela primeira vez. Talvez você não tenha compreendido a piada, mas puxou o anzol: estão se entendendo de algum jeito, e sem explicações, do modo que o *senhor* Gustavo gosta. Você não tem cara, nem jeito, nem postura de Milena. Claro, não é uma Milena. Todas as moças do banco receberam pseudônimos com a mesma letra, loucura do diretor de marketing, o cara é um louco, muito louco, a superstição corre livre nas corporações, a velha busca por sentido, o pensamento mágico deixa as igrejas e ocupa espaços antes impessoais. (É só um crachá), é o que você diz. Ele não pergunta seu nome real, e pede que você não o revele, uma velha mania de infância subitamente estimulada, e você guarda a Milena na bolsa, curiosa, no exato instante em que se olham pela terceira vez. Estou contando, e de propósito: foi a terceira vez. Você o inquieta, incomoda, a jornada de experiências inéditas não se encerrou. (Como foi que você me encontrou), uma pergunta que demora a ser feita. (E pra quê), é o complemento da pergunta, e Gustavo não sabe se quer ou deve responder, você o pacificou, a língua está preguiçosa. Mas se esforça para explicar a coincidência, o endereço armazenado na cabeça, e que vinha passando, e o desembargador, e é tudo sincero, foi misto de acaso com vontade, não sabe mais como separar as duas coisas. E vamos parar com essa história de *senhor*, não vamos falar de investimentos agora, ou vamos? E tenta encerrar essa etapa da conversa, não quer que você pergunte coisas como: por que um gerente nível dois de uma multinacional com investimentos pessoais a eleger está vestido assim, e encardido, e centro da cidade, e segunda-feira de Carnaval, e *comigo*? (Você estava num bloco e dormiu na sarjeta), um ótimo palpite, Gustavo poderia ter imaginado essa, muito boa essa hipótese do bloco, ponto para você. E ele diz que sim, foi mais ou menos culpa dos blocos.

Pedem pizza, óleo pingando, queijo amarelo em excesso, pepperoni ressecado nas bordas, uma delícia. Ele, guaraná. Você, limonada. Há tempos não se alimenta tão mal, e tenta enxergar isso como outra liberação ritualística, solene cagada no colesterol, ode à barriguinha perigosa para o quarentão, à pele seca e esfolada, sem nutrientes frescos ou vegetais tenros e verdinhos. Massa com banha, salgadinho com flavorizantes, cerveja ruim, margarina, gordura trans, muito sal, bromato: uma desintoxicação. Você lambe a ponta dos dedos, come uma fatia só, magrinha que você é. Ele tem dificuldades com as gotas de gordura, um rio corre do queijo para o braço, e tenta enxugar com essas folhas de guardanapo que espalham ainda mais a lambança. Ainda não será dessa vez que você vai sugar o líquido do punho de Gustavo, ainda não há tanta intimidade e, veja bem, a situação é bem mais repugnante que a do futuro. (É melhor você ir ao banheiro), uma sugestão, lábios contorcidos, o sinal universal. Gustavo conhece o truque. Se eu for ao banheiro você vai embora, não vai? Tem certeza de que você vai fugir, mas é inevitável ir ao banheiro, e o odor do mictório agride o nariz, que cheiro forte é esse? Pode ser que esteja ficando limpinho de novo, mas solta um arroto: uma reação, tentando sublinhar a própria sujeira. Olha ao redor: sem testemunhas. Educado outra vez, parece. Há coisas que custam a mudar. Mão lavada, e mija, e outro arroto, e peida profundamente, faz tudo o que pode ser feito num banheiro, e dá uma ajeitada na camiseta, abaixa o redemoinho no cocuruto. As olheiras ainda aqui e uma espinha na testa, ou picada de mosquito. Mosquitos mordem na testa? E os dedos, por mais que esfregue, ainda estão bem engordurados, e passa a gordura para os fios, sente o cheiro nauseante entranhar nos cabelos. Veja aí, o gel que a diretora queria. Os cantos dos olhos se mexeram, consegue encontrar algum tipo de beleza no espelho. Na quarta-feira, depois de amanhã, a partir do meio-dia, estará diante da diretora, e do novo chefe, e de todos os outros. Parece longe. Consegue sorrir, talvez pela distância. Retorna ao balcão, e você ainda está aqui. (Queria que eu fosse embora), é um desafio, você gosta de responder com perguntas. (Será que é vício de profissão), outra pergunta, um chiste.

Alguns minutos mais e já estão andando pela calçada, desviam-se de mendigos, foliões mal fantasiados, cocô de cachorro, e sobem uma rua que, em outra época, foi das mais sofisticadas. A rua tem agora um ar decadente, rima com Gustavo. Levantamentos imobiliários juram que a região está para renascer e deixará o ocaso para trás, transformando-se em endereço alternativo, já conhecemos a sequência: a rua será alternativa por um tempo, edifícios descolados subirão, com empresas e restaurantes descolados, e tudo vai virar um amplo aquário descolado, até ficar com cara de nada. É o ciclo, a indústria, a moda, mas ainda há algumas putas por aqui, bem mais bonitas que as da praça central. A decadência com os dias contados fica ainda mais atraente. Há tempos não via tantas putas. Uma galeria se abre no meio das putas e você entra, como se fosse o caminho obrigatório, ou será fuga? É um abrigo bem menos esfacelado, lampejos contemporâneos, iluminação baixa, pouca solidez nas paredes, piso neutro, primeiros esforços de revitalização. Gustavo segue seus passos de perto. Você para diante de um pet shop, tipo de estabelecimento que rende ultimamente, os animaizinhos viraram indústria, e um cachorrinho está sendo tosado, quieto, atrás da vitrine, arrancando interjeições fofas dos consumidores que passam, focinho para cima. O tosador tenta desviar a atenção do cachorrinho para você: (olha a moça bonita, olha a moça bonita), mas o bicho não olha, prefere o ar quente do secador. O tosador gostou de você. Pudera, você é encantadora. Pela primeira vez Gustavo nota o quanto você é encantadora, o olhar se detém alguns segundos em você, um tremelique nas pupilas, é mesmo um encanto, você o deixa levemente excitado e ele tenta disfarçar, recolhe os caninos, pisca. O macho humano esconde as vulnerabilidades por pura vantagem evolutiva, é pouco inteligente dar armas à concorrência, mesmo que se trate de um tosador atrás da vitrine. Além disso, não quer que você desvende os primeiros sintomas, já vai acontecendo algo aqui dentro, isso mesmo, Gustavo: crie alguma história, comente alguma coisa sobre, sei lá, excesso de carinho. Pode ser? Invente uma pesquisa sobre a nova geração de cães mimados como filhos únicos e que não são amestrados para reconhecer a palavra não, e que desconhecem o velho método da soprada entre os olhos como punição para travessuras. E ele inventa a pesquisa, eficiente, talvez tenha lido algo sobre o assunto, mas a mentira não consegue se desenrolar muito, tudo que sabe vem da própria experiência com o Pulga. A pesquisa ficou com um furo, soou inverossímil, então você o corrige. (Quem leva soprada geralmente é gato), detona a pesquisa inventada, já teve um gato e o método funciona mesmo, e também já teve um cão, há tempos, e que não, não há excessos do outro lado da vitrine, a questão não é de excesso. (Também fico folgada quando me fazem cafuné, todo mundo gosta de um pouco de carinho), e é uma tentação não fazer um gesto de carinho em você, mas ainda é cedo. E Gustavo arrisca: será que eles tosam gente? E a piada funciona.

Você se despede do cão, mas quem responde ao aceno é o tosador. Ao lado da vitrine, uma cafeteria. Agora, sim, chegamos à cafeteria. Gustavo pensa que a hora é boa para um café. É dessas novas cafeterias que copiam as estrangeiras e tentam introduzir o hábito do café para viagem, coisa de país frio, aqueles copões de papel com tampas plásticas, e o café vertendo na garganta aos litros por uma abertura picotada. Gustavo gosta da ideia: litros de café, vertendo. (As coisas aqui devem ser bem caras), é seu pé atrás. Ele puxa você pela mão, num desses gestos que injetam a dose inicial de intimidade, e você vem, resistindo um tanto, uma paradinha de vou-não-vou, que se repetirá no futuro, uma soprada no olho, o jogo de dizer não com o corpo, mas sim com o sorriso. Você é convencida a entrar sem que palavras precisem ser usadas, simplesmente vão. Sutilmente, separam as mãos. Ele quer anular o constrangimento e faz a proposta: fica gostoso misturar café com chocolate e cobrir com caramelo. O que Gustavo faz aqui é substituir o toque das mãos pelo das palavras, está seduzindo você, primeiro para um café, depois para sabe lá o quê. Um lobo mau: pensa na canalhice do novo chefe, mas afasta o pensamento, não é possível que esteja compensando o cargo não conquistado, não pode ser vingança. Agora não vai parar de falar sobre doces, tortas, bolos, e itens que nem sequer provou, muffins, crumbles, brownies, muita palavra estrangeira, muito açúcar, tudo muito bom na aparência e no sabor: Gustavo espanta o pensamento com as palavras, sabe como?

Chegam ao caixa, e o *caixa* anota o pedido, (café com chocolate, ok, cobertura extra para você, ok, dois copos tamanho grande, bem grande, é *Carnaval*, ok, e um bolinho acompanhando), todo mundo gosta de carinho, ou não? O moço do *caixa* pergunta os nomes. É o modus operandi moderno das lanchonetes mais modernas. Nomes: o *caixa* precisa de nomes, e chamar, chamar, precisará chamar nomes que gerem certa intimidade, é isso? Gustavo aguarda: deixa para você um pouco do controle. Você não diz nada, e parece não ter intenção de dizer, então Gustavo reassume as tarefas: Edmundo e

Milena. Responde assim: Edmundo e Milena, e não vai voltar atrás. Evita olhar para você, não chega a ver sua reação, guarda a risada no pulmão. Sabe que você não é Milena. E você sabe que não há um Edmundo. Alcança sua mão e aperta: ao mesmo tempo que clama conivência, toca você pela segunda vez. O moço do *caixa* anota os nomes fictícios nos copos de papel, (obrigado pela preferência), e vocês se afastam, mas Gustavo não quer desatar as mãos, então estica o braço e apenas alivia a força. Você parece não se importar em segurar a mão de um sujeito que chegou do nada, que se materializou sujo diante de seu trabalho, e que se apresenta para estranhos com nomes inventados.

Gustavo quer algo além do sexo, já decidiu, algo além da orgia planejada pelo chefe. O chefe segue acompanhando a jornada, o idiota está aqui: chega! Quem será você, agora, além de um prêmio de vingança? Quem é o Gustavo Luna, aqui, com você? Não parecem um casal. Milena, a funcionária, e Edmundo, o indigente. Tentam ignorar os olhares que chegam dos outros clientes e esperam pelo café turbinado, quietos, aguardando os nomes serem chamados, ansiosos para descobrir mais coisas um do outro. Querem prosseguir, querem sim. Gustavo quer desvendar o sentido de estar aqui, perdendo tempo, e decifra seu rosto sem parar, o escritório distante demais para existir. E é o que fazem: café, silêncios, mãos. (Edmundo e Milena), é o garoto do balcão. Somos nós. Aquela conversa lacônica. Aqui o laconismo é bom. Não voltam atrás. Sim, chegaram até a cafeteria, e é assim, não é? Lembra de algum outro detalhe? Acho que foi assim mesmo: assim as histórias se tocam. Não foi?

(...)

Uma horda de crianças jorra no sentido contrário, e Gustavo continua a puxar você pela mão, como fez ontem. Hoje é feriado de verdade, terça-feira de *Carnaval*, você não trabalhou nem vai trabalhar, e o que aconteceu depois da cafeteria ainda não está suficientemente sedimentado e codificado, não a ponto de poder ser dito. As emoções vão sendo impressas na velocidade de uma daquelas prensas de jornal, sabe quais? Uma prensa eficaz: os exemplares cuspidos com novas notícias, edição da manhã, da tarde, edição noturna, edição extra, as atualizações uma atrás da outra, a tinta fresca com um brilho molhado que dá medo pôr a mão e borrar. Assim é desde que Gustavo encontrou você, ainda assim agora, os dois atrelados em contínuo, e ele guia você contra essa avalanche de crianças que sai do zoológico, quer mostrar a nova amiga aos animais. Você nunca foi ao zoológico. (Queria tanto conhecer um zoológico), e ele não gosta de zoológicos, aprendeu a não gostar, mas não resiste: mostraria o mundo se pudesse. Quer você embevecida pelo novo, como ele.

Cruzam o portão de acesso e lá vem o guardião do portal: uma guardinha vestida de cáqui, pernas curtas e entortadas para fora, sobrepeso considerável, a barriga inflada como a do diretor de recursos humanos, bochechas grandes e caídas como as das putas velhas da praça, a expressão mal-humorada de tanta criança, como a da mãe quando chegava de um dia de *labuta ingrata* na escola, tanta gente nos traços da guardinha. (O circuito começa ali, à esquerda), uma sugestão burocrática. A guardinha destaca a ponta dos ingressos e devolve, mecânica, imbuída de autoridade, e adverte que o fechamento se dará em menos de duas horas, cerca de três mil animais para tão pouco tempo. E, advertidos do risco, agradecem, e deixam para trás o muxoxo da guardinha. Viemos ver os tamanduás, só viemos por eles: Gustavo faz pouco caso das advertências e arrisca as primeiras tentativas de cumplicidade. (Nunca vi um tamanduá), é você ainda sem entender essas gracinhas.

Entram. Gustavo não sabe em que momento largou sua mão, mas retoma. Estão frescos e limpos, ele de calça jeans e camiseta branca, o cheiro de lavanda sublinhando a limpeza, você de bermuda até o meio das coxas, e uma regata com casaquinho de tricô por cima, o outono pode dar as caras novamente. E já aqui, no primeiro tanque de répteis, você se deslumbra, incapaz de identificar quem é quem no simpósio de tartarugas. Ele não vai poder ajudar tanto, o máximo que poderá fazer será distinguir, sem muita convicção, alguns cágados entre os jabutis. Nomina os grupos: ali os cágados, aqui os jabutis. Acho. Ou será o contrário? Ergue muros, uma fronteira traçada mentalmente separa o fosso em duas partes, e você ama tudo, mesmo dividido em dois. E você é adorável, mas penso ter dito isso antes. Disse? Não dispõem de muito tempo, mas nem por isso esboçarão um roteiro, querem flutuar pela trilha, ser vistos pelos bichos. Anta, pavões, jacaré, e mais tartaruga. Algo me diz que a administração não sabe o que fazer com tantas tartarugas. Lobo-guará, queixada. *Queixo*. Uma alameda cheia de felinos, alguns apenas sugeridos pelas placas, escondidos e estressados, tentando se proteger da gritaria. Daquele lince, apenas as orelhinhas atrás de um pneu. Está vendo, ali, as orelhinhas? E as orelhas do lince se conectam instantaneamente àqueles pedaços de leopardo, o safári, o jipe, os binóculos, o frio na savana, mas Gustavo não permite que o leopardo se converta em balões e se estique até outro arquivo qualquer: morde os lábios, aperta você pela mão, tenta agarrar o presente. (Tá tudo bem), é uma pergunta. O frêmito de saudade percorreu o corpo e chegou às mãos, o luto de Gustavo foi denunciado. *Frêmito*? Tá, sim, tá tudo bem, fique tranquila: é o que responde com palavras, mas não com a postura, e nem com a porcaria dos olhos, e a cabeça pendida de leve para a frente. Trocam de jaula, agora acompanham os movimentos de um tigre, a fera comprida percorre a extensão do cativeiro sem descanso, e é um esforço não pensar nos leopardos. Gastam alguns minutos aqui, as idas e vindas do bicho, as listras ondulantes, magnéticas, e agora é você que aperta a mão do companheiro, barra a angústia que tenta se alojar. Você capta a angústia do animal, talvez capte a de Gustavo, ou as duas somadas, e entrelaça ainda mais os dedos. A energia enviada para os dedos já se torna um código e, aqui, é uma proposta: em frente?

A placa diz: hipopótamos. Gustavo desvia sutilmente da piscina de hipopótamos. Você não acreditaria que hipopótamos são primos íntimos das baleias, nem ele acredita, é o tipo de coisa que só tem uma justificativa: ela. Melhor não, então. Olha ali, olha aquele lago, e você olha. Um lago artificial e, bem perto da borda, uma pequena e bem-ajardinada ilha. Um primata engraçado está pendurado em um galho, a cena típica de primata na árvore, e você acelera os passos. (Olha, ali, o lugar dos macacos), é uma alegria incontida, você ultrapassa as crianças e chama por Edmundo, (vem, vem por aqui), quer companhia para as descobertas. Ele acelera logo atrás, e vai dizer que orangotangos não são macacos. Claro que vai dizer, é inevitável que o faça, olha ali: os braços longos são os maiores da categoria, o deslocamento nas árvores é por braquiação, um Tarzan incansável, o pelo ruivo, lustroso, a testa infinita, os músculos fortes e desengonçados, esse ar de ancião, uns óculos até cairiam bem, e não é um macaco. Pronto, está dito: não é, não é, não é um macaco. O orangotango não tem rabo, é um dos grandes primatas, como a guardinha cáqui, ou o chefe nível três, como o tosador de ontem, como você, e como os chimpanzés. Carinha de confusão: adorável, sua expressão confusa. Gustavo sabe o que se passa na sua cabeça, você também chama essa turma toda de macaco, como ele já chamou um dia, é o que diz o senso comum, são todos macacões, menos nós, claro, os comandantes do navio. Não é? Bem, você já sabia que não éramos propriamente macacos, mas e os outros? Também não são, ora, e você ri dos orangotangos que não são mais macacos, e as crianças também se divertem, os orangotangos estão mesmo inspiradíssimos. O território se tornou mais íntimo, Gustavo sabe mais dos amigos primatas do que dos colegas jabutis, e explica, sem citar a fonte, nosso parentesco com os orangotangos, que somos muito próximos na escala do tempo, mas que somos ainda mais primos dos gorilas, e ainda mais dos chimpanzés, sem esconder o orgulho em contar isso. É possível que tenhamos mais semelhança genética com aquele orangotango ali embaixo do que com a guardinha do portão, e dessa vez você sabe que foi uma piada, e entra na roda, e diz que desconfiou do parentesco quando viu o acompanhante dançar. (Você dançava exatamente como eles), muito bem, Gustavo dança como um legítimo primata, o que sem dúvida é: encara isso como um elogio.

Ontem dançaram como primatas em um inferninho já alternativo da rua ainda decadente, ele sujo e fedido, como vários frequentadores se esmeravam em parecer, você ainda fantasiada de funcionária alienígena, os dois embriagados de cerveja e música bate-estaca, e uma turba de jovens mergulhados em uma fumaça espessa de cigarro. A fumaça de cigarro ainda sobrevive na recordação de Gustavo, mesmo não tendo existido fumaça alguma, muito menos espessa. A noite de ontem já vai se somando aos arquivos e Gustavo precisa daquela fumaça, a nuvem arcaica vem de carona, vaza das lembranças mais remotas, outras noites dançantes, vinte e poucos anos, pós-adolescência, primórdios da dance music, impossível passar o filme sem que um cheiro de cigarro empesteie a roupa, a pele, os cabelos, como sempre foi antes das leis antifumo entrarem em vigor. O cheiro do cigarro impregnou a memória. Do mesmo modo, será impossível daqui por diante rememorar uma dessas noites sem você sugerida no ambiente. Um rearranjo se deu, você fez diferença, e ficou para sempre em todas as pistas de dança, as pistas do futuro, desde já, com ou sem fumaça, a memória de Gustavo entortou, é assim que acontece. Os acontecimentos se reacomodando lá no fundo. Você entortou minha memória, entende?

(Você tem cara de cachorro, mas dança como um orangotango), o tipo de revelação surpreendente, Gustavo gosta de ver os melhores amigos reunidos no corpo, e você já coleciona indícios, uma intimidade inusitada que não nasceu do sexo. Não: não nasceu do sexo. Não fizeram nada do que gostariam de ter feito. Depois da dança, e depois do táxi, e mesmo na familiaridade do próprio apartamento, Gustavo não tocou aquele corpo magro esparramado na cama, e adormeceu comportado: um casal às vésperas das bodas de ouro. O cansaço se encarregou de adiar o prazer e serviu de brilhante desculpa para o súbito bom-mocismo. A primeira presa no matadouro desde a separação, e Gustavo assim, tão viadinho. Despertou você com cutucadas no braço, e tomaram café da manhã juntos, aquelas coisas saudáveis, e conversaram sobre a vida corporativa e sobre uma série de planos, e sonhos, muitos sonhos. Você quer deixar o banco, não quer mais ser consultora de investimentos, gostaria de voltar para sua terra natal, perto da praia, sonha em ser cantora profissional, tocou aquele violão velho que Gustavo guarda no quartinho dos fundos, executou agudos hipnotizantes, e é perfeitamente provável que ele tenha se apaixonado ali, sei que foi ali, o sonho de um escritor caiu de quatro pelo sonho de cantora. Talvez tenha sido mesmo ali que o calafrio começou. É, está resolvido: foi ali. Em pleno luto, seu safado. E só à noite, logo mais, depois do zoológico, deixarão que o sexo se intrometa e sele o ensaio de intimidade. E não discutirão nomes, a brincadeira persiste. Por enquanto ainda se satisfaz com Milena, que é bem eficiente na hora de chamar você para perto. Milena, por aqui. Milena, agora vamos por ali, o que você acha? (Você tem olhos de labrador), e Gustavo até pensa em latir, mas não quer se lembrar do Pulga: não late. Bem, seria um pouco *ridículo*, ainda não são tão íntimos, não a ponto de se assumirem *ridículos*.

Você volta a agarrar a mão dele, ou o contrário, as iniciativas começam a se embaralhar, as mãos soltas não fazem tanto sentido, e seguem em frente, seu pescoço ainda torcido na direção da ilha do orangotango, imaginando um Edmundo pendurado entre os galhos, dançando, e uma garrafinha de cerveja na pata dianteira. Gustavo sabe o que está fazendo, rejeita a postura professoral, mas não consegue evitar que a paixão pelos primatas se contenha: fala, explica, ensina. Um exibido. Não para de falar, disseca o orangotango. Agora, consegue ver o destino, está ali, ali queria chegar, não nega, a terra mágica dos seres mais incríveis do planeta, os preferidos, que os cães não me ouçam. Um cercado amplo, a grande estrutura de madeira no centro, um mezanino erguido entre folhagens que simulam florestas congolesas e um letreiro talhado numa tora: paraíso dos chimpanzés. A mãe passa rápido por aqui, a mãe não gosta de chimpanzés, parecidos além da conta com os humanos, detesta os estranhíssimos semelhantes, (não sei como conseguem gostar tanto desses monstrinhos), ex-divindades, egípcias ou indianas, a perversão da obra de deus, o rascunho fugitivo de um deus judaico-cristão, bunda feia, gengiva saltada, satã da idade média, tudo isso nas costas dos macacos e primatas, mas permite que a mãe apenas passe, não vai retê-la aqui, não agora: mães não são bem-vindas em cenários como esse, de romance latente. Xô, mãe. Estacam em frente ao paraíso e calam-se por alguns segundos, quietos. Querem observar os chimpanzés. Mas veja bem: Gustavo gostou de dar aulas, quem diria, e, apesar do barulho irritante das crianças, segue nas teorias sem deixar que o quadro esfrie. Não faz muito tempo e os cientistas confundiam chimpanzés com bonobos: estes eram considerados uma subespécie daqueles. (Bonobos), é uma pergunta: o que diabos são bonobos? Os bonobos sempre foram encarados como chimpanzés nanicos, o aspecto mais quadrúpede, menos violentos, uma leveza feminina nos bandos, e bem engraçados, e bem mais tarados que qualquer outro primata. Depois de décadas decidiram que eram espécies diferentes, um em cada lado da margem de um rio, uma barreira evolutiva, e o que mais chama atenção dos cientistas, e balança o coração de Gustavo, é que os bonobos resolvem os conflitos na base do sexo, enquanto os chimpanzés recorrem frequentemente à violência. Qualquer semelhança com os humanos não é obra do acaso: somos realmente primos, primíssimos, chimpanzés e bonobos nas veias, nosso médico e nosso monstro, é pelo sexo e pela violência que decidimos as coisas, ou não? A corporação é o tubo de ensaio de Gustavo: não se cansa de teorizar sobre isso, a empresa rescende a trepadas e murros, apesar de mitigados pelo imperativo civilizatório. Os cientistas deviam meter as caras nos escritórios. Gustavo: o cientista diletante. (Nós vamos ver os bonobos), é uma pergunta, é um desejo, e seria o de Gustavo também, mas os pigmeus são raros em cativeiro. Gustavo nunca viu um bonobo, mesmo se ignorasse as regras combinadas com a ex-namorada, (você só vê mesmo um animal se o animal estiver em liberdade), e não sabe se verá um dia. Chimpanzés, sim: considera que os tenha visto em um santuário. Não era exatamente um zoológico, também não chegava a ser um hábitat natural, mas é onde os amigos domesticados se asilam e se recuperam de maus-tratos sofridos em circos e coleções clandestinas. É uma pena, mas teremos que nos contentar com nossa metade chimpanzé, Gustavo lamenta. (Tudo bem), você diz, com um sorriso bonobo entre os dentes.

O paraíso se desenrola na frente dos dois. Um filhote se agarra à corcunda de uma fêmea. A mamãe chimpanzé oscila o tronco para a frente e para trás, uma cadeira de balanço. Cena rara, igualmente rara em outros animais: a reprodução é difícil em cativeiro. Na clausura as feras se humanizam, a reprodução não é mais decisiva, a luta pela perpetuação da espécie parece perder um pouco do sentido que merecia na floresta, ou no cerrado, ou nas rochas litorâneas, ou em qualquer ambiente selvagem. Por outro lado, a criação de ferramentas ganha impulso em determinadas espécies mais afeitas ao pensar: o ócio criativo? Mas Gustavo quer parar de seduzir você, promete calar a boca, mas recebe protestos: você quer seguir com as aulas. A chimpanzé embala o filhote, um berço vivo, enquanto se coça com uma longa vareta, um segmento de bambu. Há uma densa moita de bambus no fundo do cercado, uma intrusa oriental no esmerado cenário africano, e o animalzinho chupa um naco, chupeta primordial, e desfere tapinhas contra um galho moribundo, um móbile. É inevitável, já sabemos o que acontece aqui, as emoções desconhecidas que Gustavo começa a querer acessar: o coração do futuro pai acelera.

(Aquele ali, olha, está tirando meleca do nariz), você corta a prostração que começa a dar as caras em Gustavo, apontando para o maior chimpanzé do paraíso, e a boa e velha expressão de nojo vem junto. Natural: como a maioria, você culpa a natureza por tudo que gere repulsa. A falta de modos vem dos animais, claro, o mais outro dos outros, e a violência, e a crueldade, e o egoísmo, e a competição desmedida, e os impulsos sexuais desordenados. O que valorizamos, não: nosso bendito fruto, é só nosso, exclusivo e humano. Nossa cultura salvadora produziu a fraternidade, sim, e o amor incondicional, sim, claro, e as manifestações estéticas, e a empatia, tudo pretensamente humano, sim: uma descarada mentira, é no que Gustavo aprendeu a acreditar, as sementes foram engendradas lá atrás, antes da invenção do tempo, embora não saiba bem quando. Para o bem e para o mal: ainda animais. A civilização nos presenteou com os bons sentimentos? Não, Gustavo não compra essa ideia, estamos todos na mesma frota, apenas seguimos caminhos diferentes, polimos algumas pontas e chegamos até aqui, observando outras espécies com esse toque de arrogância, distantes e isolados do outro lado da grade, premiados com a loteria da evolução, essa loteria de deus, para os que assim acreditam. Agora quer ir embora daqui. Os chimpanzés cortam Gustavo, devia saber que aconteceria desse jeito, não foi a primeira vez. (Eles são lindos), é você contaminada, ainda não se deu conta das grades, a realidade absurda que impingimos a nossos parentes, mas Gustavo não quer pensar nisso, não agora, e não aqui. Talvez fale do grande cativeiro em que vivemos, aqui, do outro lado, e da nostalgia que o presumido topo nos proporciona, talvez fale de tanta coisa que herdou dela e tomou para si, mas agora não: passa a mão pelos cabelos de Milena, e é capaz de sentir o cheiro com o tato dos dedos. Usa você para se salvar. Uma pausa na revolta.

As crianças começam a desaparecer, um projeto de paz. Agora poderemos escutar os ruídos produzidos pelos chimpanzés. Burros zurram: muito bem. Galinhas cacarejam. Patos grasnam. E os sapos coaxam. Sabe que macacos guincham, mas e os primatas? Os homens falam, sussurram, gritam, gargalham, e alguns cantam, como você, e são capazes de arrulhar, e piar, e miar, imitando outros animais, mas e os chimpanzés? Que nome se dá a essa riqueza de sons, as emoções emboladas em cada uma dessas vozes particulares, individuais?

Um indivíduo caminha na direção das grades, determinado, e cambaleia para os lados como um pinguim, ignorando o protesto do grandão, fingindo-se de surdo. Talvez esteja acostumado à balbúrdia do bando, emula uma estranha calma, pressentindo o horário de fechamento, sua paz logo se restabelecerá, uma fadiga artística e quase blasé. Os chimpanzés são regidos pelo status, há notícias de úlceras e ataques cardíacos entre primatas líderes, mas o amiguinho cambaleante parece desprezar a evidente dominância do chefão de dedo no nariz, e o chefão até parece se conformar. O revoltadinho não para de caminhar na direção de Gustavo, vem vindo, sem olhar para trás. Agora, mais de perto, dá para ver que é outra fêmea. Está bem perto do gradil. Senta-se. Futuca a orelha com delicadeza. Com a outra mão, segura uma haste de planta. Mastiga a haste, um caipira mascando fumo. Subitamente, congela o pescoço: para no olhar de Gustavo. (Ela gostou de você), é um assombro, mas Gustavo não responde, não está constrangido pela inesperada atenção, orgulha-se explicitamente em ser o foco. Tem um sorriso metido a besta entre os lábios, veja só isso, e você repete: (ela gostou de você), e Gustavo fica imerso na chimpanzé. Nem sequer escuta as últimas crianças se despedindo, ou a respiração forte que você produz agora, entretida com a cena. A placa do cercado descreve alguns dos habitantes, pode ser que a admiradora seja Bete, a mancha branca perto da boca deixa poucas dúvidas. (O nome dela é Bete, sem agá), você sussurra, tomando cuidado para não quebrar a ligação delicada que se sustenta há quase um minuto, seria capaz de jurar que já se olham há dias, uma eternidade. Bete está aqui, reconhece a presença desse estranho de tez morena, cheio de pelos no rosto, nos braços, pernas. Não sabe que é uma Bete sem agá, pode até ser que atenda pelo nome, mas não sabe que é macaco sem rabo, não sabe dessas bobagens, apenas descansa na vigência do agora e masca seu caulezinho. Você entremeia os dedos nos dedos de Gustavo outra vez. E Bete desconecta a linha invisível, transfere a atenção para você. Incrível, não é? Você engole a respiração, solta um gritinho miúdo para dentro, o prazer em ser analisada por Bete, o pavor de ser observada por um animal desses. Há alguém do outro lado, e esse alguém joga o olhar de volta para Gustavo. Vai e volta: ele, você, ele, você. Custam a atinar para o que seja, mas agora pensam em triangulação: Bete está se expressando, é isso, quer se fazer entender de algum jeito. Pode ser minha imaginação, essa mania contemporânea de humanizar tudo, ou um delírio, ou desejo, mas asseguro: Bete reconhece os dois como casal. Está dizendo isso. Estão os três, aqui, e sabem um do outro, algum trato foi feito, uma emoção compartilhada e embutida entre dezenas ou centenas de neurônios, procurando significados, a eletricidade desenha à mão livre, seis mãos, pura fisicidade, esbarrando no abstrato. Um calafrio percorreu as veias de Gustavo, pequena onda mágica. É isso que chamamos de espírito, não? Gustavo é um cético, mas capaz de viver essa experiência. Leva o dedo indicador ao rosto, um gesto automático, reflexo de macho, precisa escamotear o que sente. Faz sem notar, e Bete imita o gesto. É espantoso. É deliberado. Os olhos de Gustavo ainda mais úmidos, mas sem chorar, não explicitamente. E, num impulso, Bete vira as costas e se afasta. Sem maiores explicações: abandona o proscênio e corre para o fundo. Danada essa Bete. Que tipo de memória foi recuperada? Que passado pode estar por trás daquela reação? Bete desaparece no meio dos bambus e deixa Gustavo para trás, cheio de perguntas, sem um mínimo de respostas. Você carimba um beijo no rosto dele, possivelmente um impulso, tem pressão e duração de impulso, jeito de ato implícito, e necessário, urgente. Gustavo tenta retribuir o beijo. Ainda atordoado, sorri. Aproxima o rosto do seu, empurrado pelo ar, continuação óbvia para tudo o que acaba de acontecer: beijam-se de um jeito diferente. Mudança de rumo. Ele agarra você pelo braço, imprime mais energia no beijo, e nenhum dos dois se dá conta de que são observados. Bete espreita e pode ser que solte essa risadinha irônica, está escutando? Talvez saiba muito bem o que está acontecendo aqui. Se pudesse, perguntaria a Bete. Não sei o que é, mas é algo bom, muito bom.

De longe, a guardinha cáqui anuncia quinze minutos para o fechamento. Quantos tempo ficamos aqui? Gustavo se despede dos chimpanzés, você faz o mesmo, e partem pela mesma trilha, envolvidos num abraço. Voltam assim, sem saber para onde, não ao certo, nem por quanto tempo. Estão aqui, estado raro: afastam-se das jaulas, dos fossos, das ilhas. (Para onde nós vamos), é uma pergunta muda, e Gustavo não saberia responder. Mais tarde, vai lembrar: nem chegaram aos tamanduás.

(...)

Sentado diante do novo chefe, acaba de divagar sobre o histórico dentro da empresa. A mente, em franca polifonia, combina as experiências ao vivo com imagens invocadas. Múltiplos processos concomitantes vão sendo deflagrados, trilhas paralelas e concorrentes. Um: o roteiro traçado com antecedência, recitado vezes seguidas no carro cinza-chumbo. Dois: cada reação do novo chefe. Três: as reuniões que aconteceram aqui em semanas passadas. Quatro: a água gelada embaçando o vidro do copo. Você passando o copo gelado pela testa, um cubo de gelo escorregando entre os seios. Não, isso não aconteceu: precisa voltar ao foco. Foco, Luna, é preciso ter foco. Cada trilha de acontecimentos recebe a atenção consciente de Luna de acordo com valores marcados em situações análogas do passado e ganha novos carimbos à medida que a experiência presente se desenrola, e vai sendo regravada com os valores retificados: é assim que funciona. Difícil parar e pensar enquanto o turbilhão processual parece mais vivo e óbvio do que normalmente é. Nem imagina o que possa estar acontecendo com os processos inconscientes: que tipo de trama está sendo armada debaixo dos panos sem que eu nem sequer suspeite? É como se diversos Lunas trabalhassem ao mesmo tempo e construíssem essa realidade bizarra, dentro e fora. Consegue se enxergar dali, daquele cantinho da sala, e daqui, do umbigo, despetalando cada etapa do *curriculum vitae* conforme planejou, e alterna expressões nostálgicas com suspiros de alívio, transformando a vida profissional em uma narrativa oral, o tempo querendo escapar entre os dedos, o tempo da lembrança e o tempo objetivo, um não cabendo no outro.

(Aonde é que você está querendo chegar com essa história toda, Luna), é uma boa pergunta, o chefe consulta o relógio pela segunda vez, o senhor das horas. Luna sabe aonde quer e vai chegar, apenas espera o momento certo para o golpe fatal, a frase planejada, e abre caminho para o bote. Um longo retrospecto: a entrevista de admissão, a forma casual como desembocou no departamento de importação depois de ter passado pelo setor tal, e por aquele outro, e por outro, e quando virou gerente comercial nível um, e depois nível dois, os anos de aprendizado cruzando a rodovia e cantando como um meninão feliz, as mudanças frequentes no organograma impedindo o acúmulo de poeira, colegas que vinham e iam, novos parceiros, novos chefes, a estabilidade das mudanças conferida aos dias, e, finalmente, a saída intempestiva do chefe anterior, e a promoção malograda, e as manhãs que começaram a escassear de sentido e de prazer, a odisseia dolorosa em que se converteu o percurso até a *cancela*. Não foi um relato breve, mas parou aí. Omitiu o capítulo do *Carnaval* errante pelo centro, e não chegou a você, claro, pessoal demais, extremamente perigoso diante do dono do harém, e nem aos chimpanzés do zoológico ou aos dias estranhos que se sucederam àqueles, o desassossego das últimas semanas, a impressão de que algo importante estaria bem perto de acontecer. Não falou dessas coisas, mas recorreu à alegoria de um vulcão: deixa claro que chegou ao limite. Daqui a alguns dias concluirá que metaforizou demais, que compôs um poeminha épico com pesadas pinceladas de pieguice, mas, mesmo assim, admitirá que o novo chefe acompanhou o discurso com respeito e atenção, boca fechada, sem os expedientes usuais de agressividade mascarada, sem tantas fagulhas de resistência. Não sabe se está lendo as atitudes do chefe como um esboço do próprio desejo, a memória pode estar planejando alguma das suas travessuras, querendo alçar os acontecimentos que estão prestes a se desenrolar a uma posição de destaque no panteão dos desfechos perfeitos, mas o fato é que o chefe parece realmente se comportar como um homem decente, seja lá o que isso signifique. (Entendo, Luna, mas aonde você quer chegar), é uma pergunta com resposta: vamos, atreva-se a responder! O novo chefe evita sacramentar algo que configurará, sem dúvida, a mancha inaugural em sua carreira de gerente nível três, nega-se a dizer algo que arranhe seu sucesso como líder inspirador. O novo chefe trabalha a favor de sua própria autobiografia, suas edições e as de Luna estão guerreando, e entorta dali, e costura, e camufla o entendimento, tranca bem fundo a compreensão: a última palavra sairá da boca do subordinado. Vamos, atreva-se, Luna!

Estou indo embora, chefe.

A palavra vem sendo ensaiada ao longo de duas semanas: demissão. Anotou no caderninho de ideias, que funcionou como agenda: comprar lâmpada quarenta watts para o lustre da sala, depositar o dinheiro da mãe até quinta, pedir demissão na sexta. E fruiu o prazer de registrar o futuro como lembrete, como se fosse possível esquecer a tarefa de uma vida. E, ao telefone, no meio das conversas, a palavra vinha pronunciada sem som: de-mis-são. Voltou a *postergar* as reuniões para uma data indeterminada, e cogitou ligar para a ex-namorada e usar a de-missão como ponte para outro grande tema, mas recusou-se a elaborar o filho, por isso não ligou: se pensasse no filho, se pensasse como pai, nada aconteceria. Perambulou pelos corredores do escritório como nunca, diariamente, queria pensar, mas sem pensar em pensar. Cruzou com superiores, despedindo-se secretamente, e travou conversas estratégicas, deixando que acreditassem tratar-se da campanha oficial para a promoção, enquanto enviava avisos telepáticos: demissão, demissão. Palavra sonora, soava a meta. Cada dia mais melodiosa, não provocava nenhum estranhamento. O inverso: tomou liberdades com a demissão, ficaram íntimos. Imaginou-se remarcando reuniões e, no fim, dizendo: não, não, já ia esquecendo, na sexta não posso, tenho compromisso, na sexta me demito. E, na última sexta-feira casual, ou na casual Friday, porque em inglês a coisa fica outra, puxou a camisa de dentro da calça e desistiu do cinto, nem chegaria a domar os cabelos, ilustrando a demissão no figurino, na caracterização de um personagem ainda em fase de estudo. Dê-me, de mi, de missão: demissão. Ama a palavra, é definitivo.

Estou pedindo demissão, chefe.

E a frase retumba, ecoa dentro e fora de Luna. Pedindo demissão, chefe. E, por fim, a frase bate no chefe, que troca a pose de mau entendedor pela de assombro. (Mas vai sair daqui e fazer o quê), um homem perplexo com a possibilidade de uma vida após a morte, mas uma boa pergunta. Vem meditando sobre o assunto, e muito, lógico: o objeto está posto à mesa desde o dia em que a assistente decifrou o enigma das palavras estranhadas, e tomou corpo no resgate da apostila do curso de recursos humanos, uma grande ironia, e dobrou de tamanho no desvario contido da longa marcha do feriado, e ganhou cores inadiáveis na visita ao zoológico, e no semblante de Bete, e nos sonhos de cantora que viu em você, e consolidou-se no happy hour mensal, em uma pergunta alcoolizada do colega das bandeirinhas. (Se vocês não fossem o que são, o que seriam), é pergunta que se faça? E espocaram as respostas costumeiras, dono de bistrô aconchegante, dono de pousada, e outras imprevisíveis, dona de lava-a-jato, e um decorador de interiores, e até um criador de salmão. Na hora de Luna, saiu: escritor. Assim mesmo: se eu não fosse o que sou, seria escritor. E uma adolescência inteira cochilando atrás da resposta.

Vou voltar a estudar, vou escrever: é o que, agora, responde ao chefe.

E o plano será repetido incontáveis vezes nas próximas horas, passadas em minutos, tudo transposto num gole, um tropeção. (Bom, muito bom), e ele concorda com as aprovações, (escrever o quê), e ele ainda não sabe, (dá dinheiro), uma questão delicada, mas agora conta com conselhos de uma consultora de investimentos, (não acredito que você vai embora), várias exclamações combinadas com perguntas. Responde curta e sucintamente, limita-se a dizer que não sabe de muita coisa, é uma aventura, e abre espaço para os parênteses dos companheiros, precisa receber cumprimentos, que assinem embaixo de seu rompante. Confirma em voz alta, gaguejante, para toda a equipe: eu vou, sei lá, escrever. (Você já escreveu alguma coisa), é outra grande questão, também para ele. Dizer que nunca escreveu nada? Não. Preciso correr atrás do meu sonho: lança mão dessa classe de clichês, mas tudo bem, o momento pede clichês. Não confessa que precisa tentar ser escritor antes que o tempo escoe pelo ralo, antes que o sonho caduque e, como uma assombração, infernize a velhice. Não, não confessará seus medos. Diz: escrever, sonho, aventura, e tsc, e croch. Só isso. (Você tem jeito de intelectual, tem cara de artista, sempre soube que aqui não era o seu lugar, puxa, parabéns, quanta coragem), e muitos louvores pela audácia, e o termo que ainda escutaria tantas vezes: coragem. (De onde você tirou uma coragem desse tamanho, vá em frente, Luninha, vamos sentir saudade), uma ovação. Assim, as últimas horas vão sendo anotadas em vertigem. De onde tamanha *coragem*? Atravessa os corredores forrados de carpete cinza, despede-se dos ácaros e das lufadas do ar-condicionado central, flagrando-se estrangeiro, repentino estrangeiro, como sempre se viu, e de partida para outras terras, uma viagem ao sótão imaginário da infância. Dá adeus aos *crachás*, que, agora em desfile, tornam-se patéticos. Adeus à Júlia, à Ivana, ao Faxina, ao Informática, Washington, Logística, Direção de Loja, aos olhos pretos da secretária executiva, e à mulher mais bonita do escritório, uma gostosa, essa é a verdade, tem vontade de falar em bom português: a senhorita é uma delícia, meu sonho é pegar a senhorita dentro da sala de amostras, entre as cuecas e as calcinhas compradas do Oriente, vamos? Livre. E um adeusinho de longe para a girafinha, que recusa o adeus, e um abração para o amigo das bandeirinhas, o grande e fiel camarada. Para encerrar, digita uma breve carta aberta e manda por e-mail a todos os departamentos, anunciando o fim de um ciclo, e o recomeço, esses termos consagrados, inevitáveis na saída, e deixa um telefone pessoal, comprou um novo aparelho, e passa seu endereço eletrônico particular, abriu uma nova conta ontem mesmo. Um abraço em cada um. No fim, assina: Gustavo Luna.

(Então você é Gustavo, nossa, até tem cara de Gustavo, mas eu jamais diria), é a surpresa do novo chefe. (Porra, meu nome também é Gustavo), uma revelação, e daquelas de folhetim. *Ridículo.* É recorrente: dezenas de funcionários passam por aqui sem que seus primeiros nomes sejam revelados. Na ocasião em que Gustavo entrou para a família, já havia um gerente com o mesmo nome, num departamento longínquo, e os *títulos* não podem se repetir, precisam ser exclusivos e inconfundíveis, então precisou ser o Luna. No *crachá* do chefe está escrito Esteves, e o Esteves também era Gustavo, veja a coincidência. Nome de guerra: é como chamam por aqui os pseudônimos. O chefe é um Gustavo, mas Gustavo espera que as semelhanças acabem aí. Ex-chefe. E o abraço do ex-chefe vem apertado, aquela demonstração de força habitual, mas também com inesperada dose de afeto. (Vai com fé, Gustavão, você é brilhante), e aquele murrinho de direita no peito. Sim, Gustavão está emocionado. É brilhante, mas não é de aço.

No *crachá* do assistente de recursos humanos lê-se Pimenta, e o Pimenta tem cara de Aloísio, tem jeito e voz de Aloísio, lembra o primo de um primo, mas Gustavo não vai dizer nada, não perguntará o nome. Enquanto o suposto Aloísio tramita a demissão, quase não resiste e quase põe em cheque a identidade do Pimenta perguntando o nome, mas segura a pergunta na boca: seria cruel ir embora e soltar uma granada daquelas na mão do sujeito. Nomes podem ser perigosos. Rubricas recolhidas, alguns carimbos que resistiram à extinção, e o desenlace é simples, descomplicado demais para os treze anos que representa. (Assine aqui), é o convite ao último ato como gerente. Felicita-se mentalmente por enxergar as próprias mãos como instrumentos transgressores, então assina com precisão, usa com primor o polegar opositor, abusa das curvas caligráficas, a textura do papel, a resistência da caneta esferográfica, e desenha um Gustavo com gosto, e Machado no meio, o Luna fechando a sequência, e um calor gelado percorre o forro da pele e deixa os sentidos estalados. (Bonita assinatura), é um agrado do Pimenta, que identifica certa tristeza nos olhos marejados do abaixo assinado. As horas continuam a rolar ladeira abaixo, mas um freio foi acionado. A alegria, que acelerava a percepção, entra em pausa momentânea: o raciocínio está mais lento, e cada impulso muscular é agora aprofundado. A tristeza evidente, mas não exatamente tristeza. Tem vontade de esclarecer e chamar a tristeza de melancolia, e apresentar-se como o homem esquisito que sempre foi. As despedidas costumam calar a boca do estômago, a renúncia a tudo o que poderia ser puxa a expressão para baixo, mesmo nas despedidas potencialmente abertas para um futuro melhor. Homeostase com nuances, entusiasmo com película protetora, assim é a alegria típica de Gustavo Machado Luna: seu pano de fundo. Mas não esclarece nada, deixa que o Pimenta tome seu semblante como uma espécie de arrependimento prematuro, assim opera nosso jogo de compensações. A partir daqui, quer influenciar a vida dos outros, essas pessoas sempre atrás dos parênteses, mas de outro jeito: vai escrever e recriar a realidade em busca de um cenário profundo e justificado. Vai ser assim?

E, antes de devolver os papéis burocráticos, tem a calma de estranhar a própria assinatura. Não sabe se é mesmo bonita: será o último estranhamento entre as paredes do escritório. Assinatura: palavras sem significado autônomo enfileiradas num garrancho estiloso. Procura um cabimento no nome banalmente seu. Gustavo, segundo os dicionários especializados, é o cetro do rei, o bastão de combate, mas os pais escolheram mesmo foi pela beleza do som. E o Machado materno, potente, masculino: um golpe de fio agudo. E o Luna do pai, que não sabe o que teve de lua. O que há de cortante na mãe? E de noturno no pai, o que teria havido?

Cadernos, peso de papel, garrafinha de barro e o boneco de feltro com cabeça de lâmpada: limpa a mesa, deixa a mesa maior. Cruza a passarela pela última vez, a caixinha típica dos filmes nos braços. O cenário adquirindo novas e definitivas caracterizações e chegando à beleza e à nostalgia antecipada, o último dia reinterpretado em tempo real, algumas qualidades edulcoradas, outras severamente mitigadas, e as cores retidas serão preservadas para sempre. O afresco está úmido, mas o mofo já é parte integrante: o último dia.

Abraça, enfim, a assistente. A assistente estava escondida, vinha evitando o abraço, observava as despedidas à distância. Engole a garganta, sente os pés doerem de medo, ou ansiedade, ou excitação, ou tudo junto: beija a testa da amiga tentando abafar o tremor nos lábios. (O que está acontecendo), é a pergunta que vê na mudez da amiga, um olhar vazio e abrangente. Um longo corredor à frente, o escuro, e um penúltimo grito de boa sorte antes de dobrar a curva. É a imagem que surgirá sempre que alguém falar em boa sorte, a memória entorta mais uma vez, e outro grito enviado antes de descer as escadas e a rampa do estacionamento. Desencaixa o carro da vaga. O portão é aberto manualmente pelo segurança, não pode mais acionar o leitor óptico, perdeu o código de barras que abre as cancelas. Dane-se a cancela, desestranha a cancela. Leva a mão ao peito, o tique nervoso de uma década, procura instintivamente o plástico com a ponta dos dedos. Não está aqui. Não está! Gustavo Machado, o Luna, não cabe mais num *crachá*.

(...)

A mãe resiste. É próprio das mães resistir. A mãe conhece e resiste a Gustavo do jeito clássico que mães conhecem e resistem aos filhos: intui tudo o que acontece, e o que quase se passou, e o que porventura ainda venha a ocorrer, intuição materna, é como chamam, mas recusa o instinto. Deseja que o rastro deixado pela cria seja extensão de seu próprio caminho, e que a cria abrace o personagem composto desde o cordão umbilical, por isso tenta driblar a percepção e embota as antenas, verga a vida do filho para que caiba bem no molde. Algumas vezes, deseja que o filho seja seu próprio sonho de superação. Outras, quer o filho herdeiro das mesmas frustrações e angústias com que se acostumou, e tenta impedir que algum herói se erga dos escombros. É assim, uma alternância entre empurrões e puxões, e o resultado é fisicamente explicável: nada se move. Parece cruel, mas não, a mãe é apenas mãe. Neutra. A mãe não quer entender, e franze a testa, afunda a fisionomia, mistura incompreensão com surpresa. Não são todas as mães que atuam assim, e nem sempre, mas todas agem de modo semelhante em algum momento, e a de Gustavo é uma especialista. Do pai, não sabe. Talvez com o pai fosse ainda pior: os desejos de continuidade seriam mais explícitos, por vezes impositivos e violentos. Julga que os pais sejam assim, mas são referências externas. Da mãe sabe de perto: percebe se mais aluno que filho, repetente e assistido na tarefa de ser ou não ser, digno ou não de nota, e a situação costumava ser mais administrável quando, de fato, a mãe usava o jaleco de professora em sua escola e os dois se esforçavam para não deixar que o filho e a mãe escorregassem para dentro da sala de aula. Agora os antigos postos estão extintos e, embora os conflitos se perpetuem, a confusão é outra. Não sabem como agir. Tem sido assim: sonho de mãe, tarefa de aluno. A professora severa. O filho pela metade. Mas e agora?

(E como é que você pretende pagar as contas, comprar suas coisas), é uma pergunta lotada de respostas, que virão em seguida, (você vai mendigar, como fazem todos os artistas neste país), e ele não precisará responder nada, as respostas surgem na sequência, (escrever não dá dinheiro, e justo agora), uma bronca: justo agora o quê? (Você pode escrever à noite, nos fins de semana), é uma negociação unilateral, monólogo em tom de reprimenda, misto da cara feia de mãe com ameaça de tia primária. Nos fins de semana, muito bem, escreverá aos sábados, domingos e feriados: vai deixar que a mãe continue a se distrair com o futuro do filho, a mãe sempre cumpre etapas de aproximação, sorrateira, e o assunto central emergirá em alguma curva. (Você pode trabalhar e escrever ao mesmo tempo), é uma decisão: a mãe não cogita ou não quer cogitar que escrever possa ser o novo trabalho. E não vai explicar outra vez: prossiga, mãe, vá em frente. (Você sabe como gosto de literatura), sim, o filho sabe, (fico encantada com a ideia de ter um filho escritor), sim, adiante, (você escreve o quanto quiser e, ao mesmo tempo, pode ter um emprego), o assunto central já está para chegar, (você não pode, agora, esquecer que terá novas obrigações), e pronto: eis o assunto. Novas obrigações!

Um silêncio caiu por aqui, no meio dos dois. O assunto tomba e fica estirado no chão. A mãe recebeu uma visita, ou telefonema, encontrou um informante na rua: soube que o filho se tornaria pai. A vizinha da sogra de Gustavo e a colega do clube de leitura da mãe são a mesma pessoa, o mundo é uma empresinha com incontáveis filiais, os boatos disparam. E a questão que assombra o filho é a mesma que assombra a mãe, embora sejam opostas na perspectiva. Para a mãe, o problema reside na baixa probabilidade de o filho ser bom provedor enquanto tenta se transformar em homem das letras. E para Gustavo? Bem, para ele o problema é o mesmo, só que na contramão: poderia se tornar criador e, ao mesmo tempo, continuar funcionário? Não tem a fórmula, não encontra modelos a serem seguidos, mas desconfia não ser capaz de escrever um conto e importar toneladas de roupas nas mesmas vinte e quatro horas. Se ao menos fosse o funcionário burocrático, um daqueles tchecos, clássicos carimbadores e arquivadores, oito horas datilografando e olhando o cronômetro, sem precisar usar as funções mais avançadas do equipamento cerebral, sem tomar decisões estratégicas nem precisar servir de exemplo, e à noite, cansado e revoltado com a própria condição, pudesse criar apesar, compor *apesar*, sempre *apesar*, se ao menos fosse um daqueles, mas não: esse tipo de funcionário não existe mais. Os funcionários também perderam a inocência, agora precisam gostar do trabalho, e ponderar, e avaliar, se autocorrigir, e serem ouvidos, em nome de um alegado respeito às expectativas individuais, ao bem-estar, às condições humanas, empulhações do tipo. Não se vê mais funcionário nem de uma espécie nem de outra. Apenas esteve parado no lugar errado e se acostumou a *apreciar*. Foi assim. Acredita na contundência da sua deserção. Admite que a decisão tenha sido intempestiva, sim, mas não poderia ter agido de maneira diversa, foi ato necessário, urgente, talvez a falha trágica do herói, quem sabe? Sobre isso só poderá responder no futuro. No cinema comercial, quando o personagem é bem construído, as decisões são lidas como se não houvesse alternativa possível: assim tenta ler a si mesmo. Extirpou um cancro, um cancro com poder de eliminá-lo em banho-maria, sabe como? Mas não sentirá efeitos de alívio tão cedo, nem dentro de um ou dois anos. Um dia o alívio virá. Precisa de tempo para se desvencilhar dessa presença intangível e deixar de se enxergar como desertor, dura missão que não se restringirá ao desafio da metamorfose, o pacote também inclui convencer a ex-namorada, e o filho possível, o filho, o filho, o filho a caminho, a hipótese de um filho, e os amigos, e até o porteiro diurno com quem cruzará com mais frequência, e convencer o mundo, e sofrer pelo duro processo de convencimento, gritar que é capaz, sou capaz, sempre fui capaz, posso ser capaz, tendo como alternativa a esse sofrimento esquivar-se e desistir, para continuar a sofrer de um jeito mais confortável. Pode tomar esse caminho: dar um passo atrás, renunciar à aventura. Mas veja só: recolher a lona mobilizaria mais energia do que a usada para esticá-la. Sabe que agindo assim estaria se esquivando, no fundo, de si mesmo: não pode voltar atrás. Em frente, Gustavo.

O som da turbina de um avião toma a sala. Os aviões sempre aparecem, estão em todo lugar. O avião sobrevoa a casa em procedimento de aterrissagem, o aeroporto é bem perto daqui. O estrondo das aeronaves é barulho de infância, tem cor, tem cheiro, mas Gustavo precisa convencer a mãe. Não será tarefa fácil, está na contracorrente da própria geração: estabilidade, primeiro ou segundo casamento, segundo ou terceiro filho. É homem de quarenta anos, não vê mais um adolescente quando vira o pescoço. O que vê? Um gerente? Agora, definitivamente adulto, está sem emprego e sem mulher. O massacre da casa materna não ajuda: o espelho oxidado e talhado em forma de sol, os três vasos com jeitão de ânfora grega, um menor que o outro, dispostos em escadinha, os tapetes com franjas paralelizadas, centenas de milhares de miudezas distribuídas em estantes, pedestais, carrinhos, bandejas, a mistura de estilos e referências que acachapam Gustavo, dá vontade de chutar tudo e sair correndo e, ao mesmo tempo, vem uma vontade irresistível de deitar no chão, como fazia o Guga criança, e contar o número de franjinhas para avisar à mãe que algumas teriam se soltado e o tapete acabará careca como o amiguinho da rua que ficou doente. A mãe pensou em levar o filho ao psiquiatra, tantas eram as manias, contar franjinha, azulejos, conversar com o abacateiro do quintal, e os tiques, virar o olho, pular milhares de vezes sem sair do lugar, entortar os pés para trás, lamber as mãos, e também aquela brincadeira inconveniente de não dizer o próprio nome, inventar nomes esdrúxulos, inventar apelidos novos para os amigos, de acordo com o dia e a hora, e é possível, extremamente provável que a mãe esteja pensando em resgatar a solução neste exato instante: o filho necessita urgentemente ser medicado.

(Quando vocês iam me contar), é uma cobrança. Desvia da cobrança, tenta ganhar tempo: contar o quê? (A gravidez), a mãe é prudente, não chama a gravidez de filho, ainda não há uma criança. Gustavo não dirá nada: recusa-se a admitir que nunca soube oficialmente. Humilhante ter se tornado pai pelas palavras descuidadas de uma recepcionista de bar, a mensageira que puxa a cadeira e diz: fique à vontade, é nossa cadeira de pai! Aviltante aceitar que a confirmação final tenha vindo da mãe, e por um sistema não oficial de comunicação, fofoca entre senhoras cultas, e a pergunta sobre a gravidez é um confronto com o boletim. A professora estende o bastão de revezamento e diz: vá lá, sua vez, avisei, não vá dizer que não, encare, veja em que merda foi se meter, não é fácil criar um homem assim, sozinha, e quem disse que estou preparada para a merda de um neto, e quem disse que há espaço para escritores a partir de agora? Um longo e polifônico subtexto, e sem os palavrões: os palavrões foram acrescentados pela leitura de Gustavo, palavras chulas ainda são proibidas da boca para fora por aqui. Várias perguntas já dançam no ar, tentando empurrar o filho de volta aos lugares de onde nunca deveria ter saído: o berço do Guga, a mesinha do Luna.

E mais uma pausa. Um pigarro não deixa o silêncio pesar, mas a pausa está estabelecida. A nova pausa tem rachaduras, uma atmosfera de passado se infiltra e pressiona os ombros, massacra o sonho, barra, corrói, puxa para trás, força Gustavo contra as almofadas, o paladar recorrente, a embriaguez dos aromas, o farfalhar das cortinas. Como é que tanto amor pode se transformar em dormência? Como um cenário tão íntimo pode se deixar amarelar? Não pode mais permitir que essa ausência de anticorpos e defesas afaste o amor genuíno que, claro, sente pela mãe. Precisa se inocular desse amor, os músculos do menino precisam irromper, e agora tem um fórceps: o fórceps é o filho inesperado. As despedidas precisam acontecer, e a própria mãe diria isso, se pudesse, com uma daquelas frases de sabedoria popular. A senhora vai ser avó. Deixa a pausa retroceder e voltar em uma nova onda, deixa que as palavras se assentem, e toca a água com energia: ouviu? Ouviu, porra? Avó. Avó. Avó: vovozinha, nona, grandma, abuela, que idioma a gente vai usar hoje, professora? Francês? O tremor de Gustavo subiu do peito à voz: a senhora vai ser avó, porra! Com a sentença percebe que joga uma espécie de condecoração bem no peito materno, e não desiste do golpe: acho que a senhora vai ser uma boa vó, e eu talvez possa ser um bom pai, e a gente poderia se ajudar com essa merda, se quisesse. Entendeu? Entendeu?

A mãe está se adaptando. Não é o palavreado inadequado que reverbera, nem parece ter detectado a merda e a porra esparramadas nos móveis. Um minuto, por favor, dizem os olhos da mãe parados nos rejuntes. Há um vaso com uma planta descaradamente de plástico na janela, há uma travessa com os restos do almoço sobre a bancada da pia, há dois potes ao lado do forno, um com água, outro com ração, os dois esperando os gatos, que ainda não apareceram desde que Gustavo chegou. Sua casa não é mais aquela, até os gatos sabem disso. A mãe desliza pelos objetos, projeta um sentimento que desconhece, mas que presume. Combina peças de um quebra-cabeça que, bem ou mal encaixadas, formarão o retrato de uma avó. As peças chegam aos punhados, peças daqui e dali, as referências da vó que sua mãe se tornou, os trejeitos da avó que foi a sua, e da vó dos outros, e a dos contos de fada, a que conta historinhas e dá doce escondido, leva na praça, toma conta no fim de semana, então junta essas com aquela avó que tentará negar a forma, e que poderá ser diferente, e quer escapar da grande árvore das avós e arrancar as raízes da avó primordial. As peças seguem se agrupando e formam, aos poucos, um painel cheio de falhas. É como o desenho que Gustavo já tem de pai. O pai que será. O pai que não teve. O que deveria ser. E que seria se. Todos os pais. Gustavo, pego em flagrante, é a potência de um pai. Olham-se. E, sem saber o porquê, num desses gestos com jeito e forma de impulso, abraça a mãe. Aconteceu, calhou: fuga incontornável para o regaço quente e seguro. Não é pedido de desculpas à tia da escola: a mãe foi recapturada no susto. A língua da mãe estremece e tenta se conter, como fazia na infância do filho, um hercúleo esforço paterno. Não foi mãe o bastante? Não chegou a ser pai? Agora, talvez avó. As lágrimas vão para dentro, vencendo resistências íntimas. A mãe abomina a pieguice. Os espasmos sob a pele e os ruídos no nariz confessam que estão aos prantos, como nunca o fizeram, mesmo nos machucados cheios de terra, ou nos castigos sem televisão, ou nos velórios dos tios, primeiras promessas de morte. E como nunca chegarão a fazer, mesmo no leito de um hospital, ou nas catástrofes familiares do futuro, ou nas mágoas que uma nova criança a caminho possa e vá lançar em seus dias. Não sabem como sairão daqui. Calam-se do jeito mais sólido que jamais calaram juntos: é como se, secretamente, chorassem um para o outro.

(...)

Uma serpente abrindo e fechando a bocarra. E um pato. E um golfinho fluido. Imitações divertidas feitas com mãos e sombras e que exigiam certo nível de técnica, mas bem longe da perfeição. A voz dela tentava complementar os movimentos, o chocalho tosco da serpente dando caráter de comédia à cena, e o quá-quá-quá infantilizado do pato. O som do golfinho, justamente o mais difícil, até que saiu razoável. O golfinho mergulhava entre os rabiscos contorcidos da tela a óleo, um mar represado entre os quatro cantos do quadro, uma moldura de um bege bem claro, como uma tv de plasma artesanal. O quadro foi comprado por uma quantia irrisória em uma feira de arte do bairro, não arriscaria dizer há quanto tempo nem quanto pagaram, ou em qual das várias feirinhas que agora se espalham pelas praças nos fins de semana foi feita a aquisição: o quadro é uma relíquia do casamento. E ela brincava de projetar aqueles bichos no desenho complexo, mantendo viva uma espécie de tradição familiar. Retorcia as mãos flexíveis contra a luz, dando utilidade extra ao retângulo abstrato e desproporcional ao tamanho do apartamento. A tela em preto e branco foi levada na partilha, não existe mais por aqui. Ocupava pelo menos metade da parede oposta à cama e agora é uma sombra amarelada. Ainda não houve tempo para substituições.

(É assim, como esse quadro, um pano de fundo, algumas emoções são assim), uma das aulas: a última antes da separação.

A ideia era comparar o quadro em preto e branco às emoções, uma tentativa de explicar ao namorado de onde teriam se originado os sentimentos. Ele aprendeu, mas, como de hábito, não sabe se aprendeu certo: sentir é perceber uma emoção. É isso, não é? Se as emoções não passam de cadeias químicas, tão confusa quanto o emaranhado do quadro a óleo, então os sentimentos são apenas percepções físicas do fenômeno. Vamos lá: um circuito é deflagrado por interações externas ou internas, e percorre o corpo disparando gatilhos, glândulas secretando poderosas moléculas e provocando reações às vezes fortes o bastante para engendrar gestos espontâneos, como um pulo para trás, uma exclamação, ou uma risada, ou uma mudança de expressão sutil, como o brilho que se acumulava nos olhos de Gunga naquele exato instante. (Se é mais ou menos assim que se dá uma emoção, bem, então um sentimento é apenas a apreensão consciente disso tudo, entende), e ele sorriu com os olhos brilhando, mas ela não reparou. Apenas. Apenas? Ele, sim, reparou na própria emoção: ainda sentia algo, embora o pulso não fosse mais assustador. O entusiasmo já não era o mesmo, mas o assaltava vez ou outra, e ainda era gostoso sentir. Que emoção moribunda era aquela? O calhamaço de neurologia, aberto no colo da namorada, sublinhado, marcado, cheio de orelhas, provavelmente não encerraria uma resposta tão particular. Ou não era tão particular?

(Mas há emoções que nos servem de fundo, diferentes do medo, da raiva, da tristeza, ou do nojo, e que estão aqui de um jeito menos agudo, perdurando mais tempo, dando tom à realidade, mas que não gostam de aparecer muito explicitamente), era a aula seguindo, e é incrível como, em dados instantes, ela resvalava o poético. A ciência, aqui, era capaz de poetizar, e Gunga pensou na tristeza crônica que o aflige desde criança, um desses panos de fundo, sem dúvida: seguramente o seu. Mas a porção amante de Gunga costuma não resistir, e precisou dizer alguma coisa, lançar uma pergunta que pudesse quebrar a distância entre a poesia do sentimento e a frieza da racionalização: foi num pano de fundo desses que a gente se enfiou quando nos olhamos pela primeira vez? Foi?

A primeira vez. Foi na casa da irmã mais velha da mãe: ali se viram, ali dispararam as primeiras reações químicas um no corpo do outro. E ela estava lá, uma amiga de faculdade do primo, os cabelos longos e negros, bem mais longos que hoje, lisos, transbordando nos ombros, e ela afastando os fios escorridos em uma luta feroz, tentando inventar um modo cômodo de brincar com o pequinês idiota. É claro que um súbito afeto pelo pequinês irrompeu em Gustavo, um sinal evidente do interesse pela garota, e o encantamento foi prontamente captado pelo primo, sabedor da antipatia mútua e antiga entre Guga e o bicho. Acariciou o pequinês, brincou de fazer cócegas, torcendo para que nenhum latido ou mordida denunciasse a farsa, e em pouco tempo deixava de brincar com o cachorro para brincar só com ela, o primo se acabando em protestos, querendo retomar o trabalho da faculdade. A paixão se deu ali, provável, mas foi posta para hibernar até que um novo encontro casual se desse no futuro, uma ocasião em que os dois estivessem finalmente desimpedidos e encontrassem uma pausa na sequência interminável de namoros. E foi uma verdadeira loteria, um alinhamento de astros precisaria se configurar nos céus, uma tripla coincidência:

rapaz solteiro, garota descomprometida e um encontro acidental. E o evento astrológico só aconteceria depois de quase dez anos, intermediado pelo primo, a essa altura cansado de tantas perguntas fortuitas dos dois lados. Outras paixões nasceram e morreram no intervalo, mas aquela persistiu, inflamando rubores e gestos constrangidos sempre que um se via na presença inesperada do outro. Há quem diga que é o tipo de amor que era para ser, ou que estava escrito, mas há também quem diga que é apenas uma projeção viciada, um percurso batido que encontra correspondência do outro lado, um condicionamento na base do estímulo e da recompensa, o que não deixa de ser a mesma coisa: um ficou inscrito no outro. Na química ou na alma, como preferir. E a paixão explodiria por pressão, depois de tantos anos, em um baile pré-carnavalesco embriagado de hormônios e regado a cerveja morna, os atalhos internos poucas vezes tão exigidos, percorridos com velocidade, alto volume de tráfego, fluxo empurrando fluxo, e então o sexo, e a confissão de que estariam ainda metidos em velhos relacionamentos, uma armadilha perdoável do primo exaurido. (Você balança o rabo com os olhos), era ela decifrando os torpedos de paixão que Guga enviava. E depois as noites secretas, as escapadas no meio da tarde, o jogo arrepiante de traição, as indecisões diante da troca iminente e, um mês depois, os rompimentos pendentes, os dramas de uma idade em que o amadurecimento já batia às portas, reclamando definições e estabilidade, e, cinco meses depois, as juras típicas, os primeiros almoços em família, domingos, etapas de formalização, os amigos um do outro, sábados, as validações dos dois lados do front, e depois um apartamento, apelidos, depois o safári dos balões, o quadro abstrato comprado na feirinha hippie, o Pulga, as aulas noturnas de biologia: tudo foi acontecendo na base da decisão conjunta. Nada aparentou gratuidade, os passos pareciam ser dados na medida correta, no preciso momento, e numa falsa aparência de irreversibilidade: construíam-se um para o outro.

Foi esse? Era Gunga tentando provocar confissões: foi esse tipo de emoção que surgiu quando nos vimos pela primeira vez? Hoje, com as cartas na mesa, seria capaz de captar algum tipo de turbulência nas expressões dela, mas na hora não: era o cansaço da noite, era o desgaste do dia, era o interesse pelos estudos. Muita coisa já perdera a utilidade original, muita coisa já era conveniência dentro do quarto. Mas estava excitado, e a promessa de sexo pode turvar as mais claras previsões de catástrofe. Ela pediu atenção, parou a aula e afastou as mãos de Gunga, que já estudavam um golpe de aproximação. (Não acho que paixão seja uma dessas emoções de fundo, me parece uma emoção aguda demais, quase um alarme com defeito, que não para de tocar), era uma hipótese. Como um tipo de, de, de ameaça? (Pode ser, como uma ameaça), foi uma deixa. E ele entendeu a deixa, ou quis acreditar que fosse uma deixa, e pulou de vez em cima dela, uma ameaça real, um excitamento que já vinha ultrapassando o limite das roupas. Meu deus, fazia tempo! (Estou tentando explicar um raciocínio complexo), um protesto em vão da namorada, ela já deitava as armas, deixava-se contaminar pelo desejo, ou é assim que Gunga desejava. (Gunga, para... para, Gunga), um falso protesto. Terá sido tão falso assim?

Foi a última vez que estiveram juntos na cama. Não sabia que seria a última, mas foi. Pode ser que ela já soubesse do fim, apesar do sexo eficaz, apesar de não ter se afastado muito depois de gozar. Será que gozou? Pode ser que ela não tivesse atingido o orgasmo, e não passasse de uma despedida caridosa, e estivesse se desvencilhando do amor, devagar, enquanto se deixava abraçar por Gunga.

Mas a memória não pode ser traidora a esse ponto: ainda havia um pano de fundo. Não era mais paixão, não era alarme, o dispositivo da paixão já emperrara, não era aquele suicídio que pressiona os acontecimentos à frente, a entrega ao perigo, não era o susto de se ver refletido no outro, a ansiedade, mãos nervosas, faíscas saltando das órbitas, rabo sacudido, músculos da face uivando para fora: já era encontro, e desencontro, e reencontro, já era cenário pacífico. O amor é desse tipo, não é? Pano de fundo, remendado e retocado, não é? Dando o tom de cada detalhe, não é assim? Mas ela não soube, ou não quis, ou não poderia responder. Correria o risco de deixar transparecer uma realidade interna, talvez. Já vinha recolhendo os panos, e empacotando as telas, programando a mudança. Precisavam dormir, era tarde, a madrugada pode ser conveniente. (Vamos dormir, boa noite), e as luzes apagadas como num fim de festa. Já havia, ali, o rascunho de um filho?

(...)

Frustra-se ao descobrir que não verá o Pulga. O cheiro do cão foi pinçado dentre os estofados, e agora supõe as broncas do sogro, que nunca concordou com animais dentro de apartamentos, uma crueldade, uma imundície, e fazia questão de rosnar as críticas nas raras visitas à casa da filha. Gustavo quer achar graça das voltas que o mundo deu, o cão pestilento agora vive aqui, arranhando os móveis que o sogro pagou a prestações, mijando no jornal assinado pelo sogro, e tenta extrair o prazer que a vingança pode proporcionar, mas não dá muito certo, não odeia o sogro do jeito que os genros costumam brincar de odiar: não será na contrariedade do pai dela que encontrará alguma compensação para o luto. A sogra levou o Pulga para tosar, tomar banho, cortar unha, e perfume, e gravatinha, e biscoitinhos, aquela parafernália toda. Ex-sogra? Sem festinhas, sem distrações: é, alguém deve ter planejado muito bem essa migalha de encontro. Se o Pulga estivesse aqui, haveria o espelho, o olhar do parceiro no de Gunga, nariz com focinho, ameaça perigosa de um melodrama, o cãozinho fazendo o triste papel de ponte entre o casal partido. Não há a menor intenção de reconstituir ligações perdidas, não como as que tiveram, e Gustavo lê isso nos gestos comedidos e tristemente evasivos que ela apresenta: o passado recente ganha as primeiras cores de passado remoto. Beijo no rosto, daqueles de velha amiga, bochecha com bochecha, sorriso esforçado, merece uma nota baixa, seis e meio no máximo, olhares débeis, meio que olhando, meio que não querendo olhar. Mas ainda há uma ponte, claro, um pontilhado de ponte: ele na margem esquerda do rio, como sempre, ela na direita, sem coragem para dar o primeiro passo e arriscar o mínimo de espontaneidade. Agora, depois de conversarem um pouco sobre o Pulga, e como o bichinho se adaptou à nova casa, e como a sala dos sogros ficou diferente, ex-sogros, tapete novo com as primeiras manchas caninas, deliciosas postas de urina, o sofá também novo, sem aqueles motivos florais fúnebres que serviram de piada por tantos anos, tudo pronto para ser arranhado e desfiado, e depois de reclamarem desse tempo seco, mas que ar insuportável, justificando a palidez dos lábios e o avermelhado do rosto, depois de um prólogo desajeitado tentam finalmente se acalmar, sintonizando-se num mesmo pulso, e conseguem esticar uma linha mais estável de comunicação, uma conexão frágil, tensa, prestes a arrebentar, por onde acaba de ser lançada a pergunta: foi naquela noite? Preciso saber: foi? (Pode ser que tenha sido, sim, esqueci das precauções, foi inesperado, já fazia tanto tempo), uma tentativa impaciente de desestabilizar as certezas, mas ele não permitirá que as certezas continuem inconsistentes, precisa saber se o filho vinha sendo secretamente planejado, se teve o sêmen roubado antes da fuga, e por isso insiste: foi? (Não sei, Gustavo, nem sempre sabemos o que estamos fazendo), o tom da voz subiu, exasperada. E um golpe baixo: Gustavo?

Ela disse Gustavo: foi Gustavo o nome que usou para interromper o interrogatório, e ainda jogou a culpa no inconsciente. Não sabe se, aqui, seu nome foi empunhado como navalha, para ferir, ou se surgiu naturalmente, como sintoma de repulsa, ou raiva estancada, ou como aviso de perigo: pare, as coisas podem ficar feias a partir dessa linha! Talvez tenha sido um pouco de tudo: tudo amontoado em um só nome. Você me chamou de Gustavo? Mas que merda, eu só quero saber o que aconteceu e você me cospe o nome na testa? (É seu nome, não é), um veredicto: agora é apenas um Gustavo, e vire-se com o que tem. Cadê meu Gunga? Fria. Filha da puta. Vagabunda. Ele ainda ama essa vagabunda? E humilhado, com as vísceras retorcidas, Gustavo retorce tudo ainda mais, hora fértil para o flagelo do abandono, vai caprichar na respiração, sem parcimônia, respira fundo abrindo as narinas, a mensagem é: estou tentando me controlar, mas fica difícil se ninguém colaborar. Sim, um esquete de drama, mas a babel é real: não podem mais compreender as intenções um do outro. Algo se perdeu no caminho, cena triste, a situação exige uma atualização de vocabulário, precisam resgatar a sincronia branda que costuraram por cinco anos. Que nome dar a esse estado irreconhecível de sentimentos e abismos?

Rompem a frágil conexão, e agora navegarão pelo ambiente estendendo suas linhas para outros objetos da sala. Há um brinquedo de borracha no canto, diversão de cachorro, e Gustavo emenda o brinquedo com o pé da mesa de centro, depois com os enfeites japoneses da sogra, ex-sogra, pessoas miudinhas em cenas cotidianas, o médico, o monge, a lavadeira, todos miúdos como ele: Gustavinho, vinho, inho. Gustavinho na frente do computador, tentando ser o que não é. Gustavinho tocando punheta na cama. Gustavinho chupando laranja para parecer saudável. Gustavinho falando ao telefone, hoje, mais cedo, recebendo a confirmação, o terceiro sinal tocando: sim, será um pai dentro de quatro meses! Pelo telefone. Foi assim: uma ligação tardia. (Passe por aqui, vamos conversar pessoalmente), foi assim, um convite para uma entrevista: venha receber o certificado de pai e assinar o recibo. Há um abajur de ferro na mesinha ao lado, e um cinzeiro de cerâmica cheio de moedas antigas e a porra do telefone preto. Volta ao tapete. É mesmo a mancha de urina do Pulga: conhece bem. Quer ver a sogra de quatro esfregando xixi de cachorro. Fria. Filha de uma boa puta. E há também uma pilha de revistas no revisteiro. Brothers in Apes: é a chamada da revista que está bem no topo da pilha, uma daquelas merdas estrangeiras que servem de fonte para os artigos rasos da namorada. Vai se curvar e alcançar a revista, e folhear, e se acalmar antes de restabelecer contato, usará o artigo para repuxar um assunto, e que belas fotos, editora-chefe, e como é que foi isso, e nossos irmãos, os primatas, e por aí vai. Não, não vai, aborta a missão: a distância é grande demais para um papinho furado. Não tira a atenção da revista, vai ficar parado e ancorado ali até se recuperar, a foto de um chimpanzé de gravata e boné, parece um treinador de beisebol, os olhos acesos na direção da lente do fotógrafo e uma expressão que poderia ser classificada como irônica. Listen to the jungle: é a legenda, e com exclamação. Listen, listen, listen to the fucking jungle! É aquele papo sobre chimpanzés e bonobos, bem possível que seja isso, vai virar moda, ainda acaba em livro de autoajuda, inevitável: só os primatas são felizes! Há algo de retocado na imagem, quase uma ilustração, porra, até dos bichos tiram-se as rugas hoje em dia. Não sabe se os chimpanzés dominam a técnica refinada da ironia, mas não duvidaria se os cientistas dissessem que sim, existe alguma manifestação próxima da ironia no comportamento dos irmãozinhos, são estudos recentes. O irmãozinho dissimulado está dizendo, ali, na capa da revista, que a manipulação é conquista comum a homens e grandes primatas. É isso, não é? Será que, antes da separação, em nosso ancestral comum, há dois ou três milhões de anos, já havia a ironia? Ou será que, apesar de caminhos divergentes na linha do tempo, com os irmãozinhos tomando conta da floresta e nós nos arriscando na savana, convergimos novamente em algum ponto, e encontramos as mesmas soluções para problemas semelhantes, e adquirimos esses traços comuns? Não duvido que em algum lugar das florestas congolesas um macho e uma fêmea estejam frente a frente resmungando sarcasmos com o olhar, desviando as questões com subterfúgios, neutralizando o sofrimento com alfinetadas infantis. É a cara deles.

Ela também passeia pela sala, mas busca outros objetos. Também se sente massacrada pela casa dos pais? Parece evitar a revista, talvez saiba que a atenção de Gustavo está por ali. Monitora os movimentos de Gunga, ex-Gunga, e pode ser que use a tapeçaria da parede como um contraponto, negando-se a olhar a revista: pode ser isso. Gustavo torce para que os olhos dela sejam uma recusa aos seus, pois haveria aí, na resistência, um traço de esperança para o futuro. As esperanças são sempre bem-vindas. Os chimpanzés são capazes de se despedir uns dos outros, esse comportamento consta dos autos, há inclusive vídeos de cortar o coração, e despedir-se denota algum tipo de pressentimento sobre o futuro. Tudo bem, mas será que os irmãozinhos chegaram também à merda da esperança? *Esperança*. Porra, esperar o quê? A vontade é virar a capa para baixo, jogar a revista longe, não quer pensar nos chimpanzés, só pode ser uma armadilha, isso, ela plantou a revista aqui para desviar o assunto, ou para ferir, não caia nessa, Gustavo, seja feroz como um gorila, bata no peito.

Ela troca a tapeçaria pelas cortinas, três camadas de tecidos deixam o ambiente sombreado e aconchegante, e atrás a janela fechada. Dá para ver que o dia nublou, tudo branco, e o frio que faz lá fora é barrado pela vidraça brilhantemente limpa pela empregada que trouxe o café. Bosta de café frio. Então chega ao lustre no teto, o aro ridículo com contas de vidro que imitam cristais: é na imitação vulgar de cristal que Gustavo decide coincidir as atenções, meio no acaso, meio na oportunidade, como sempre, e os dois se reconectam nesse brilho ordinário das pedrinhas de vidro. Não quer metaforizar, não quer encontrar sinais, já havia decidido isso: tudo aqui é mero acaso, o frio lá fora, o chimpanzé irônico, a ausência do Pulga e dos sogros, a pobreza do brilho falso convergindo os olhares, não há nenhum indício de uma história sendo contada nesses detalhes, os detalhes não se conectam, não formam sentido maior, xô, literatura, esqueça! E os olhares, uma vez convergidos, descem em sincronia e voltam a formar uma linha reta, e não há muito a ser feito: prontos ou não, estão armados para novas perguntas e respostas, e quem sabe um tantinho mais de ironia.

Você está bonita: é como Gustavo interrompe o constrangimento e inaugura um novo fio. Terá sido irônico? Ironia barata, foi como soou. Ele vai estragar tudo, melhor calar a boca e esperar que ela fale. Ela descruza as pernas e as recruza para o outro lado, usa as pernas para rebater a ironia. Vai dizer novamente que ela está bonita, reformará o elogio sem as pitadas intrusas de deboche, e sem deixar que pareça um clichê: é o tipo de comentário feito para agradar mulheres grávidas, e a mãe certamente aplicaria na nora esse tipo de louvor inócuo. Merda: ela está mesmo bonita, a intenção de Gustavo foi pura e sincera, se é que isso existe, a pele insuportavelmente uniforme, o porte mais esguio que de hábito, e os cabelos, mais curtos e reveladores, emolduram os olhos escandalosamente amendoados, aquele rosto puxado para o extremo oriente, não é fácil enfrentá-lo, ficou difícil expressar a beleza sem que ironias, e agrados, e arrependimentos, e esperanças, e comiserações e uma série de intenções clandestinas sejam levadas de carona. A irritação de Gustavo: não conseguir se comunicar como gostaria. Meu deus, como foi acontecer isso com a linguagem? Tsc, clich, troc: beleza original. Como falar da beleza sem tantas merdas dependuradas? Não diz nada. Mas de onde veio essa repentina beleza? São os hormônios? Seriam os primeiros sinais de responsabilidade, claro: o cargo de editora, o cargo de mãe solteira. Dá uma dorzinha pensar em editora, alarga a cratera aberta, mas machuca ainda mais na raiz quando pensa em mãe, e em solteira, duas palavras que se fundem em uma ideia única, as pessoas falam em mãe solteira sem a mínima pausa entre os termos, que, encostados um no outro, mudam a cena de Gustavo de um jeito que poucos termos conseguiram, nem universitário, nem publicitário, nem gerente nível dois. Talvez tenha havido algum efeito devastador quando a palavra órfão surgiu em sua vida, mas não tem como saber, recalcado lá na infância, disso só conhece mesmo os sintomas ocultos, ladinos, aqueles que estão mas não estão. Talvez aconteça uma grande mudança quando ouvir a palavra escritor endereçada a ele, mas ainda não sabe, não ainda. A questão aqui é a mãe solteira. Consegue que a ideia de mãe caiba direitinho no rosto dela, nos braços mais roliços, na barriga escondida atrás do camisão largo de listas verticais. Já a ideia de solteira, aí está, a parte que mais machuca: o cargo de solteira diz respeito a ele e arremessa a cena para o último réveillon, quando ainda compartilhavam decisões, e para o último dia de aula na cama, quando ainda eram mestre e discípulo, e Gustavo ainda era o Gunga e resolvia as dúvidas com um fardo de secreções deliciosas. Namorados: nunca assumiram a maturidade exigida pelo meio, nunca se apresentaram como marido ou esposa, essa é minha *senhora*, esse é meu *marido*, e queriam mesmo é se enamorar até o fim. E agora, veja só, a quase esposa é quase mãe e é editora-chefe, e solteira, e decidiu ser tudo isso sem consultá-lo, sem todas aquelas promessas de ano-novo, regime, jogging, cozinhar mais, beber menos, visitar os amigos, entrar menos na internet, ver menos televisão, adotar outro cachorro, e sem as sementes de uva atiradas para o alto ou lentilhas debaixo da escada, ou bagos de romã engolidos de três em três, não sei, as superstições sempre foram confusas na cabeça de Gustavo. Agora acabou, a coleção de quases, essa rama de projetos inacabados que costuma manter os casamentos terminou, e de vez. Ele é quase um pai: cargo imposto. E um solteiro. As palavras, nesse caso, não formam o conceito socialmente estabelecido de pai solteiro: permanecerão separadas por uma pausa. Sabe que não criará o filho. Suas opiniões poderão até ser consideradas, é, pode ser, tem razão, posso tentar assim, mas jamais assumirão o peso de uma decisão final. Pai. Solteiro. E não é mais gerente, mas pretende ser artista, sem nunca ter criado nenhuma joça que o valha. Não sente ter de fato se apossado de nenhum desses títulos, os passos não parecem ter nascido de seu arbítrio: imposições, imperativos, e aconteceu assim, como um autômato guiado por forças misteriosas. Decisões dos outros somadas a atos necessários e inevitáveis: é a essa palhaçada que dão o nome de destino?

Ela está realmente mais bonita: precisa refazer a frase e suavizar o tom. Realmente mais bonita: ensaia subindo no agudo, deixando claro a dor da perda. Estão aqui, disfarçando olhares, cancelando diálogos no meio, espalhando reticências um na cara do outro, minuto a minuto mais estranhos. Ele ensaia falar, mas ainda está incomodado com as respostas vagas oferecidas às suas perguntas. Talvez desista dos elogios, os elogios estão mesmo contaminados, surgiriam inevitavelmente acoplados ao olhar caído e típico que, se antes semeava ternura, agora talvez gere compaixão, no pior sentido. Compaixão é, afinal, outra palavra bem contaminada. O incômodo é perceptível dos dois lados. Provocam movimentos breves um no outro, desvio de olhar para a direita, uma esquiva para baixo, o lábio mordido por dentro, como amebas em cultura líquida, como em uma aula de biologia, mas não na cama, a aula de laboratório da escola, jaleco, microscópio: você cutuca a ameba e a ameba pula para o lado.

Quando foi que comecei a incomodar desse jeito? A pergunta é reflexiva, mas serve também para ela. Fala: responde. Bia, eu tô falando com você.

Bia. *Bia.* Os olhos de *Bia* estão parados. Vamos ter um filho juntos, olha: vou ser o pai do teu filho. (Isso foi uma pergunta), os olhinhos amendoados estão espremidos, mas não, Bia, não foi uma pergunta, sei que sou o pai, agora sei, não soou como dúvida, ou soou? (Gunga...), é um aviso de que a conversa deve tomar outro rumo, ou o contrário, ela quer seguir com aquilo, e aprofundar a questão das dúvidas, confessar algo: já não consegue ler muito bem as intenções que borbulham do outro lado da mesa de centro, é confuso, mas pelo menos o Gunga ressurgiu nos lábios, e dá tempo de gostar um pouco disso. Saudade de ouvir o apelido e de pronunciar o nome dela, e para ela, e dizer Bia, não suportava mais evitar o nome por aí, (cadê a Bia), (o que aconteceu com a Bia), precisava falar o nome dela assim, de frente, é a melhor maneira de dizer um nome. Bia, eu ainda te amo. (Para com isso, Gunga...), um pedido frouxo, medos e reticências, as temidas reticências. (Para, Gustavo), ela não ama mais o Gunga, ou pior: tenta não amar. Por quê? Por que você fugiu assim? (Também sou capaz de meus atos de coragem), claro que sim, meu bem, claro que sim, (eu e o bebê só iríamos atrapalhar tudo, essa história de mudar de vida e escrever), é verdade, a *Bia* não é boba: pressentia a iminência do rompimento, o pavio do escritor era tão ululante quanto o pavio de bióloga, (você não conseguiria ser pai, marido e executivo, tudo ao mesmo tempo, e ainda ser outra coisa), foi isso, foi isso: foi isso que Gustavo tentou explicar para a mãe, mas não pode dizer nada parecido agora, seria o fim. Bobagem, Bia, eu preciso de você. Será?

A contradição é descarada, Gustavo mal pode suportar tamanho abismo entre o que sente e o que gostaria de sentir. Ainda ama Bia? Essa *Bia*? E pensar que a *Bia* abriu mão do sonho de bióloga pelo filho, e se amarrou ao mundinho corporativo da editora, fez justamente o percurso inverso ao dele, mas... Mas... Mas que merda. É uma merda essa coisa de sentir. É uma merda esse mecanismo traiçoeiro, filho de uma puta. E você, como fica? Você, Milena? Posso continuar a chamar assim para facilitar as coisas? Que tipo de estrago vem fazendo por aqui? *Bia*. Você. *Você*. Um canalha, Gustavo Luna, é isso! Amor e paixão são circuitos independentes? Desconexos? Até que ponto podem se misturar, sobrepostos? Alguém pode definir melhor as coisas por aqui?

E percebe que a *Bia* está chorando. É comum em mulheres grávidas, elas se emocionam fácil. *Bia*, e grávida, e mãe: quem foi que colocou isso tudo junto? Ele faz força para não embarcar, mesmo tendo os próprios motivos para abrir o berreiro. Obteve sucesso na conversa com a mãe, conseguiram não chorar para fora, não pode simplesmente cair no choro e alimentar a raiva que a *Bia* agora sente de seu sentimentalismo. O momento será dela: permitirá que protagonize a cena, engole o choro. E, quando vê, ela já mudou de lado, circunda a mesinha de centro, senta-se a seu lado, um assalto, procura um ombro. E se tivesse tomado a iniciativa antes e contornado a mesa ele mesmo? Tem dúvidas sobre como agir: abraço, mão na mão, afago, palavras doces. Como dois estranhos se comportam nessas horas? Aproximará o ombro, talvez seja assim. Encosta o ombro esquerdo no ombro direito dela. *Bia* encosta a têmpora no ombro de Gustavo, é isso. Pensa no incômodo de seus ossos, mas tudo bem, abraça *Bia* sem excessos, mas com acolhimento. É preciso medir as intenções, os gestos não podem descarrilar. Aumenta a energia do abraço. É assim, então, e o choro vem.

Bia: é o nome definitivo. Sem novas e futuras inflexões. *Bia*: duro, passado, fechou. Para sempre mãe? Para sempre ex? Já adianto: não se tocam do jeito que costumavam se tocar e não se beijam com dentes e línguas, não acariciam as pontas das orelhas. Ele não cheira o cabelo de Bia. Ela não faz cócegas no nariz de Gunga, não usa as pontas do cabelo como pincel. Ele não morde o pescoço de Bia até deixar uma marca. Ela não aperta o nariz de Gunga até provocar um espirro. Aguardam. Esperam o choro passar. Então conversam sobre o futuro, que é o que resta de comum aos dois: o filho do amanhã. Não falam sobre o futuro do escritor, ou o da bióloga, mas sobre o de pai, e de mãe, e separados por vírgula. Discutem providências clínicas, financeiras, geográficas, espetam marcadores na linha dos próximos meses, exames, consultas, compras, e até aulas, os pais e as mães agora frequentam aulas e recebem carimbos de aprovação. E, claro, desejam sorte às carreiras um do outro, sem tanta ênfase, pois a traição permanece suspensa no ar: tornaram-se outros e esconderam-se mutuamente o quanto puderam. Tudo bem, essa merda toda vai passar, sempre passa.

E, já de saída, ainda pergunta: você está feliz? O abraço final abafa uma resposta qualquer, um murmúrio deixa os sentimentos indefinidos, e para quê defini-los? Felicidade? É sobre isso que Gustavo quer saber? Não são mais os mesmos, ainda não são amigos, felicidade de quê? Desde quando essa balela? Os acontecimentos do futuro próximo moldarão uma nova intimidade, naturalmente, ainda bem. A desenvoltura será restaurada um dia, sabem disso, mas não vai ser agora, e não será aqui.

Gustavo deixa o apartamento e percorre alguns metros da avenida larga que parte a cidade em duas. Para, olha o edifício de longe. Aqui morava Bia quando se conheceram. Aqui buscou Bia com o primeiro carro popular. Foi daqui que saíram para jantar, e aqui se beijaram em longas despedidas, com o carro parado, pisca-alerta, motor esquentando, e toda aquela história de namoradinhos. Saudade de quando o futuro morava no breu. A imaginação, nossa delícia humana: a memória, o raciocínio, a linguagem, nossa tríade de bênçãos humanas reunidas, iluminando o desconhecido. Seria bom desligar um pouco tudo isso, seria bom se entregar ao nada, como um cão que só precisa atravessar a rua para chegar ao outro lado: só isso. Está aqui, voltou para o mesmo ponto e está cansado de pensar no dia de amanhã. Não tem mais escritório, *crachá*, namorada, bicho de estimação. Terá um filho, terá um livro a ser escrito, e vai estudar e frequentar cursos e oficinas de escrita criativa, e se inscrever em concursos, montar uma nova rede de relações, novos amigos de estrada, e uma carreira será parida, tudo muito difuso. A avenida é como um rio filosófico, sempre diferente: há novas placas, novos prédios, cores, árvores, moradores, o comércio mudou. Ele também não é o mesmo, por que o que está fora seria? Segue pelo canteiro central, encolhe-se dentro do casaco, esconde o pescoço, sobe a gola com o zíper, protege a garganta do vento. O outono da cidade já tem ares de inverno, o céu de um azul absurdo, o nublado se dispersou, o sol delicado e morno. Um avião cruza o azul absurdo que preenche o vão entre os edifícios. Não pensa em se perder, sabe bem onde está, mesmo com o frio atordoando os pensamentos. Absurdo.

Pensa em você, agora com mais calma, mas você vai embora: migrará, voltará para casa antes que o inverno acabe. Também desistiu do sentido coletivo do mundo, pé na bunda da corporação. Vai ser cantora? Vai ser o quê? E se Gustavo também pegasse um avião e migrasse? Hein? Caminha a pé para casa, joga o corpo contra o ar cortante. É quando escreve sobre os macacos que não são macacos, esperando a luz do alto de uma pedra. Escreve pensando em você, mas você parece agora tão difusa. Escreve de madrugada, sem cronogramas, até o sono tomar conta. Quando acordar, amanhã, lembrará dos sonhos que teve, mas esquecerá em seguida, antes de tomar nota. Anotar sonhos ainda não se tornou o hábito que pretende constituir. Sonhou com você, de costas, escrevendo com giz na parede. E com a empresa em chamas, roupas e cabides flamejando, todos esses elementos misturados. Algo do tipo. Não havia primatas nos sonhos, não havia nem a mãe, nem o pai, nem o Pulga, nem *Bia*: acha que não, não sabe, não tem como saber. Não sabe. Não sabe. E vai pensar: será sempre assim?

(...)

Acorda para olhar as horas e não atina em dizer: hoje acordei. Ao pé da cama, uma sacola com gravatas que serão doadas a não sabe quem, objetos em desuso que são as gravatas. Então, não haverá o ritual dos nós ou a decisão sobre que tipo de nó será dado, um que condiga com o humor do executivo, ou que se adéque bem à gola da camisa ou ao estilo do terno, ou combine com a própria textura da gravata. Não há mais esse tipo de decisão. Agora acorda sozinho, em todos os sentidos. O alarme não dispara desde o dia em que o aparelho deixou de ser despertador para se transformar num mero relógio. Acorda bem antes da hora em que costumava ser acordado e olha para a maquininha muda, como se precisasse conferir que não haverá mais o recrutamento diário, o toque da alvorada. Espera que o ponteiro das horas chegue ao sete e, então, pensa em se levantar. As manhãs têm começado assim e, uma vez de pé, pensa na possibilidade de comprar uma nova engenhoca. O dispositivo da campainha pode estar quebrado, é antigo, o botãozinho parece emperrado. Mas, parando e pensando, depois de semanas acordando antes da hora, veja bem, para quê um desses? Embora pareça trivial, não é. A ausência de um bom despertador é aflitiva, complicada de se assumir quando todos esses aparelhos continuam a cair de preço, é a magia chinesa invadindo seu lar, bricabraques fabricados em modelos e cores que combinariam bem com o restante do quarto e com a nova profissão, quem sabe um modelo retrô, com sinetas e martelinho. Não tem mais salário e já se deu conta de que não haverá crédito no fim do mês: há um fundo criado no banco para saques mensais, que precisam, inclusive, diminuir de vulto, e o fundo é uma historinha que se assemelha a um salário, mas que corrói a fonte, ainda que você o tenha ajudado a escolher os investimentos certos. Uma renda goteja no começo de cada mês, mas não é um contracheque. Não posso gastar dinheiro com despertadores: é o que proclama ao espelho.

É inesperadamente duro abrir mão das pequenas inutilidades. Julgava precisar dos detalhes coadjuvantes, misturados que estavam ao cotidiano, roupa cheirando a nova, jantar no japonês toda semana, essas coisinhas maravilhosas. Já não pensa assim, os desejos perderam o caráter de necessidade, mas não sabe se é crença autoimposta, dadas as circunstâncias adversas, ou se acredita mesmo nisso, e para sempre. Quem veio primeiro: o entendimento sobre a natureza do supérfluo ou a extinção da fonte pagadora? Outro processo adaptativo, decerto: as dúvidas não morrem, assim são as adaptações; um ato puxa outro, até que se encubram as origens para sempre.

É com esse tipo de pensamento que vem convivendo toda manhã, enquanto torra a fatia de pão integral e aguarda com paciência a fumacinha sair da cafeteira italiana que roubou da casa da mãe. Certezas não vieram de brinde com a demissão, não há preço de compra para certezas, que talvez nunca venham a se concretizar. Quer se assumir como sujeito sem perspectiva prática, mas é difícil. Quer abandonar o Luna do *crachá*, parar de se arrepiar quando escuta o próprio sobrenome. Difícil. Não vive mais para importar cuecas e pijamas, não recebe dinheiro em troca das importações que viabilizava, não vive mais para comprar coisas, tangíveis ou não, que preservem o estilo de vida de empregado, como o carro para vencer a distância entre a casa e o escritório, a gasolina aditivada para preservar o desempenho do motor, ou a coleção de gravatas e camisas de bom gosto, o barbeador eficiente, o despertador. Quebrou o ciclo, acredite: não trabalha mais para trabalhar. Agora pensa assim, reordena as linhas de raciocínio diariamente, olhando a fumacinha branca: habemus café. O que colocar no lugar do que foi deixado para trás? Enche a caneca e brinca: habemus escritor. Não, não habemus. Não gosta da própria brincadeira, não consegue se convencer de que o delírio dará em algum lugar. Ao mesmo tempo acredita, como uma criança acredita na vida adulta. Algo em Gustavo clama por confirmação. Não quer pôr a culpa na mãe, nem no pai morto, ou no trauma da separação, ou no desgaste existencial que o *sistema* provocou. Contudo, precisa se convencer, dia depois de noite, de que é capaz. Todo dia. Toda noite. Não adiantam os elogios e o reconhecimento que já vem colhendo no curso de escrita criativa, ou as tentativas da mãe de recuperar os incentivos que não deu lá atrás, ou os estímulos que a *Bia* agora solta nos intervalos das aulas de aí vem o filho: você é bom, Gustavo, escreva! E volta para o quarto repetindo o mantra em algum canto do entendimento, e arruma a cama, e abre janelas, pesquisando ações que possam, com o correr das semanas, se transformar em novos rituais. Os ponteiros do ex-despertador continuam a girar, mas finge que não nota. Passa bem perto, casualmente, a caminho de outro objeto qualquer, e pesca as horas tentando enganar a si mesmo, mas sabe que não conseguirá se livrar da parafernália do tempo, mesmo que tente hibernar, à espera de novas *cancelas*. O tempo está na tela do computador, e no visor do celular, no relógio do micro-ondas, no aparelho de dvd, e é pontuado pelo sino da igreja logo ali, e pela sirene da escola pública do outro lado da praça. O tempo é insustentável. Tempo: palavra elegante, sutil como o tempo que passa. Para quê, agora, tantos ponteiros?

Tece possibilidades para o dia. Então comerá, então folheará o jornal, então cumprirá preceitos básicos de higiene, e dará vazão aos imperativos fisiológicos, incluindo a masturbação de fim de tarde. Tem se masturbado excessivamente, a pornografia e o ócio andam de mãos dadas, e chega a ouvir a mãe bater na porta do banheiro, (sai daí, menino, que falta faz um pai nessa casa), é assim que a mãe dizia. Banho, punheta, fezes, fome, sede: a adaptação é fisiológica, não esperava prova tão contundente.

Talvez faça uma pesquisa de preços na internet, precisa se equipar com grampeador, envelopes, fita adesiva, tinta para impressora, papéis de várias qualidades e pesos, bloquinhos míticos, tudo o que quer necessitar como autor. A arte não tem finalidade última, o sentido da arte está enroscado em si mesmo, mas Gustavo cisma em enfurnar a arte de escrever na lógica consumista na qual se viciou: o sentido precisa ser tangível de alguma forma. Se a literatura parece estar assim, desiludida, desencantada, sem saída, cercada num beco, como tem escutado e internalizado nos cursos que anda frequentando, então que se abram as portas do sentido: para isso servem as papelarias! Fará a pesquisa de preços, montará a lista de desejos, não custa nada pesquisar, nem sair de casa precisa, encherá a cestinha de compras, mas não clicará no botão verde que finaliza e sacramenta o ato, não faça isso, não caia na arapuca, adiará o gozo do consumo até o último e virtual segundo, tem funcionado, uma resistência que esboça certa atmosfera de mudança, e no fundo sabe que logo cansará da brincadeira, pois as mudanças precisarão, de fato, acontecer. O desejo capitalista, esse dragão insaciável, vai se enfraquecer progressivamente, assim falou a mãe, apneia de cartão de crédito é seu novo esporte. O quanto pode resistir, não sabe. Continua na fase de testes. Algo precisará se calcificar em hábito, e suas sinapses desenharão outros cursos, precisa se tornar o que acreditou querer ser. Precisa acordar, e sem despertador: não vai mais dormir.

Toma um banho quente. O banho já demora alguns minutos. (Gunga, você se afogou), é a pergunta da Bia do passado, batidinhas impacientes na porta. Banho frio: pode ser uma boa mudança, então esfria a água em etapas, chega perto do gelado e suporta a ducha quase sem respirar. Os sentidos se atordoaram um pouco, ele complicou a vida dos neurônios. Prepara mais café, come cereal integral com leite desnatado fresco na hora do lanche, decidiu que vai emagrecer e se agarrar à saúde que quase perdeu de vista depois da separação. Mais tarde, passeará pelo bairro em busca de novidades e inspiração. Ainda crê na inspiração que chega pelo ar, ainda está nessa etapa. Terá o cuidado de não se deixar dispersar na topografia da cidade, não quer demorar três dias para voltar, e dormir em hotéis suspeitos, e se intoxicar com frituras e lúpulo, e parar diante de um prédio comercial para esperar por outras belas funcionárias: você não está lá, se foi, mergulhou no pretérito. Estará com as mesmas dificuldades em seus planos de cantora? Tem as mesmas questões? O café, o banho, a alimentação balanceada, esses elementos adquiriram relevância também por aí? Não vai se perder na cidade, o labirinto interno basta, o mapa subcutâneo e inacessível, essa malha de ruas e avenidas cruzadas por treze anos assalariados, cinco anos de casamento, dois anos de amigo amestrado, dois meses de solidão, luto, sem a Bia, sem a assistente, que saudade da assistente, e o colega das bandeirinhas: precisa desmontar a velha teia. Há também essa hora: saudade da corporação. Há, sim: admita, Gustavo. Um desânimo, um vácuo de segurança, apetite insano por preocupações, balanceie os estoques, cote o câmbio, as aporrinhações compartilhadas, a diligência paternal dos diretores e presidentes, o conforto que pode proporcionar um monitor de computador conectado em rede, conexões, ah, as conexões, o rebolado da girafinha, o sorriso metalizado da assistente, e até o café ruim, aquela máquina horrorosa fazendo as vezes de fogueira. Todo mundo ali, em volta do café. A solidão é inimiga, especialmente no almoço: da janela, vê as filas indianas, colegas de trabalho saem para o repasto, passos ritmados e arrastados, uns atrasando o compasso, outros acelerando, ninguém pode ficar para trás. A mente humana não foi criada para viver sozinha. Saudade da procissão?

Quer outro esquema: troque o fluxograma. Quem sabe um daqueles mapas que desenhava na infância com lápis de cor, estradas mal traçadas ao estilo medieval, vastas áreas misteriosas cobertas com hachuras, *hachu-*

ras, florestas assombradas, mares, profundas crateras para outras dimensões. Imagine, cara, é isso. Se fizer muito sol, vai se abrigar numa copa de árvore. Se não, procurará uma nesga de luz. Uma vida simples assim, permeável, e com folga para as surpresas. Um lago tranquilo, marolas, e uma vida subaquática selvagem, a cadeia alimentar ali, contida, fora do alcance da visão. Somos basicamente água: ficará surpreso com as imagens que saltarão catapultadas dessas águas. Aos pouquinhos começará a rascunhar, foi como disse o professor bigodudo da aula de escrita: ponha a bunda na cadeira e solte a mão, porra! Digite, porra, e tenha fé! Não acredita em muita coisa, desconhece as origens da fé: não é uma emoção, é um sistema ligado à imaginação e valorado, sim, por sentimentos, mas o que é? Dá para adquirir? Os cientistas não assumem, mas está muito claro que não sabem o que é a bendita fé. Os religiosos afirmam que se trata de um dom e, seja o que for, precisará dela. Sente, Gustavo. Sente a bunda na cadeira e escreva!

É assim que funciona? Porra, é assim? Turvo assim? Excitante e brochante ao mesmo tempo? Precisará de um manual para acessar diariamente um estado desses, inclassificável, de criação e fé? É também rotina o nome disso? Pode viver sem a merda da rotina? Acenda uma vela, escute música clássica, faça exercícios de respiração, leia um longo trecho de seu livro favorito, encha a cara de uísque, o estado poético está em algum lugar, pressinta sua presença, atice seus sentidos. Método, processo: isso tem nome? E o estado poético de que tanto precisa para içar os pés do chão, não tem um pouco a ver com esquecimento? Não precisa, definitivamente, esquecer que as coisas têm nome, para, assim, renomeá-las? De que merda, afinal, está falando?

Os dias bons são assim. Essa profissão sem forma, profissão de fraudes, homem clandestino para sempre. Os dias ruins, evita. Se pressentir um dia ruim, voltará a dormir, na certeza de que não haverá um despertador, apenas peixes no lago profundo, pulando vez ou outra seus saltos limítrofes: gostosos e dolorosos. Ontem ligou a televisão no meio da tarde. Reprise de novela, filme dublado, aquelas dublagens, e o noticiário. Nas entrevistas que os repórteres fazem com populares na rua há sempre o mesmo e batido letreiro na parte inferior da tela: nome do fulano e ocupação. Heloísa, bancária. André, aposentado. Marco Aurélio, advogado. E se um desses repórteres abordasse Gustavo na rua, o que diria?

Talvez seja assim agora: crise. O café, a cama, a casa arejada, o banho, o passeio, o teclado esmurrado do computador, a tentativa de escrever algo que preste, a televisão chamando, e a pornografia, relógios em todo canto, e a ideia de um pai entremeada, avassaladora. Em breve haverá um pai, e esse pai será ele. E, se tudo correr bem, um pai escritor.

(...)

Quando tecia a imagem do filho, era impossível imaginar o que de Gustavo haveria ali. Era um bichinho assim-assim, um franguinho, um clubinho de células programadas para coexistir e cumprir funções complementares, um amontoado com cara de anfíbio, foi assim no ultrassom, e eram esses os traços reservados para o filho.

Mas quando toma a criança no colo, sob os olhares afetuosos da Bia, e da mãe, e da sogra, todas espreitando o primeiro ato de pai, vê que pouca coisa no mundo fará tanto sentido daqui por diante. Escuta as frases soltas pelo quarto claro, enquanto salta de um pedaço para outro do corpinho, tentando cumprir as instruções. (Pega por aqui), é o teste final para as aulas que tomou por três meses. (Dá um cheirinho nele), é uma dica repetida e repetida. Que cheiro bom tem um filho. (A orelhinha é como a sua, Gunga), e o Gunga reconhece as orelhas acanhadas do filho. (É o narizinho do seu pai, olha Guga), e Guga suspeita do nariz do filho. (Os olhos cuspidos e escarrados da Bia, olha bem Gustavo, me diga se não é), e Gustavo acha que a sogra pode ter razão. A vontade que tem é de sair correndo e gritar. E passar uma eternidade analisando o menino, pegar o montinho só para ele, procurar coisas nas dobras, estudar os movimentos, examinar a pele avermelhada, soprar o rosto, apertar o nariz, tampar e destampar os olhinhos, desgastar o medo que sente desse frangote, dar uma chance para a criança, descobrir o nome do filho.

(Estão convencidos do nome), é uma pergunta da mãe, ou da sogra, a questão do momento. Sim, já decidiram o nome, mas não está satisfeito, satisfação é outro passo. Ainda não pode dizer o nome em voz alta. É um de seus pensamentos bobos, afinal: dizer o nome do filho pede solenidade. Chame de pensamento mágico ou de superstição, o que quiser: nada tem relevância depois do parto do filho. Torce para que o filho tenha os mesmos pensamentos bobos a respeito da vida, para que possam falar bobagens juntos um dia. Ainda não quer manchar o filhote, quer deixar a pele secar um tanto no vento, não consegue pensar em nada mais inacabado do que essa criança. Em alguma cultura, de algum recanto do planeta, as crianças só ganham nome depois de um tempo ao ar livre, comendo, brincando, aprendendo, sofrendo, e faz sentido. Se pertencesse a uma cultura assim, inventaria uma palavra só quando o filho completasse dez anos, com algum tique já visível, quando já enchesse o lábio superior de ar, como o pai e a vó, e quando tivesse pistas da textura definitiva dos cabelos, se os dentes seriam grandes ou curtos, se os ossos seriam fortes, se o castanho dos olhos seria a média exata do pai e da mãe, e se a testa seria tão larga quanto a da avó paterna, e se a altura do avô materno seria superada. E mais ainda: se vai gostar de música, se vai ser bom de matemática, se jogará futebol e xadrez, se terá lido os livros que o pai vai comprar. Será que vai gostar dos livros que o pai porventura escrever? Será que, se o pai não escrever nada, se nada for publicado, se o pai for um fracasso, o filho se tornará o remendo de uma reta malfeita e escreverá os próprios livros, e se transformará em tudo o que o pai não foi, e terá a vida entortada pelo pai até que seja algo parecido com o planejado? Será que vai acordar de madrugada com as palavras sufocando a garganta e com uma falta difícil de narrar, mas implorando para ser contada? Será que trincaria os dentes durante o sono, e acordaria com dor de cabeça, e travaria a coluna como defesa contra os perigos do movimento? E se não fosse assim, tão deslocado do tempo? O que seria?

Decide que não é justo dar um nome para a criança, não aqui, não agora.

(Como assim, deixar sem nome), é uma pergunta que vem como zombaria, como se a Bia de outrora entendesse que não passa de brincadeira, mais uma das bobagens do Gunga, e entrasse na mesma onda. (Está bem, como iríamos chamá-lo para almoçar), é uma provocação. Podemos chamar de filho até o nome aparecer. A gente chama de filho, os avós chamam de neto, os amigos de amigo. E a Bia ri. Ô, Bia, não ri, que eu tô falando sério, que seria tão interessante, e seria diferente, podemos lançar moda, e nosso filho terá uma bela história para contar quando crescer. (Coloque isso no seu livro, não vá fazer meu filho de cobaia), é um não. Não esperava que a *Bia* aceitasse, mas precisou propor, precisava dividir a angústia de batizar a criança. Não tem saída: já foi dado o *título*. E o *título* vai seguir tatuado para o resto da vida, um estigma, até que alguém desvie a história com um apelido, até que encontre alguém que junte seu nome com uma ideia correlata e deforme sua existência de um jeito assustadoramente bom, entorte sua memória até quase quebrar, ou até que lhe deem cargos ou um nome de guerra assuma o posto oficial.

E entende a recusa diante de um plano tão bizarro quanto esse. Entende, mas não muito, pois a *Bia* acaba de se transformar em mãe e, embora a condição os una em todas as modalidades de tempo futuro, há agora aquela vala que separou a Bia e o Gunga do passado. O menino, que agora seguram juntos, a cena clássica de mãe recostada na cama com o filho no colo, e o pai do lado, curvado, corujando com o rosto bem próximo, esse menino vai virando prosa para outro capítulo. Estão aqui, os três, numa união esgarçada. A enfermeira entra, vê o quadro de família e não suspeita que os três não morarão juntos, e que o menino será o elo entre os dois, mas não conhecerá a ideia de pai e mãe sem pausas no meio. A enfermeira crê na felicidade dos três, assim como crê na própria felicidade, mesmo sem saber o que é isso: mas crê.

Então a enfermeira leva o menino para dormir no depósito para futuros seres humanos. Está sozinho com a *Bia* pela primeira vez desde que se tornaram pais. Olham-se. Recupera a mão da Bia debaixo do lençol, beija essa mão, acaricia, e sabe que está imprimindo naquele rosto a palavra mãe. É o homem pleno diante da mais plena mulher, e não remexe essas emoções, apenas deixa que entrem e saiam com a respiração: não quer saber se são puramente primordiais, se sociais em excesso, se escaparam de um gene ou de uma sequência de filmes e livros, se vieram dos contos da avó, se da ausência do pai, não é capaz de desenhar uma trilha. Aqui não há espaço para os tratados biológicos, neuroevolução, genética aplicada, e nem metáforas literárias. Embora afundados em assepsia, o quarto frio, o friozinho domesticado, e sem tantas cores além do branco e do bege, estão no mais primitivo dos lugares.

(Você volta amanhã), é um convite, e um pedido. A cama de acompanhante não é dele, a sogra vai dormir ali. Fica feliz com o convite: volte. Sabe que o convite quer dizer: ainda preciso do Gunga, o Gustavo é o pai do meu filho, eu te amo por isso. Então, aceita o convite. Volto. Volto, sim. Claro que volto.

Deixa o quarto número vinte e sete para trás e não vê nenhum sinal agarrado ao número. Fecha a porta com cuidado. Pendurado na porta, um urso vestido de azul, como um bicho de menino deve ser. Gostaria que fosse um chimpanzé e sabe que a nova mamãe aprovaria a troca. O ursinho fofo segura uma placa, sorridente, mas sem mostrar a agressividade das presas. Na plaquinha, uma exclamação anuncia que é menino, resquício de uma época em que havia surpresas e que um menino poderia ser menina até o último instante. O seu filho é menino, e tem nome. Mas que medo esse nome dá, senha eterna para o gurizinho, estranha o nome já de cara: *Guilherme*. O *Guilherme* está gravado na placa do ursinho azul, e as curvas de seu nome foram impressas numa imitação de bordado à mão. Nome estranho, de um desengonçado luminoso, palavra divertida e com ruídos exóticos. Tem o erre grudado no eme, terror para os sotaques caipiras mais pronunciados, uma combinação forte, como em arma ou tormenta, e também sensível, como em epiderme, e definitivo, como um término. Tem a letra ele embolada com o agá, ginástica na língua, som com paladar, que vem encharcado, como em molho, e carrega um feminino indefinido, como carrega a palavra mulher. E tem o gui, que faz sorrir quando pronunciado, e com uma letra muda no meio, encerrando a certeza dos silêncios. Que seja um homem de silêncios, como o pai tenta ser. *Gui* e *lher*, e *Guilherme*: o filho começa a vida com a mesma letra que o pai. *Guilherme*: o protetor. Quem é protetor de quem? Passa a mão sobre o nome, a impressão em alto-relevo. Sorri: é o primeiro *crachá*.

(...)

Ando de um lado para o outro, a parede forrada com aquarelas, oito, nove, dez quadrinhos que sua irmã fabrica em série para presentear família e amigos, e, do outro lado do quarto, um pesado armário de madeira escura, puxadores de vários formatos misturados, as bordas descascadas pelo uso, um depósito tão cheio de tralhas que uma das portas mal se fecha. É um quarto com vida, de histórias emaranhadas, o famoso quartinho da bagunça que tantas residências conhecem. De um lado para o outro: armário e aquarelas, aquarelas e armário. Na parede em frente à janela, há uma escrivaninha com tampo de vidro que parece ter sido serrada de um móvel maior, tem um aspecto de destroço, *destroço*, descarte, resto de casa velha. Computador, livros, papelada, e também uma vitrine do passado: fotos estão ensanduichadas entre a madeira e o tampo e, segundo você, estão grudadas aqui para sempre, decalcadas contra a superfície do vidro pelo ar úmido da cidade. Fotos decalcadas no tampo de vidro, essa sim uma metáfora interessante, o passado grudado, sem dar chance para o esquecimento. Na parede em frente à escrivaninha, uma vista surge e ressurge vezes seguidas pela janela. Vejo um pedaço de mar toda vez que olho para fora. Se me debruçasse no parapeito veria uma extensa faixa esverdeada, que é o mar do nordeste. Mas não vou me debruçar, estou satisfeito com o pedaço de oceano que me cabe, e isso é bom. Há vários tipos de mares retratados nas aquarelas da sua irmã, alguns até convincentes, mas meus mares precisam ser outros no momento: processos mentais se cruzaram e estão embaraçados, um novo curto-circuito.

A imagem que me assombra é a do tigre que observamos no zoológico há mais de um ano. O tigre é minha metáfora particular. Os movimentos beirando o desequilíbrio, o pescoço caído para a frente, parede aqui, parede ali, e um pedaço de mundo do lado de lá das grades. O tigre sofre? Pode ser que padeça pela fração de mundo que vislumbra, mas não estou certo. O tigre não sabe a origem do sofrimento, se é que existe um. É como se os movimentos transtornados fossem fruto da ignorância a respeito do próprio flagelo. É assim? Sofre por não saber por que sofre? E a ignorância a respeito do que me traz tamanho desconforto iguala, sim, meu instante ao do tigre: minhas pernas de um lado a outro do quarto, armários, aquarelas, fotos eternizadas, pedaços de mar, e você, prestes a chegar da rua com o pão quente. Você irá me flagrar nessa angústia criativa. Quero que você me flagre, e me resgate, e me arranque da jaula. Aparece, vai. Chega logo.

Estive escrevendo, ou tentando escrever, aqui, fora de casa, quatro semanas eternas com você, tentando registrar as experiências recentes. Já não são tão recentes, mas minha aquarela ainda não secou por completo. Posso moldá-la, e isso já não é um problema, estou entrando no mundo da ficção. Tema batido esse: o homem que se torna de determinado tipo, mas que gostaria de ser de outro. Personagem repetido, terreno trilhado, já esteve em contos, romances, biografias, e no cinema, e especialmente no bom teatro moderno norte-americano, onde o mito da liberdade deixa o terreno preparado para arrependimentos e frustrações: não faltariam exemplos. Meu professor bigodudo das aulas de criação contesta esse jeito de pensar: não existem temas suficientemente explorados. Gosta de contar da vez que foi arrebatado por uma inusitada definição de amor. Tanta leitura e tanto estudo e, mesmo assim, depois de pesquisar, e escrever, e lecionar, e viver intensamente, ainda havia espaço para uma nova maneira de definir o amor. Quer palavra mais pisada e reciclada? O caráter filosófico da arte: qualquer coisa pode e deve assumir cores bizarras, dimensões incalculáveis, sons inauditos, e de repente o familiar toma a forma de uma bigorna e cai dos céus, cabrum, plaft, e nos desperta para o absurdo do mundo. Reescrever os verbetes conhecidos, é isso? Como falar do Gustavo, meu tema mais íntimo, conhecido a ponto de enjoar? É possível um *Gustavo*?

E você chega: estou salvo. Vem salvar o enjaulado, bate na porta, e ele abre. Você está sem seu avental dos três porquinhos, talvez eu o tenha rasgado. Não, não rasguei. Você anda com medo das minhas reações. (Vamos preparar o almoço), é um convite. O cheiro de pão quentinho que servirá de complemento para o que quer que preparemos já se espalhou pelo apartamento e escancara o vazio do estômago. Você está corada da praia: passamos a manhã na areia e saímos antes que o excesso de sol estragasse o restante do dia. Vivos, saudáveis, é assim. Há pedaços de sol incrustados em meus poros, há um pouco de sal ardendo nas pupilas, há essa maresia grudenta entremeada em minha barba, e você, radiante. De alguma forma esse estado de aparências e percepções não condiz com meus recônditos mais profundos, minha angústia embolada na fronte, e isso irrita, e digo: estou indo. Digo assim, com irritação: já estou indo! O exterior e o interior em um atrito comezinho, nhe-nhe-nhem, e não sei bem o que é, merda de língua, tão limitados os recursos. Você sumiu por quinze minutos para comprar pão, eu não queria você longe, é nosso último dia, torcia por sua volta e agora você se atreve a me irritar. Em que diabos de enrascada me meti? Como é mesmo que se doma o corpo? Onde estão os chicotes e os trapézios? (Você vai ficar aí enjaulado), é uma pergunta atrás da porta, você deslindando meus pensamentos com essa sua inflexão insuportável. (Sai daí), uma provocação, uma bonobo atrás da porta. Como posso definir esse tom de voz? Grande escritor, Gustavo, você tem futuro! Seu tom de voz me irrita e, ao mesmo tempo, me desarma, é mais ou menos assim, bom de dar medo. E te faço um carinho no pé do pescoço, a porta apenas entreaberta, um carinho na cabeça da bonobo. Mas a gaiola está aqui, do lado de cá. Vamos preparar nossa comida: digo isso já com pouca irritação. Você me domestica, sua safada.

Abrimos um vinho branco, gelado a ponto de perder as sutilezas do sabor. Bebemos enquanto pico os legumes e belisco pão, e você executa as tarefas mais complexas, como preparar molhos, combinando ingredientes. Os humanos são os primatas cozinheiros, já falei dessa? Cozinhar, segundo alguns cientistas, nos abriu as portas para a humanidade. Acho isso bem bonito, você também não acha? Pensar, criar, imaginar: tudo isso consome muita energia, e se não fossem os alimentos cozidos liberando maior quantidade de nutrientes e exigindo menos tempo para mastigar e digerir não teríamos horas livres para aperfeiçoar nossas brilhantes habilidades, e não encontraríamos estímulo para que um cérebro maior fosse vantajoso, e se desenvolvesse, e nos trouxesse dianteira competitiva. Ferramentas refinadas, agricultura, criação de porcos e galinhas, tambores, danças, hóstias, livros. Os gorilas gastam oitenta por cento de seu tempo de vigília mastigando alimentos crus, e isso para sustentar um cérebro menor que o nosso. Abençoado seja o fogo, e digo isso quando você risca um fósforo: agora é tão fácil, um fiat lux na maior cara dura, uma deusa do fogo. E estou ensinando essas coisas a você, estou contando os segredos que a mim foram confiados, a boa-nova está se espalhando, e você adora minhas aulas requentadas. Muito bem, mais um gole de vinho, esqueça os segredos.

E não paro de pensar mesmo é no livro que deixei no quarto, o imbróglio criativo que salvei e coloquei para descansar, como massa de macarrão. Analogias estúpidas nascem da bancada de mármore, livros são massas, adjetivos são temperos e precisam ser bem escolhidos, colheres de pau podem ser vírgulas, e aspas, e outros instrumentos de harmonização, e os rabanetes são substantivos, e por aí vai, a estupidez não tem fim. Eu ralo os substantivos para a salada, é o tipo de bobajada que agora substitui minhas angústias. Você é minha barra de segurança, entendeu? A boia de salvação que me trouxe para cá, me impedindo de remoer limitações e bloqueios. Não saia nunca mais daqui! Frustração não é pano de fundo, não pode chegar a tamanha predominância, é sentimento agudo e precisa ser podado, e você poda meus brotinhos de frustração. Você passa o braço na minha frente, inclinou o corpo para alcançar o sal, sinto o cheiro do seu braço, você pede desculpas, e licença, e derruba a vasilha na pia, a pia entupida de louça, mas não são movimentos angustiados, há serenidade em cada músculo. Queria aprender a ser assim, um Gustavo leve, um Gustavo espontâneo, e peço isso aos rabanetes. (Quando entrar em uma igreja pela primeira vez, não se esqueça de fazer um pedido), foi a vó que ensinou, e como não tenho entrado em muitas igrejas, bem, transfiro os pedidos aos rabanetes: é a primeira vez que ralo um. Outra de minhas bobagens, sim, e já penso que as bobices são úteis na hora de expurgar os resíduos da criação, para que então a criação continue a se desdobrar e fermentar em instâncias secretas, sem sujeiras que emperrem, e isso vem dando certo. Preciso aprender a cozinhar, ou jardinar, ou correr, finalmente o jogging, ou dançar, alguma coisa que neutralize os sofrimentos e libere as mãos para escrever, como meus pensamentos idiotas estão fazendo agora. Um aprendizado, veja só, e começou com as merdinhas de uns rabanetes. Divertida, essa coisa de artista, tudo pode. É uma merda, mas às vezes compensa, principalmente quando atinjo breves níveis de estabilidade, como agora, uma alternância natural entre crises e epifanias, um balanço que pode provocar náusea, e tontura, mas que é gostoso quando engrena.

Você conversa comigo enquanto emporcalha a cozinha de sutilezas, você não é das pessoas mais organizadas, e desde ontem rememora nossa visita ao zoológico, tão distante, e como foi legal, e como desejaria ir de novo, um dia, quem sabe. O futuro está iluminado, você colhendo pistas sobre uma possível extensão desse momento, levanta um candeeiro e joga luz, estamos nós dois, lá na frente, outro zoológico, provavelmente uma viagem, e haveria um hotel, vários almoços, passeios na orla, manhãs lagarteadas na areia. Está criando nosso destino, inevitável: o futuro é o motor, como se precisássemos dele para continuar a cortar rabanetes e temperar saladas. Ô, Milena, eu não gosto de zoológicos, mas, claro que sim, claro, eu te levo, já não levei uma vez? Você quer mais aulas sobre os bichos, sei disso, mas precisarei estudar, a fonte ficou lá trás. Você sabe. (Até quando você vai me chamar de Milena), é, os nomes, é questão de tempo. Vamos lá, chegou a hora: seu nome. Qual é seu verdadeiro nome? (Não, Milena tá bom por enquanto), ok: Milena. Deu medo?

(Você tem pena dos bichos), é uma pergunta, mas pode ter sido também uma conclusão que você tirou. E não, não tenho pena dos bichos. Os bichos não estão nem aí para minha pena, estão bem hospedados nos zoológicos, mesmo que, do lado de cá, eu ache aqueles espaços exíguos. Os bichos de sangue quente são seres territorialistas, existe essa palavra? (Não sei), tudo bem, vamos em frente. O tamanho do nosso território é proporcional à quantidade de alimento de que precisamos, e não importa a área total da jaula contanto que a refeição seja ministrada nas quantidades indicadas, e que o espaço seja suficiente para que se estiquem as pernas, e que propicie algum exercício, e que esteja equipado com traquitanas onde os bichos se pendurem, ou se escondam, ou afiem as garras, e façam aquilo que os instintos dizem que gostam de fazer. É simples, assim que acontece. (Então por que os zoológicos te incomodam tanto), é uma dúvida pertinente, é uma entrevista, e você me deixa solto, me faz dizer coisas, e nem bebi muito, ou será que deveria diminuir o ritmo dos goles? Não sei se posso responder, mas posso tentar. É isso? Pisquei os olhos e voltei ao modo professor? (Você não vai responder), é uma cobrança, mas também um novo resgate, sua intervenção me impede de pensar na Bia, que me ensinou a desconfiar um pouquinho dos cativeiros, e me impede de pensar no filho, a quem associo tudo que aparece, tudo, tudo, sapatos lembram Guilherme, semáforos lembram Guilherme, o mundo e Guilherme formando um embrulho só, o conjunto ainda não foi desmembrado como sei que será um dia, mesmo que parcialmente. Sua pergunta deixa meus pés fincados no zoológico, me põe um cabresto que bloqueia as digressões, e o que me incomoda em um zoológico é a leve suspeita de que, sabendo que sentimentos humanos são desdobramentos de emoções primitivas, raízes lá atrás, sabe-se lá quão perto da origem da vida, os bichos talvez tenham algumas emoções semelhantes às nossas, e algo parecido com nosso sentir, ainda que sem sofisticação, e que, portanto, talvez o que experimentamos de bom na aventura e na descoberta do desconhecido seja um entusiasmo também necessário a eles, pelo menos nos mamíferos, um sentir embrionário, não tão vital para os bichos quanto é para nós, mas algo necessário para a manutenção de algum tipo de conforto. Ou não? Ufa! Faz sentido? Você está me acompanhando? (Faz sentido, tô acompanhando), é uma declaração duvidosa, também tenho minhas dúvidas, e venho me acostumando às dúvidas, e até gosto: as perguntas têm sido mais prazerosas que as respostas. Sei que muita gente gostaria de passar um tempo aqui, com diversão e comida, e com você no calor dos trópicos, e em *segurança*, mas também sei que poucos homens suportariam viver num resort com tudo incluído para sempre, e que a maioria almejaria novos horizontes, exóticos ou não, outras cidades, florestas, praias, montanhas, algo que preenchesse essa falta que não posso definir, mas que acredito que os animais também tenham, ainda que sejam faltas inconscientes, ou que não sejam evidentemente reconhecidas como *lacunas* existenciais. Existo muito mais que um bicho, isso às vezes me parece uma merda de vantagem, um castigo que veio de brinde na embalagem. Há momentos em que gostaria de existir menos, e sentir menos dor por existir, essa porra de angústia: procure respostas, mesmo que não as encontre, procure, procure! Não pare de procurar! E simplesmente dormir e acordar, e caminhar de um lado para o outro, suspeitando que haja algo maior por trás, mas sem esse impulso inútil de cavar, e cavar, e cavar, na certeza de que pouca coisa será desenterrada. E agora não consigo pôr freio nas palavras, você notou? Hã? (Estou curtindo esse seu lado soltinho), e isso é bom, mereço um beijo no rosto entorpecido pelo vinho, estou adorando jogar as ideias para fora, e sei o que está acontecendo, o vinho detona um efeito depressor na região do meu cérebro responsável pelas benditas emoções, e as inibições estão temporariamente suspensas, e por isso seria capaz de uma eloquência sem precedentes, estou entrando numa casa cheia de portas escancaradas, percorro os cômodos sem restrições, e uma tinta escarlate tinge o branco, os rabanetes vermelhos por dentro e por fora e vai demorar alguns milésimos de segundo para que minha percepção reconheça a tinta como sangue, e uma dor então toma conta do meu corpo e digo, contrito: acho que me cortei. Falei demais?

Gelo, pano limpo, mertiolate, esparadrapo: olha você cuidando de mim outra vez. Você trata meu corte e termina de ralar os rabanetes. (Você tá muito acelerado, vai se machucar de novo), e me encarcera no quarto para respirar um pouco. Milena, chamo: Milena! Só para te irritar. Você cansou de ser Milena. Descobri seu nome nas correspondências, ouvi o porteiro chamar o nome, mas me recuso a usá-lo. É, continuo a ser um bobo. Vigio meu computador, ali, aberto. Os barulhos chegando da cozinha, um rumor de paz. Não me peça para explicar, tudo está diferente. As palavras estão aqui, acomodadas na tela, pegando intimidade umas com as outras: meio promíscuas, as palavras. Estão existindo, injetadas umas nas letras das outras. Também estou diferente: estou machucado e tenho um curativo no dedão esquerdo, como o moleque do quiosque. É curioso: meu polegar combalido, ferimento de guerra. Agora escreveria mal, cortaria mal, cataria e selecionaria mal as sementes do chão. Não seria capaz nem de abrir aquele coco e, bem, não seria capaz nem com vinte polegares extras. Meu corpo diz: está ferido, está ferido, e, enquanto isso, toma providências silenciosas a respeito. Estou mesmo mudado, parece insanidade, venho tomando providências mesmo sem saber. Eu: cuidando de mim. Descubro isso assim, na jaula, na mais deliciosa das jaulas. O dedo ralado, o computador saturado de caracteres, formando palavras, frases, ideias que não julgava ter, e uma paixão logo ali, no fim do corredor, e uma série de dimensões inexplicáveis se alvoroçam sem trégua. Há um cheiro de comida chegando por baixo da porta, há o calor lá fora, há as aquarelas marinhas e um pedaço de oceano na janela. Lá no alto passa um avião compacto, um bimotor. Se me debruçasse no parapeito e esticasse o pescoço haveria um horizonte maior. E é o que faço: agora estou debruçado olhando o mar. Logo, logo você vai gritar meu nome, e vamos comer nossa última ceia. (Gu), é como você me chama. E vou gritar: já vou. Enquanto você não chama, respiro o mar, vejo o aviãozinho desaparecer atrás dos prédios, e consigo até, veja só: consigo até não pensar em absolutamente nada.

(...)

Depois que os aviões começaram a voar, o céu nunca mais foi o mesmo. Os aviões são o derradeiro desencanto do céu. Onde moravam os anjos, onde havia uma família de deuses, e depois o cosmos, e o infinito, agora voam máquinas, e agora estou no céu, voando para casa dentro de uma dessas. O comissário acaba de anunciar que atingimos a velocidade de cruzeiro e que posso afrouxar o cinto para levantar e ir ao banheiro. Estou no céu que na infância enchia meus olhos de perguntas. Agora posso dormir no céu, posso até mijar no céu, e beber, e comer. Na infância, observava as estrelas como uma criança normal, que descobriria os planetas na escola e aprenderia que há também buracos negros e galáxias, e outros sóis, outros mundos. Olhava para cima e construía o universo. E, para além daquilo tudo, muitas dúvidas: o que vem depois? E havia alguém a meu lado, e lembro desse alguém enumerando as constelações, e sei que não era a mãe, porque a mãe não gostava de dar aulas fora da escola, fazia força para ser apenas mãe quando entrava em casa. Podia ser que fosse um tio, talvez um estranho, mas prefiro que seja das poucas memórias que tenho do pai. E o pai, quem quer que fosse, identificava os traços, me ajudava a ligar os pontinhos, e desenhava algum sentido para o que existia lá em cima, e perguntei: o que tem atrás do mapa?

Foi assim que perguntei? Será que perguntei?

Agora minhas desconfianças estão lá embaixo. Deixo uma dúvida para trás e sigo na direção de outras. Pensando assim, o avião é a metáfora perfeita para o novo limbo. Estou voando para casa? E se a casa for mesmo o lugar onde o coração vive? Sei que minha mente está em todo lugar, é a favor dessa ilusão que minha mente trabalha: um mundo inteiro em perspectiva e eu no centro. Mas e o coração? Ainda há espaço para a maior das metáforas?

A meu lado, junto à janela, uma mulher acorda com o susto de uma turbulência e solta um gemido. Entre nós há uma cadeira vazia, e a mão da mulher tenta alcançar alguém que não está aqui. Um pesadelo. Parece um pesadelo. Aos poucos a mulher se dá conta de onde está, e consigo distinguir cada etapa de seu regresso ao mundo de fora: uma vigília delicada, sem sujeitos e objetos, e então a revelação de uma realidade alheia, e então a mulher passa a existir como alguém separado dessa realidade, e finalmente está consciente no mais amplo e aterrorizante sentido da palavra. A mulher agora está aqui e pede licença para passar. Não é uma mulher magra, e isso me obriga a desafivelar o cinto e me levantar.

A mulher agradece, ainda está atordoada, não sabe se vai para a parte de trás ou para a da frente. Indico a parte da frente e a mulher vai, desaparece atrás da cortininha e me deixa aqui, de pé, inquieto. E, sem saber o que me aflige, volto a meu assento e novamente me afivelo. Afivelado, tento cavar a origem da aflição. Mecanismos de alerta, circuito reeditado, um defeito qualquer nas engrenagens, botões, gatilhos, processos desencadeados sem razão aparente, sem identificação ou destino definido, sem o porquê. Tento compreender, mas sei que não posso estar no controle, e pode ser essa a origem do desconforto, nascendo da própria noção de desconforto, uma espiral. Não, Gustavo: não há controle para tudo, e quero fechar os olhos, e fecho os olhos, tento sair daqui para me alijar, não quero ter as órbitas novamente invertidas. Chega de tantas causas e de tantos fins. Exausto. Estou exausto. Não quero acreditar em nada, quero minha inocência de volta. Quando publicitário, as peças publicitárias perderam os efeitos mágicos sobre mim. No trabalho de importação, as roupas perderam o caráter singular, e qualquer apelo de pertencimento grupal, de conquista, de sofisticação. Não quero perder a inocência de escritor, sabendo de tanto, e de tanto. É só angústia, uma angustiazinha, a velha melancolia, não pode ser química, não é física. É só daí que tudo vem?

E, olhando os comissários em desfile incessante pelo corredor, os nomes de guerra fixados aos coletes, cabelos cortados e calmos, tento sentir saudade do tempo de funcionário. Tento sentir falta das saídas para o almoço, das mensagens eletrônicas, das brincadeiras de equipe, da abençoada cerveja consagrada aos santos num brinde. Tento sentir falta de casa, eu chegando e Bia preparando a sopa, o Pulga pedindo explicações com a orelha direita dobrada, a fogueirinha da tevê iluminando um cenário de paz. Não consigo. Sinto falta de tudo, mas ao mesmo tempo estou mergulhado numa terrível profundeza que, mesmo não sabendo, já existia desde então, e atribulava meu corpo, estremecia as relações, enfurecia a pele de vermelho, criava atrito entre as existências, um corpo forte de adolescente tentando irromper da pupa. Dói essa troca de pele. Mas não dá para voltar atrás. E não é que talvez eu não queira: realmente não quero, e não posso. Ir para onde então?

Puxo o computador da bolsa e releio o que já foi escrito. Minha inquietação agora vai escoada por um cano, corre em uma direção indeterminada. Ainda. Confio no piloto automático? Posso confiar? E releio trechos, tentativas soltas, e imagino a borda entre os trechos que em breve precisarão ser remendadas, uma costura invisível precisará ser estudada. Darei nome aos capítulos? Deixarei as coisas mais claras ou assumirei a confusão de uma vida real? Organizo os acontecimentos em ordem cronológica ou deixo a memória reinar? E qual será a voz, qual será a pessoa? Primeira? Segunda? Quais serão os tempos dos verbos, e como recontar a vida e transformá-la em história? E o Guga, o Gunga, o Luna, e tantos, como criar a argamassa que os una, assim, definitivamente? E Bia, e Guilherme. Pai e mãe. Você, Milena, de quem já sei o verdadeiro nome, se é que isso existe, mas que tenho medo de pronunciar, essa mania de criança. Dá medo juntá-los aqui, perenizá-los, condená-los à eternidade. Salvo todos num arquivinho amarelo, e a angústia vem voltando, preciso sair. Desafivelo o cinto e me levanto, a vizinha chega, encosto o corpo no corpo da mulher, inescapável, quente, não há espaço. Talvez me falte o ar, meus sentidos estão embotados a ponto de gritar: abram a cápsula! E para não gritar, para não chorar, para não atrapalhar a tranquilidade dos outros passageiros, caminho à frente do avião. Quando chegar lá, talvez jogue água no rosto, talvez refaça o percurso ao contrário e entre no lavabo do fundo, e mais água, mais ar puxado com força. Vai e vem, vai e vem. Estou no céu, no lugar que já foi das certezas, assim foi por tanto tempo, estou preso aqui, e a única certeza são essas nuvens acinzentadas e o ar rarefeito lá fora. O friozinho domesticado resseca a pele, talvez eu espalhe água também pelo braço, e no pescoço, e na nuca, deixe escorrer pelo peito. Vontade de pular, disso que tenho medo. E se tivesse coragem, aquela coragem de que tanto me acusam, abriria as portas pressurizadas e saltaria, enfrentaria o frio da atmosfera rala e gritaria: como é bom, olha só, como é bom ficar aqui fora, o frio cortando, machucando, e o prazer de sobreviver ao frio sem pensar na queda.

E se eu voltasse para você um dia? E se, depois do aniversário, depois de assoprar a velinha de um ano do Guilherme, e de cheirar o *Guiga*, e de beijar o *Gui*, e de apertar o *Luninha*, e de amar bastante o filho já saturado de marcas, e depois de comer da comida da mãe, pedir a benção da vó, e me calar diante da Bia, parentes, amigos, e de passear com o Pulga, e se depois de tudo isso eu retornasse, dando mais um desfalque nas minhas capengas provisões para o futuro, e comprasse uma passagem de tarifa abusiva, e pegasse o avião no impulso, como fiz há um mês, e então procurasse outra vez alguém pela noite, rezando secretamente para cruzar com você, Milena, Milena, e encontrasse você num palquinho apertado e mal iluminado, e visse a cantora que você quis ser, cantando a mesma canção da primeira noite, aquela no meu ouvido, meu violão esquecido no quarto dos fundos, e esperasse na saída do bar e dissesse que vim, simplesmente vim? Porque quis. Porque pude. Porque era necessário. E se fizesse tudo de novo e passasse semanas a seu lado, invadindo sua casa, redescobrisse seus nomes, nós dois diferentes, um escritor e uma cantora, entortando a memória de vez? E se tudo acontecesse assim e, como no meu filme francês, deixasse tudo para trás, largasse a bagagem na rua, descalçasse os sapatos, arrancasse a camisa e saísse em disparada na direção das ondas, mergulhasse num salto, preciso, felino? E se meu corpo, apaixonado, cada vez mais, por você e pelo mundo, e pelo futuro aberto, mas cheio de medo, empurrando o que há de velho cada vez mais para o fundo, cheio de nostalgia de um mundo que não existe mais, atravessasse o ar, com a pele, pelos, ossos, dentes, unhas, veias, órgãos, circuitos, tudo isso junto e suspenso, prestes a cair, e pressentisse o gelado da água acordando os sentidos, o sal na boca, o ardido nos olhos? E se então eu afundasse, e depois nadasse, e sentisse o frio nos pés, o quente no rosto? E se acontecesse assim, as ideias e o sol puxando meu corpo, um para cada lado, a ponto de romper com tudo? E então deixasse o corpo boiar nessa tensão, tudo em volta, e eu no meio.

Vai ser sempre desse jeito?
E se eu gritasse de uma vez: hoje acordei?
E então? O que viria depois?

CONHEÇA OUTROS LIVROS

O NÃO DITO É A TÔNICA DOS RELATOS

Dez centímetros acima do chão, primeira antologia de contos de Flavio Cafiero, é um livro que esmiuça os detalhes que, muitas vezes, passam batidos diante de olhares cada vez mais distraídos. Livro contemplado pelo Prêmio Cidade de Belo Horizonte e um dos vencedores do Prêmio Jabuti na categoria Contos & Crônicas.

A CARTA DE UM FILHO ENVIADA AO PAI

que se encontra à beira da morte no leito de um hospital. Um ajuste de contas ou um catálogo no qual se elencam todos os ressentimentos acumulados ao longo do tempo. É preciso romper a semelhança, esse fantasmático e opressivo cordão umbilical que liga o filho ao pai — para que uma narrativa própria possa se desenvolver. É preciso matar a figura paterna, matar o autor para que o filho possa se inventar como escritor e o texto possa existir.

Todas as imagens são meramente ilustrativas.